Bernd Dieter Schlange

Luftfahrt, Gold und Ölsardinen

Ein Kriminalroman zwischen
Portugal und Deutschland

© 2016 Bernd Dieter Schlange

Umschlagfotos: Barbara C. Smith

Verlag: tredition GmbH, Hamburg

ISBN

Paperback	978-3-7345-2176-8
Hardcover	978-3-7345-2177-5
e-Book	978-3-7345-2178-2

Printed in Germany

www.tredition.de

Das Buch

Kurz nachdem er sich zur Ruhe gesetzt hat, wird Karl Reuter 1975 in einem Hotel am Hamburger Stadtpark tot und an das Hotelbett gefesselt aufgefunden. Die Tat wird als Unfall bei Spielen im homosexuellen Milieu betrachtet und die Aufklärung nicht wirklich vorangetrieben.

38 Jahre später geht der Polizist Klaus Nottebrook der Sache noch einmal auf den Grund. Schon bald vermutet er, dass die schnelle Erledigung damals wohl etwas mit Reuters Wirken als Übersetzer an der Deutschen Gesandtschaft in Lissabon zwischen 1933 und 1944 zu tun hatte. Oder war es seine spätere Tätigkeit als freiberuflicher Übersetzer für Handels- und andere Geschäfte mit Portugal, die nicht allzu intensiv betrachtet werden sollte?

Der Roman behandelt den Abschnitt der Deutsch-Portugiesischen Geschichte von 1933, dem Machtantritt der Nazis in Deutschland, bis 1974, dem Ende der Salazar-Diktatur in Portugal, vor allem aber ist er ein spannender Kriminalroman.

Der Autor

Bernd Dieter Schlange legt hier mit 62 Jahren seinen ersten Kriminalroman vor. Die bisherigen Veröffentlichungen des studierten Mathematikers und Philosophen bezogen sich auf seine Arbeit als ÖPNV-Planer.

Vordere Umschlagseite: Blick auf den Pico

Hintere Umschlagseite: Der Autor an der Praia Grande

Kapitel 1 **Steilshoop 2013**

Die Sonne schien von der Landseite her auf den Strand, trotzdem warfen die Felsen keine Schatten. Die Wellen waren haushoch und überschlugen sich lautlos. Jetzt fehlte noch ein Schiff, aber Nottebrook wusste, dass es gleich in der Mitte des Bildes auftauchen würde. Ein weißes Ausflugsschiff, das sich langsam an den Anleger schob, der eben noch nicht da war. Klaus Nottebrook war fast eingeschlafen, als plötzlich wieder sein Chef vor ihm stand. Er saß aufrecht im Bett, an Schlaf war jetzt nicht mehr zu denken.

Eigentlich hatte er die ganze Geschichte erledigt, innerlich. Und von Soest war ja im Recht: Natürlich wusste Nottebrook, wie riskant seine Recherchen waren, wem er alles auf die Füße trat. Und dass das vorzeitig bekannt geworden war, lag ja wohl auch nicht an von Soest – jedenfalls bis zum Beweis des Gegenteils. Insofern musste Nottebrook mit einer Stelle im Archiv zufrieden sein, und er sollte ja nicht einmal Akten sortieren. Von Soest hatte erreicht, dass er alte gelöste und ungelöste Fälle aufbereiten durfte, kleine Romane „nach der Wirklichkeit", sozusagen als Sympathiewerbung für die Hamburger Polizei. „Hamburger Tötungsdelikte", den Namen hatte von Soest auch erfunden. Und für die ersten beiden Bände hatte er sich sogar schon wunderbar harmlose und uninteressante Fälle ausgesucht. Die „Hamburger Tötungsdelikte" brauchte keiner, aber Nottebrook brauchte jetzt auch keiner mehr, das passte also gut zusammen.

Trotzdem, er hatte sich damit abgefunden, und nach Abarbeitung der beiden ersten Fälle wollte er den dritten harmlosen Fall verarbeiten. Dass er jetzt an eine andere Möglichkeit dachte, lag im Grunde an einem reinen Zufall:

Als braver Bürger hatte er sich letzten Dienstag zu einer Veranstaltung über den Schulneubau in Steilshoop gequält – so kann man es sagen, aber er wohnte seit mehr als 30 Jahren hier, er wollte wenigstens etwas tun. Und dort hatte die Leiterin des Kindergartens einen kurzen Redebeitrag gehalten, Christiane Müller, eine Kollegin aus längst vergangenen Zeiten. Im Anschluss an die Veranstaltung waren einige Teilnehmer noch zum Griechen gegangen, auf ein Bier, einige hatten auch gegessen. Nottebrook wäre normalerweise nicht mitgegangen, aber in der Pause hatte er sich lange mit Christiane Müller unterhalten, und dabei waren sie auch auf alte Zeiten zu sprechen gekommen, ihr kurzes Gastspiel bei der Kripo, das mit dem Ausscheiden aus dem Polizeidienst endete. Das war lange her, die Kindergärtnerin war nicht mehr wütend, aber doch der Meinung, damals von von Soest reingelegt worden zu sein. Als Anfängerin war sie natürlich nicht gewieft. Beim Griechen hatten Müller und Nottebrook sich dann sehr schnell abgesondert, und während des Gesprächs bekam Nottebrook zunehmend Lust, den alten Fall noch einmal aufzurollen. Ganz nebenbei stellte sich ein Hauch der Erinnerung an jene Verliebtheit ein, mit der er Christiane Müller bei der Kripo begegnet war. Damals war das nicht besonders aussichtsreich, denn sie war mit einem gewissen Rolf Berg verlobt, den sie damals auch heiratete. Inzwischen war sie, so erfuhr er, wieder geschieden. Nachdem sie ungefähr eine Stunde so geredet hatten verabredeten sie sich unverbindlich - auf jene Art, die gemeinhin zu nichts führt - zu einem längeren Gespräch, ehe sie sich wieder der allgemeinen Runde anschlossen.

Jetzt saß Nottebrook aufrecht im Bett, spürte die Müdigkeit, spürte den Ärger, wusste, dass an Schlaf nicht zu denken war. Nottebrook beschloss, einen Spaziergang um den See zu machen, warf sich in seine Kleidung, über dem Schlafanzug, und eigentlich ging er mehr mechanisch am Ufer entlang, während seine Wut wuchs. Damals war Müller als erste zu der Leiche gerufen worden, in einem Hotel in der City Nord. Wolfgang war ihr als Vorgesetzter zur Seite gestellt worden, so kann man es sagen, normalerweise hätte er die Ermittlungen leiten müssen, aber dann hieß es, die Müller soll selbständig arbeiten: „Wenn wir schon mal eine Frau bei der Kripo haben, dann muss sie auch von Anfang an angemessen geachtet und gefördert werden."

Nottebrook hatte nicht viel mitbekommen. Natürlich, da war ein 71jähriger, der gefesselt und geknebelt auf einem Bett in einem Hotel nahe am Stadtpark lag. Das und die etwas komplizierte Todesursache führten zu vielem Gerede am Berliner Tor, wo die Polizei in Hamburg damals noch saß. Fast alle waren sich einig, dass es ein Unfall bei sexuellen Spielen, wahrscheinlich unter Homosexuellen, war. Müller glaube das zunächst auch, hatte dann aber zunehmend eine andere Spur verfolgt. Dabei war sie von von Soest scheinbar unterstützt worden, aber im Nachhinein hatte sie einen ganz anderen Eindruck. Nottebrook erinnerte sich an das Gespräch beim Griechen:

„Von Soest hat mir ja freie Hand gelassen, sich nur helfend eingemischt, sozusagen als älterer Kollege. Mit Ratschlägen, gut gemeint, nach dem Motto, sie sind autonom in ihren Entscheidungen, Frau Kollegin, es ist nur ein Rat auf Grund meiner Erfahrung. ' Und dann ging es immer darum, sensibel, mit Fingerspitzengefühl, vorzugehen."

„Das ist ja nicht grundsätzlich falsch, und jetzt, wo du davon redest, erinnere ich mich auch daran, wir haben ja drüber gesprochen. Obwohl, vielleicht entsteht die Erinnerung auch aus deiner Erzählung – nein, einmal habe ich selber gesagt, dass in diesem Umfeld, der Homosexuellen-Paragraph 175 war ja erst vor kurzem aufgehoben, naja, was heißt aufgehoben, das nicht, aber zumindest wurde Homosexualität nicht mehr ganz so heftig bestraft wie vorher, und die portugiesische Spur war so kurz nach der Nelkenrevolution auch nicht unkritisch…" Nottebrook erinnerte sich, dass er sich in dem Satz verheddert hatte, aber nicht, wie er zu Ende ging, umso deutlicher hörte er immer noch Christianes Antwort:

„Ja, du hast das gesagt, aber von Soest hat damals die Antwort auf viele Fragen genau mit diesem Argument verhindert – und dann dafür gesorgt, dass in den Protokollen nur meine Entscheidung auftauchte, nie sein Ratschlag. Damals war ich froh, dachte, so steht meine Leistung im Mittelpunkt, er hilft wirklich nur. So muss Frauenförderung sein, gerade in diesem Bereich, in dem ich ja damals eine klare Exotin war."

Einige paarungsbereite Reiher riefen Nottebrook mit ihren Schreien wieder in die Gegenwart zurück, er blieb stehen, schaute über den See, in seinem Rücken tauchte das erste Sonnenlicht auf. Der Himmel war wolkenlos, Nottebrook schaute noch oben. Die Reiher wurden lauter, und dann beschloss er, diesen Fall aufzunehmen. Plötzlich war er sich ganz sicher.

Sein Ärger war noch da, aber zum ersten Mal war er froh über seine neue Arbeit im Archiv. Und diesmal sollte es kein langweiliges Heft werden, dessen meiste Exemplare im Lager lagen und das nur dank des Zuschusses aus dem Polizeihaushalt gedruckt wurde. Diesmal wollte er herausfinden, was damals passiert war.

Kapitel 2 Alsterdorf 2013

Am nächsten Tag war ein Großteil der Courage, die Notte-brook noch am Morgen empfunden hatte, verschwunden. Er würde nicht einen weiteren Abschuss – der dann noch unerfreulicher als der erste wäre – riskieren. Also trug er dem Archivleiter seine Absicht vor, sagte, dass das natürlich zu Problemen führen könnte, wartete auf die Absage. Zu seiner Überraschung wurde er nachmittags zu Wolfgang von Soest gerufen.

„Du willst dich also mit den damaligen Ermittlungen beschäftigen, damit, was da alles passiert ist?"

„Ich habe einfach das Gefühl, dass das ein interessanter Fall ist."

„Klaus, wir kennen uns seit – 35 Jahren, mindestens. Also: Du findest nicht, dass das einfach ein interessanter Fall ist. Du ahnst dort eine Verschwörung, eine Vertuschung. Und du siehst mich in der Verantwortung."

„Jetzt ziehst du dir einen Schuh an, den ich noch gar nicht auf den Tisch gestellt habe, Wolfgang."

„Eben, und du schaffst es nicht mal zu behaupten, dass meine Vermutungen nicht stimmen, du bist in gewisser Weise zu ehrlich für diese Welt, Klaus. Aber zu dem Fall...." von Soest schwieg, schaute Nottebrook nachdenklich an.

„Gut, ich will auf meine alten Tage keine Konflikte, wenn es also nicht geht, werde ich den Fall fallen lassen." Nottebrook ärgerte sich über sich selbst, er hätte einfach warten sollen, bis von Soest in Ruhestand war, aber das war einer seiner Fehler, alles musste gleich passieren. Geduld war wahrlich nicht seine Stärke.

„Hab ich das gesagt?"

„Aber gemeint."

„Nein, Klaus. Ich weiß nicht, warum das damals nicht so genau ermittelt werden sollte. Es waren ja alle der Meinung, es handele sich um einen sexuellen Unfall, und zwar wahrscheinlich zwischen Schwulen. Und das Thema war damals kritisch. Und mir wurde von oben signalisiert, dass man in dieser Thematik nicht herumwühlen sollte, deshalb auch die geringe Öffentlichkeitsarbeit zu diesem Mord, und die Hamburger Presse hat da ja auch gut mitgespielt, der eine Teil, weil er die Polizei nicht ärgern wollte, der andere, weil er die Schwulen nicht ärgern wollte."

„Und du hast das geglaubt."

„Damals ja."

„Und du fandest es in Ordnung, polizeiliche Ermittlungen politischen Interessen unterzuordnen?"

„Klaus, da hier im Raum kein Mikrofon installiert ist: Ich finde das auch heute noch in Ordnung. Und du weißt es auch. Außerdem hast du ja gemerkt, was sonst passiert."

Beide Männer schwiegen. Sie saßen fast bewegungslos da. Nottebrook schaute ziellos im Zimmer herum. Der Tag war immer noch wolkenlos, und so schien die Sonne in den Raum, erzeugte deutliche, klare Schatten, auch den Schatten der Hand von Soests. Der Hand von Soests, die, wenn Nottebrook den Schatten richtig deutete, zu einer Faust geballt war, knetete. Die Hand selbst konnte er hinter dem Schreibtisch nicht sehen. Aber Nottebrook wusste, dass es jetzt besser war zu warten, sonst würde von Soest den nächsten Satz für sich behalten. Und Nottebrook wollte ihn hören.

„Ich bin heute sicher, dass damals etwas anderes vertuscht werden sollte. Du hast also freie Hand, von mir aus, aber keine Veröffentlichung, ehe ich im Ruhestand bin. Auch das ohne

Mikrofon. Und nichts über mich, in den Akten findet man da ohnehin nichts. Dann ist es dein Kopf, der rollt, falls das Ganze heute noch wichtig ist. Aber manches darf ja nach fast 40 Jahren auch aufgedeckt werden, ist nicht mehr Politik, sondern Geschichte." Von Soest grinste. „Falls es so ist, kannst du zum ersten Mal deinen Übereifer bis zum Ende ausleben, ohne dass es gefährlich wird."

Nottebrook wusste, ohne die lange, persönliche Geschichte zwischen ihm und von Soest wäre der letzte Satz nicht gefallen, alles andere war genau jene Mischung aus Jovialität und Einschüchterung, die von Soests Karriere so erfolgreich verlaufen ließ.

„Gut, dann danke ich dir für das grüne Licht, Wolfgang."

„Und noch etwas, Klaus: Bezieh die Kollegin Müller gerne in die Ermittlungen ein, du hast da ja ohnehin schon begonnen." Der Nachrichtendienst der Polizei funktionierte also wie eh und je, und auch das Gedächtnis von Soests: „Bist du immer noch ein wenig in die junge Frau verliebt?"

Nottebrook kam sich wieder einmal gedemütigt vor, als er von Soests Zimmer verließ, aber er hatte gelernt, damit zu leben.

Kapitel 3 **Steilshoop 2013**

Christiane Müller war erstaunlicher Weise sofort zur Mitarbeit bereit.

Das erste Treffen zu dem Thema mit Müller – sie und Nottebrook duzten sich wie damals – fand auf der Terrasse des Tennisclubs unten am See statt. Beide hatten wie damals, vor mehr als 35 Jahren, ein Interesse an einem frisch gezapften Bier in der Sonne.

„Weißt du, Klaus, ich habe über deinen Anruf nachgedacht, und jetzt bin ich sicher, dass ich mitmachen will. Aber es wird eine Bedingung geben."

Nottebrook sah Müller fragend an. Die zögerte einen Moment, dann holte sie die Schachtel aus der Tasche, zündete eine Zigarette an. Sie rauchte zwei, drei Züge, dann drückte sie die Zigarette aus. „Jetzt habe ich es seit 8 Jahren geschafft, nur noch zum Genuss und nicht wegen unangenehmer Situationen zu rauchen, dabei soll es auch bleiben, sonst wird es bald wieder zu viel."

„Wieviel rauchst Du?"

„Zwei bis drei Schachteln in der Woche. Wie gesagt, seit 8 Jahren, seit ich mir angewöhnt habe, nur noch zum Genuss zu rauchen."

„Ich beneide Dich, wenn ich wieder anfinge, wäre ich sofort wieder bei 30 oder 60 am Tag. Egal, es sollte eine Bedingung geben."

Müller griff wieder nach der Schachtel, schob sie beiseite, steckte sie ein und begann zu reden.

„Damals habe ich die ganzen Geschichten geglaubt, die mir dieser, jener und noch 27 andere erzählt haben, Kollegen, seriöse Büroleiter, was weiß ich. Heute weiß ich: Man hat mich wahrscheinlich total verarscht."

Sie hob ihr Glas und nahm einen langen Zug.

„Deshalb werde ich offiziell – und damit meine ich in allen Gesprächen, die du mit deinen Hamburger Kollegen führst – nicht beteiligt sein, sondern dir sofort eine Absage erteilt haben. Das gilt in erster Linie für deinen Freund von Soest."

Wolfgang also, den hielt Christiane also für besonders gefährlich, dachte Nottebrook.

„Ich weiß nicht warum ich gerade dir traue, Klaus, aber ich bin offen gesagt überzeugt, dass man dich nicht herausfinden lassen wird, wer der Täter war. Außerdem warst du damals ja noch nicht dabei. Ich erinnere mich, dass du mich während der Ermittlungen als jüngster Mitarbeiter abgelöst hast."

Nottebrook nahm jetzt seinerseits einen Zug aus seinem Bierglas, dachte nach.

„Und woher dieses massive Misstrauen gegen alle Kollegen und besonders Wolfgang von Soest? Oder genauer gesagt: Was befürchtest du, Christiane?"

„Weißt du -" sie schaute sich um, aber es saß niemand in der Nähe -, „damals waren Frauen ja noch nicht so üblich in der Branche. Insofern wurde ich ohnehin immer etwas schief angeschaut. Als ich dann wegen Bereitschaftsdienst und so weiter plötzlich als erste zum toten Reuter kam, war ich sicher, dass das nicht mein Fall wird. Der Chef hat das dann anders entschieden, oder sagen wir, eine andere Entscheidung herbeigeführt. Nicht formell, aber de facto habe ich die Ermittlungen geleitet Und ich Dummchen – war ich damals, schau mich nicht so an, Klaus – ich Dummchen also glaubte, er wolle mir eine Chance geben. Ich habe damals nicht gemerkt, was für ein Spiel gespielt wurde, und genau weiß ich es bis heute nicht. Das wurmt mich, und ich will es wissen."

„Gut, aber das beantwortet meine Frage nicht."

„Von Soest sollte mich ja mit Ratschlägen unterstützen, wir reden da noch drüber. Und die waren, so im Nachhinein mit Abstand, schlecht. Jedenfalls wenn der Fall wirklich hätte aufgeklärt werden sollen. Ich glaube nicht, dass von Soest einen Fall vertuschen lässt, wenn da nichts heftiges dahinter steckt, nicht einen Mordfall. Und ich bin zwar neugierig, aber in Gefahr geraten möchte ich nicht, die solltest du alleine auf dich nehmen, wenn du den Fall überhaupt weiter durchleuchten willst, Klaus. Denk drüber nach."

„Aber Wolfgang, also von Soest, hat mich eindeutig ermutigt, diesen Fall auszuwählen."

Dann herrschte Schweigen. Nottebrook schwirrte der Kopf, womöglich hatte ihn Wolfgang damals, vor einem Jahr, auch bewusst auflaufen lassen, aber andererseits: Konnte das sein? Sie waren schließlich befreundet. Irgendwie zählte er im Kopf ab, ja, nein, ja, nein. Wie unsinnig, Wolfgang war ein alter Freund, aber verlieben würde er sich sicher nicht in ihn.

Müller merkte, dass Nottebrook mit seinen Gedanken weit weg war. Das hatte sie schon damals an ihm bemerkt. Wenn ihn etwas beschäftigte, war er plötzlich unerreichbar. Sie mochte das irgendwie, genau wie sein intelligentes Gesicht und die hochgewachsene Figur, naja, das Gesicht war immer noch intelligent, die Figur mittlerweile sehr bauchbetont, wie das bei älteren Männern oft der Fall ist. Sie fühlte sich jedenfalls wieder wohl, die Spannung war weg. Und jetzt erinnerte sie sich, griff in ihre Tasche, holte die Zigaretten wieder heraus. Langsam, genüsslich, rauchte sie eine davon.

Erst später am Abend, nach einem längeren, fast freundschaftlichen Gespräch, fiel ihr auf, dass auch Nottebrooks Hintern flacher geworden war – wie bei älteren Männern weit verbreitet eben. Aber ihr wurde in diesem Moment klar, dass sie sich an seinen Hintern erinnerte. Dabei war nie etwas zwischen ihnen gewesen.

Danach nahm sie den Bus nach Barmbek und von dort weiter zu ihrer Wohnung. Nottebrook ging immerhin mit dem Versprechen nach Hause, dass Christiane das erste Kapitel, das er aus dem Protokoll der damaligen Ermittlungen basteln wollte, gründlich gegenchecken würde.

Kapitel 4 City Nord 1975

1975 war die City Nord noch ein neuer Stadtteil, galt als schick. Die meisten Hamburger verbanden damit Konzernzentralen aus Mineralölindustrie und Versicherungswirtschaft. Kommissarin Müller war also ein wenig überrascht, dass es dort auch ein Hotel gab, als sie mitten in der Nacht dorthin gerufen wurde.

Der Nachtportier begrüßte sie, er hatte um 4 Uhr, oder kurz danach, einen Anruf bekommen, dass in Zimmer 327 ein gefesselter Mann liege, er solle ihn doch losbinden. Er war in das Zimmer gegangen, es gab ja die seltsamsten Sexualpraktiken – etwas anderes habe er sich zu dem Zeitpunkt noch nicht vorstellen können, also, dass der Mann aus anderen als sexuellen Gründen festgebunden gewesen sein könnte, und manchmal schaute er nackte Männer ganz gerne an –nein, nur so, natürlich sei er nicht.…

Der Mann in Zimmer 327 war zwar gefesselt und geknebelt, aber bekleidet. Und nachdem der Nachtportier ihn losgebunden hatte, machte er auch einen toten Eindruck, „also, naja, sie wissen schon, Frau Kommissarin, mit sowas rechnet man doch nicht, ich habe einfach gedacht, jetzt mache ich ihn los, und dann steht er auf. Jedenfalls habe ich sie deshalb angerufen. Weil das sah dann ja doch nicht nach etwas Sexuellem aus."

Müller teilte die Diagnose des Nachtportiers, aber selbstverständlich würde sie so etwas nie ohne ärztliche Bestätigung behaupten. Und dass er sie für eine Kommissarin hielt, ließ sie im Protokoll einfach streichen.

Die Fesseln hatte der Nachtportier ja schon entfernt, der Knebel war noch vorhanden, offenbar fiel es dem Mann leichter, sich an Hand- und Fußgelenken zu schaffen zu machen als am Mund. Müller hoffte nur, dass der Tote da schon tot und nicht unter den Händen des Hotelmitarbeiters gestorben war.

Inzwischen tauchten auch die Kollegen von der Spurensicherung auf, ebenso die von der Gerichtsmedizin, Müller hatte also Zeit, sich noch ein wenig mit dem jungen Mann an der Rezeption zu unterhalten.

„Nein, natürlich hätte ich ihn nicht losgemacht, wenn ich gemerkt hätte, dass er tot ist, oder – naja, dann hätte ich wohl den Knebel rausgezogen, oder, was weiß ich, was ich getan hätte." Sein eben noch schuldbewusster Blick wechselte jetzt ins kindlich-unschuldige „Wissen sie, das ist meine erste Leiche."

"Meine auch, " dachte Müller, obwohl sie natürlich schon mehrmals dabei war, aber alleine hatte sie noch nie vor einem Toten gestanden. Laut sagte sie: „Tja, das war sicher ein Fehler von ihnen, aber solange sie nicht in Verdacht geraten, mit dem Mörder gemeinsame Sache zu machen, wird ihnen deshalb niemand einen Vorwurf machen. Aber jetzt noch mal von Anfang an, der Herr in Zimmer 327 heißt laut Anmeldeschein Karl Reuter, wurde 1904 geboren, in Hamburg, ist deutscher Staatsangehöriger, und reiste alleine."

„Ja, das steht da, ich meine, ich war natürlich nicht da, als er sich angemeldet hat, aber normalerweise schauen wir hier schon in den Ausweis, ob die Angaben stimmen, man will ja keinen Ärger haben, irgendwelche Terroristen oder so. Aber wie gesagt, da müssen sie mit meinem Kollegen von der Tagesschicht sprechen. Ich bin ja erst um Mitternacht gekommen. Also, etwas vorher, ich komm mit der S-Bahn und laufe hier runter, und dann bin ich doch jedes Mal schneller als ich gedacht hätte. Irgendwie, wenn man aus der Schanze kommt, findet man die Wege hier weiter, auch wenn sie es gar nicht sind. Wissen sie, das ist hier ja alles tot, ganz anders als in der

Schanze. Jedenfalls, wenn die Büros geschlossen haben. Morgens, wenn ich wieder gehe, ist das anders."

Der Mann sprach mit einem leichten schwäbischen Akzent, und wenn Müller ihn nicht stoppte, würde er jetzt wahrscheinlich ein Loblied auf die Großstadt und das urbane alternative Leben singen. Andererseits war es sicher nicht verkehrt, wenn man die Zeugen etwas besser einschätzen konnte.

„Haben sie schon immer in der Schanze gewohnt?"

„Ja, seit ich in Hamburg bin. Also seit 72." 3 Jahre also.

„Und wo haben sie vorher gewohnt?"

Plötzlich wurde der Zeuge misstrauisch „Ist das jetzt wichtig?"

„Nein, ich bin nur neugierig, auf jeden Fall benötige ich aber außer ihrem Namen noch den Geburtstag und Geburtsort, ich nehm' das mal auf." Also, formal war das jetzt sicher etwas luschig, aber Müller fühlte sich wohl bei ihrem Vorgehen.

„7.11.53 in Obergriesbach, also das liegt an der Paar, wenn ihnen das was sagt, sozusagen zwischen Aichach und Augsburg" dann verschwand die Lebhaftigkeit aus seinem Gesicht „Hausgeburt, kann mir ja egal sein, aber wenn ich ihnen was sagen soll: Wenn ihnen mal jemand vorschlägt nach Obergriesbach zu ziehen, tun sie's nicht."

„Und Ihr Akzent, das hört sich schwäbisch an für mich, nicht bayrisch, nur so aus Neugier, Augsburg liegt doch in Bayern?"

„Natürlich, Schwaben ist ja auch ein bayrischer Regierungsbezirk – aber da kennt Ihr Preußen Euch ja nicht aus." Müller würde das nachprüfen, aber wahrscheinlich war das ein typischer Anfängerverdacht, den sie da entwickelte, entspannen, hieß es jetzt. Nein, ganz bestimmt. Müller würde sich zusammennehmen müssen, um nicht alles für Lügen zu halten, was ein noch dazu Unverdächtiger erzählte.

„Da war es dann schon eine große Veränderung für sie, ins Schanzenviertel zu ziehen?"

„Ja, also -" irgendwie schien der Nachportier nicht so richtig zu verstehen, wie man das überhaupt fragen konnte. „Natürlich, endlich weg aus diesem Kaff, und dann hier, die Freiheit." Und nach kurzem Überlegen „Naja, jedenfalls ein anderes Leben, mehr nach meinem Geschmack." Sein Blick war jetzt eher begeistert, wovon, konnte Müller sich durchaus vorstellen.

„Und sie leben hier jetzt als Nachtportier?"

„Zweimal die Woche, um was zuzuverdienen, ich studiere Informatik."

„Informatik, was macht man damit?" Müller hatte keine Ahnung, „Wird man da Journalist?"

„Quatsch, das ist Fortran, Algol, Lochkarten, also, Computer, haben sie da schon mal was von gehört."

„Oh, so was, das muss wahnsinnig kompliziert sein, meinen sie, das hat Zukunft?"

„Bestimmt."

„Trotzdem, ich muss leider noch mal auf heute Nacht zurückkommen, sie sagten vorhin, dass sie gerne nackte Männer anschauen."

„Also das war ein Scherz." Er grinste.

„Gut, ich meinte mehr den Hintergrund des Scherzes. Anscheinend haben sie ja ab und zu welche angeschaut, auch wenn sie es vielleicht ungern taten."

„Naja, hier ist ganz in der Nähe der Stadtpark, und die 175er werden ja nicht mehr richtig bestraft, deshalb kommen die manchmal hier her, wenn sie in Hamburg übernachten. Und die genieren sich ziemlich wenig, einige jedenfalls, wenn die nachts noch ein Getränk aufs Zimmer bestellen. Also, sie wissen schon was ich meine." Jetzt wurde der junge Mann tatsächlich rot. Vielleicht vermutete er, Müller könne ihn jetzt für ebenfalls homosexuell halten. Andererseits war auch Müller überrascht, dann stimmten die Gerüchte über den nächtlichen Stadtpark wohl tatsächlich. Natürlich hatte auch sie davon gehört, dass der Stadtpark ein Treffpunkt für Homosexuelle und auch für homosexuelle Stricher sei, aber bisher hatte sie das einfach für eine Geschichte gehalten, an der wie so häufig wenig - wenn nicht überhaupt nichts - dran war. Das schien ein Irrtum zu sein. Aber vorläufig brauchte sie das nicht nachzuprüfen.

„Gut, aber das mit den Fesseln musste sie doch überrascht haben?"

„Also auch das mögen die offenbar." Jetzt grinste er. „Hab ich zweimal erlebt, da kam ich ins Zimmer und auf dem Bett lag ein nackter gefesselter Mann. Deshalb hab ich ja auch gedacht, das war so ein Spiel, und dann ist der andere gegangen."

„Erzählen sie mal von dem Anruf."

Jetzt wurde der Nachtportier wieder nervös, fast wie am Anfang. „Also, das war um kurz nach 4, hab ich ja schon erzählt. Auf Telefon 2, und der sagte nur, in Zimmer – also ich bin so durcheinander, jetzt habe ich die Nummer vergessen, aber die wissen sie ja, also da liegt ein gefesselter Mann, ich soll mal hingehen und ihn losmachen. Und dann...."

„Also, können sie sich noch genau erinnern, wie die Worte waren?"

„Also, ich kann's versuchen. Ungefähr so: ‚In Zimmer so-
undso liegt ein gefesselter Mann auf dem Bett. Es ist besser,
wenn sie den losmachen.' Danach hat er gleich aufgelegt."

„Gut, und weiter?"

„Also ich bin dann hoch zu dem Zimmer, da wusste ich die
Nummer noch. 327, jetzt ist sie wieder da. Also das hatte der
auch am Telefon gesagt, in Zimmer 327 liegt ein gefesselter
Mann, doch, jetzt bin ich sicher, das waren seine Worte. Das
mit dem Losmachen vielleicht doch nicht. Also jedenfalls bin
ich hoch, und da lag der Typ, ziemlich alt, also älter als die
üblichen, aber der war ja vielleicht gar kein 175er, oder?"

„Das wissen wir noch nicht, erzählen sie einfach mal, wie
der Mann da lag."

„Naja, seine Füße waren zusammengebunden und die
Hände waren auf den Rücken gebunden und er lag auf der
Seite, so angewinkelt. Also die 175er, die ich da gesehen habe,
die haben beide Male auf dem Rücken gelegen." Plötzlich
wurde er wieder ganz lebhaft, er schien froh, dass er sich ab-
lenken konnte. „Wissen sie, mit steifem Schwanz und allem,
und die waren beide an der Bettkante festgebunden, dass sie
sich nicht rühren können, und nackt eben, und außerdem lebten die auch noch." Jetzt war er wieder nervös wie eh und je,
weil ihm anscheinend erst nach dem Ende seines Ausbruchs
wieder klar wurde, dass hier ein Mord – oder doch etwas Ähnliches – vorlag.

„Gut, aber Reuter war tot."

„Also, das wusste ich nun wirklich nicht, in dem Moment.
Ich bin ja gleich hoch, da schau ich doch nicht erst nach, wie
der Gast heißt. Jedenfalls hab ich ihm die Hände losgebunden,
von mir aus hätte er auch Meier heißen können. Und dass er
tot ist, das wusste ich ja auch nicht, also nicht wirklich. Also,

da hab ich gar nicht dran gedacht, ich hab nur gedacht, wenn sie alt werden, machen sie es also nicht mehr nackt, oder so."

„Also, sie sind reingekommen, haben den Mann da liegen sehen, und dann haben sie ihn sofort losgebunden? Oder haben sie sich erst noch umgeschaut? Oder sonst etwas?"

„Nein, nein, ich dachte, binde ihn mal gleich los, ich war ja auch gespannt auf sein Gesicht, die Sache musste ihm ja so was von peinlich" hier brach der Satz ab „Ich wusste doch nicht, dass er tot war, ich meine, ich fass doch keine Leiche an."

„Brannte denn Licht, als sie ins Zimmer kamen?"

„Ich glaube schon, ich kann mich nicht erinnern, dass ich es angemacht habe, aber so was macht man ja auch automatisch, also – ich weiß das nicht genau, ich hab ja nicht drüber nachgedacht. Normalerweise brennt ja das Licht, wenn ich nachts in ein Zimmer komme, also insofern wäre es mir wohl aufgefallen, aber andererseits macht man ja in jedem dunklen Zimmer automatisch das Licht an, wenn man weiß, wo der Schalter ist?" Er schaut Müller fragend an, als sei die die Expertin für Lichtschalterpsychologie.

„Bitte verstehen sie, dass wir nachher ihre Fingerabdrücke benötigen, um sie mit dem Lichtschalter zu vergleichen, das ist kein Grund, sich Gedanken zu machen, reine Routine, ja? Gut, sie haben ihn losgebunden, und dann?" Der Portier war jetzt sichtlich beklommen.

„Ja, dann hab ich gemerkt, dass er die Hände nicht bewegt, und dann hab ich seinen Puls gefühlt, aber da war keiner, also, der ist tot, hab ich gedacht, und dann bin ich sofort runter. Und hab bei ihnen angerufen, zuerst hab ich Zimmer 110 angerufen, der Gast da war ausgesprochen wütend über den Fehler, können sie sich ja denken. Aber deshalb bin ich mir ja auch so sicher mit dem Anruf vorher."

„Jetzt kann ich ihnen nicht ganz folgen, sie haben vergessen, die 0 vorweg zu wählen, und deshalb sind sie sich sicher wegen des Anrufs vorher, also welcher Tatsache sind sie sich sicher"

Der junge Mann schüttelte den Kopf „Nein, also die 2 stand da ja noch."

„Welche 2?"

„Also Telefonapparat Nummer 2, der stand da vorne, ich hatte ihn vorne stehen lassen, und deshalb hab ich da die 110 gewählt, aber das hätte ich ja von Apparat 1 machen müssen."

Langsam dämmerte Müller, worum es ging: „Also, Apparat 1 ist für Gespräche aus dem Haus heraus, und Apparat 2 für Gespräche innerhalb des Hauses?"

„Ja."

„Das heißt also, der Anruf, der sie über Reuter, also den Toten, informiert hatte, kam aus dem Haus selber, nicht von Außerhalb, sondern aus einem der Zimmer hier im Hotel?"

„Das wusste ich wirklich beides nicht, der Anrufer sagte nur etwas von einem gefesselten Mann, nichts von einem Toten und auch keinen Namen; deshalb dachte ich ja, das ist ein 175er. Also, ich hab mich dann, als ich hoch ging, noch gewundert, dass der Anruf aus dem Hotel kam. Eigentlich dachte ich, der Anrufer müsste ja gegangen sein, aber dann wäre er ja auch bei mir vorbeigekommen, wir sind da zwar diskret, aber wir sehen das doch."

„Also nochmal zum Mitschreiben: Der Anruf, der sie veranlasste auf Zimmer 327 zu gehen, kam definitiv aus einem Hotelzimmer."

„Ja, das heißt, nein."

Müller blickte den Zeugen lange schweigend an „Nein?"

„Nein, er konnte auch aus der Küche kommen, oder aus dem Personalraum, aus dem Direktionsbüro, auch – also überall aus dem Hotel. Aber ich war ja zu der Zeit der einzige, der hier arbeitete, insofern muss der Anruf aus einem der Zimmer gekommen sein."

„Und da sind sie ganz sicher?"

„Ja, ich meine, wer sollte denn um diese Zeit hier sein, der müsste ja blöd sein, das würde doch nicht bezahlt."

„Aber selbst nachgeschaut haben sie nicht?"

„Nein, warum denn? Ach so. Ja, aber anfangs, als ich zum Dienst kam, wusste ich doch noch gar nichts von dem Toten, also ich meine, jetzt habe ich die Zimmernummer wieder vergessen. Und danach habe ich auf sie gewartet, und dann mit ihnen gesprochen, und wieder gewartet und wieder gesprochen, und ich meine es kann doch niemand verlangen, dass ich jedes Mal wenn ich hier Dienst mache vorher nachschaue, ob da noch jemand im Direktionsbüro ist oder wo auch immer, ich meine, warum sollte ich das tun?"

„Nein, natürlich nicht. Trotzdem würde ich jetzt gerne mit ihnen einen Rundgang machen, durch die Personalräume, um zu sehen, ob da etwas ist, was auf eine nächtliche Anwesenheit schließen lässt."

„Und wie soll ich das erkennen? Ich meine, außerdem muss ich doch an der Rezeption bleiben, mal 5 Minuten weg, auf ein Zimmer, das ist eine Sache, aber so ein Rundgang, ist es nicht besser…" Jetzt schien seine ganze Nervosität plötzlich wie weggeblasen. „Also ich meine, jeder, der hier reinkommt, kommt hier vorbei, oder durch den Hintereingang, ich gebe ihnen einfach den Schlüssel für hinten, dann können sie sich in den Personalraum setzen, der ist direkt am Hintereingang, und ich seh' ja hier vorne wer vom Personal ist, dann können sie die Betreffenden immer in ihren Raum begleiten und die sehen dann am ehesten, ob da jemand drin war in der Nacht. Ich meine, da kann sich ja auch jemand Auswärtiges eingeschlichen haben, wem sag ich das, Frau Kommissarin."

„Gut, wir werden jetzt eine kurze Unterbrechung machen."

Kapitel 5 **Winterhude 2013**

Heute hatte sich Christiane Müller geweigert, mit dem bescheidenen kulinarischen Angebot Steilshoops vorlieb zu nehmen, und so hatten sie sich entschlossen, bei ein paar Tapas in einem portugiesischen Restaurant in der Gertigstraße zu konferieren. Wegen des heftigen Regens wurde für Nottebrook sogar der kurze Weg von der Bushaltestelle zum Restaurant zur Katastrophe, jedenfalls was die Hosenbeine anging. Den Rest vermochte der Schirm vor dem Durchnässen zu bewahren. Christiane Müller, die mit dem Auto gekommen war, hatte allerdings nach langem Suchen nur einen Parkplatz gefunden der ihr einen weitaus längeren Weg bescherte. Beide saßen sich – bis auf ein paar unverbindliche Verwünschungen des Hamburger Wetters (Nottebrook) und der Launen Petri (Müller) schweigend gegenüber, bis die Wärme im Restaurant die Feuchtigkeit wenn auch nicht beseitigt, so doch erträglich gemacht hatte. Dann erst kamen sie zur Sache.

Nottebrook hatte Müller schon zwei Tage vorher das fertige erste Kapitel geschickt, so dass sie gleich in den Text einsteigen konnten.

„Ich habe noch mal nachgedacht, du hast ihn wirklich nicht nach der Stimme, der Aussprache des Anrufers gefragt?"

„Nein, als wir weitermachen wollten kam ja von Soest, und für mich war klar, dass damit die Federführung an ihn übergehen würde. Er führte dann nach der Unterbrechung das Protokoll weiter. Ich habe erst Jahre später nachgedacht, wieso er eigentlich derjenige war, der dort auftauchte, ich hätte eher mit einem wirklich erfahrenen Beamten gerechnet. Aber damals war ich ja noch nicht misstrauisch."

„Gut, hat Wolfgang, also von Soest, denn entschieden dass er das Verhör weiter führt, oder war das deine Entscheidung, oder eher etwas dazwischen?"

„Nein, nein, da bin ich ganz sicher, ich habe von Soest ja noch gefragt, ob ich weiter dabei sein soll, zum Beispiel das Protokoll übernehmen, aber er schickte mich weg, und Konrad, der bis dahin das Protokoll geführt hatte, auch."

„Und wer hat dann das Protokoll übernommen?"

„Ich weiß es wirklich nicht, aber dass das Verhör weiterging, war klar. Wir haben dann später darüber gesprochen, von Soest sagte, es hätte sich halt nichts bedeutsames mehr ergeben, und er würde nicht Leute unnötig mit Protokollschreiben beschäftigen."

„Das war, als schon klar war, dass du die Ermittlungen führen solltest, obwohl von Soest weiter offiziell der verantwortliche Beamte war?"

„Ja."

„Wie ist das eigentlich gelaufen, war das eine Entscheidung vom Chef?"

„Naja, später am Vormittag, also nach der Entdeckung der Leiche, wurde ich zum Chef gerufen, da saßen einige Leute, auch von Soest, und der Chef fragte etwas verärgert, warum ich eigentlich vom Tatort verschwunden sei. Ich verwies dann darauf, dass von Soest mich weggeschickt habe.

Ich weiß noch, wie der Chef mich anschaute, als wäre ich das Dummchen, für das Frauen in der Branche damals ohnehin gehalten wurden, und er fragte wörtlich ‚Aha, dann haben sie Wolfgang von Soest also jetzt zu ihrem Chef ernannt. Ich bin ihnen wohl nicht mehr gut genug, Frau Müller? '"

„Danach, also nachdem der Chef mich gefragt hatte, ob er mir nicht gut genug sei, als Vorgesetzter, war es ganz still. Aber auf eine Art, die mir ganz klar machte, wie wenig ich der Situation hier gewachsen war. Wäre es dabei geblieben, ich hätte damals schon alles geschmissen. Aber ehe ich mich soweit gefangen hatte, dass ich antworten konnte, oder besser, mich entschuldigen, fragte der Chef ganz leise: ‚Stimmt das, Herr von Soest, haben sie die Kollegin Müller weggeschickt?' Und von Soest antwortete, dass er davon ausgegangen sei, den Fall ohnehin zu übernehmen, von daher sei das ja wohl angemessen gewesen."

„Wieso ist er davon ausgegangen, ich meine, er war ja auch nur ein paar Jahre länger dabei als du und auch noch kein Kommissar?"

„Klar, allerdings war die Beförderung bereits angekündigt, damals, es war nur noch eine Sache weniger Wochen. Und er war ja damals sozusagen fester Mitarbeiter vom alten Weise, und der war da in Urlaub. Aber nur noch ganz kurz, ein oder zwei Tage, was weiß ich, das ist ewig her. Jedenfalls würde der sehr schnell wiederkommen und dann wäre es nur logisch, wenn der den Fall übernimmt, und bis dahin, also ein oder zwei Tage, könnte sich ja von Soest damit beschäftigen. Das haben eigentlich alle so vermutet. Während ich ja nur als eine Art Hiwi von einem zum anderen geschickt wurde, keiner wollte eine Frau als ständige Mitarbeiterin, aber damals glaubte ich noch, dass sei halt, weil ich Anfängerin bin. Eigentlich wurde mir der Unterschied erst klar, als du kamst und von den Kollegen und Vorgesetzten ganz anders behandelt wurdest. Naja, außerdem hast du mich auch normal behandelt, als erster dort. deshalb traue ich dir ja überhaupt."

Auf Nottebrooks fragenden Blick hin ergänzte sie „Naja, du hast mich wie einen richtigen Menschen oder Kollegen oder wie auch immer behandelt, als einziger. Und nach meinem Gefühl nicht nur, weil ich dich als Frau faszinierte, was ja niemand übersehen konnte."

Nottebrooks Gesicht wurde trotz der langen Zeit, die seither vergangen war, von einer leichten Röte überzogen. Er versuchte, es zu überspielen. „Gut, Wolfgang hielt also seine Verteidigungsrede, und dann?"

„Ich weiß noch, wie die Spannung im Raum, im Besprechungsraum, wuchs, einige schauten mich immer noch etwas feixend an, aber immer mehr Leute machten einen Gesichtsausdruck, der wohl sagen sollte, sie hätten mit all dem nichts zu tun. Dann redete der Chef weiter: ‚Sie teilen also die Auffassung der Kollegin Müller, dass jetzt sie hier das Sagen haben, Herr von Soest? Bringt die Anwesenheit einer schönen jungen Frau ihr Urteilsvermögen so schnell unter null? ‘ Und ob du es glaubst oder nicht, das war das einzige Mal, dass ich von Soests Blick habe flackern sehen."

Zwei Schalen, eine mit Polvo und eine mit Lulas, bereiteten dem Gespräch ein vorläufiges Ende. Schweigend aßen beide, ganz auf den Geschmack konzentriert, und Nottebrook fragte sich, warum es im Deutschen nur ein Wort für Tintenfische gäbe. Weil er das als ein unterhaltsames Thema für eine Plauderei ansah, stellte er die Frage Müller, die ihm jetzt plötzlich ganz vertraut vorkam, als kennten sie sich schon seit langem.

„Naja, zumindest der Krake hat ja einen eigenen Namen hier, Lulas heißen Kalmare, aber das ist ja auch eher griechisch, oder?"

„Und der Choco?"

„Hm, jedenfalls schmeckt mir der Krake ausgezeichnet."

Müller nahm schweigend ein paar Happen, dann hielt sie plötzlich inne, sie hatte gerade ein Stück Polvo auf der Gabel, schaute Nottebrook an.

„Erinnere ich mich jetzt falsch? Ich meine, wenn ich mich richtig erinnere, dann warst Du damals immer derjenige, der vorzugsweise Fastfood der geschmackärmsten Art verzehrte – also heiß, fettig, das war für dich das entscheidende Kriterium. Oder?"

„Das ist wohl nicht ganz falsch. Du meinst, Du wunderst Dich über meine Geschmacksveränderung?"

„Mhm", antwortete Müller, die das Stück Polvo inzwischen in den Mund geschoben hatte.

„Naja, als die Kinder groß waren, saßen wir plötzlich da. Meine Frau kochte recht bieder, ich selber sowieso nicht, und Zeit hatten wir plötzlich auch. Und da haben wir mit einer Tour durch die besseren Restaurants begonnen."

„Und so seid Ihr auf den Geschmack gekommen?"

„Naja, ich jedenfalls."

Müller guckte fragend, hielt sich dann aber doch zurück. Nahm einen Bissen, schaute wieder fragend. „Und?"

„Und? Naja, Du weißt, ich bin seit mehr als 10 Jahren geschieden, das hatte natürlich auch noch andere Gründe."

Jetzt konzentrierte sich Nottebrook auf das Essen. Dann sagte er doch noch etwas:

„Es war richtig schwierig, eigentlich saß ich mit dieser Neigung ganz alleine da. Ich habe dann versucht, kochen zu lernen. Das ging schief. Also ich meine richtig gutes Essen. Stattdessen habe ich dann gelernt, auch mal alleine in ein Restaurant zu gehen. Das erfordert mehr Mut, als die meisten glauben, aber seit ich geschieden bin, gehe ich zweimal im Monat in ein gutes Restaurant, abends, und mittags – da ist es sowieso einfacher. Aber doch auch anders."

Müller lächelte „Apropos alleine, ich werde Dich jetzt für ein paar Minuten verlassen. Eigentlich habe ich das Laster ja aufgegeben, aber zwei bis drei am Tag, nach dem Essen, die gönne ich mir schon noch." Sie zog die Zigaretten aus der Tasche und ging vor die Tür. Nottebrook wäre gerne hinterhergegangen, aber es schien ihm in diesem Moment, als sei das aufdringlich.

Als Müller zurückkam, wechselte er das Thema:

„Also, du hattest gerade erzählt, wie der Chef fragte, wer eigentlich zu entscheiden habe."

„Oh je, also gut, weiter, der Chef entschied also, dass ich weitermachen soll. Ich weiß noch, dass von Soest sehr unzufrieden aussah. Dann meinte der Chef noch, von Soest würde mir zur Seite stehen, als angehender Kommissar sozusagen, und um den Formalien Genüge zu tun. Aber damit ging die Sitzung zu Ende. Ich habe mich damals nicht einmal gefragt, warum von Soest und nicht der alte Weise mich unterstützen sollte."

„Und das war's dann?"

„Naja, etwas später musste ich noch mal hoch zum Chef, ich saß dann vor seinem Schreibtisch, irgendwie war ihm die Geschichte wohl etwas unangenehm, aber dann sagte er, dass normalerweise wirklich Weise – und damit erst Mal von Soest - das hätte übernehmen sollen, aber er wolle mir als Frau halt auch mal eine Chance geben – nein, schau nicht so, das war damals nicht ungewöhnlich, solche Reden. Insofern war da nichts dran, um misstrauisch zu werden. Ich hätte die Situation sicher anders gesehen, wenn ich erfahrener gewesen wäre, aber damals war ja jede positive Rückmeldung für mich wie ein Schluck Wasser für einen Verdurstenden. Jedenfalls legte der Chef mir nahe, mich während der Bearbeitung immer wieder um Rat an von Soest zu wenden. Oder an ihn selbst. Und wenn Herr Weise wieder da sei, würde der formell die Oberaufsicht übernehmen, aber ich sollte das mal alleine ermitteln, das sei einfach eine Chance, die er mir geben wolle. Und dass ich natürlich nicht formell die Ermittlungen leiten könne, das sei schade, aber er würde das schon hindrehen, es sei ja schon etwas ganz besonderes, die einzige Frau hier"

„Naja, ganz so war es ja auch nicht, es gab auch vorher Frauen bei der Hamburger Kripo, aber ungewöhnlich war es schon noch"

„Ich weiß, ich war halt eine der ersten, die direkt bei der Kripo angefangen hat, nicht bei der weiblichen Kriminalpolizei, die damals ja allmählich aufgelöst und in die Kripo integriert wurde."

„ Gut, du hattest also wieder die Federführung. Und dann hast du Wolfgang um das Protokoll gebeten, vom weiteren Verhör des Herrn Schwab aus Obergriesbach?"

„Na, den Namen hast du dir gemerkt. Außerdem möchte ich dich bitten, die Stelle aus dem Text zu entfernen, in der ich meine Unkenntnis der bayrisch-schwäbischen Landsmannschaftlichkeiten so deutlich werden lasse."

„Kann ich, obwohl - wenn ich ehrlich bin, der Unterhaltungswert der Erzählung würde wirklich gesteigert, wenn die Geschichte drin bleibt."

„Tja, der Herr Schwab hatte offenbar ein dringendes Bedürfnis, mir die nackten Männer immer wieder zu beschreiben, wobei ich damals nicht erkannt habe, worauf er hinaus wollte, und ich weiß es offen gestanden bis heute nicht sicher. Das gibt doch für sich schon eine hübsche Anekdote für dein Buch. Und dass Schwaben ein bayrischer Regierungsbezirk ist, ist nicht entscheidend für den weiteren Verlauf der Ermittlung, das nimmst du also wirklich heraus. Klaus."

Zum ersten Mal seit er sie wegen des Falles kontaktiert hatte schien sie verärgert.

„Entschuldige, ich bin da manchmal – naja, seit ich diese Serie herausgebe, werden die Personen bei mir immer schnell zu Romanfiguren, und da ist es nicht schlimm sie zu beleidigen. Tut mir leid, natürlich werde ich es streichen. Und wenn dir wieder etwas Derartiges auffällt, sag es einfach. Ich korrigier das natürlich, schon weil ich dich ja nicht anders honorieren kann."

Sie lachte „Ich war eigentlich davon ausgegangen, dass du auch heute Abend bezahlst. Und das andere: Wenn du erzählen könntest, dass der Mensch auch noch Schwab hieß, wär es ja wirklich lustig gewesen, aber so?"

„Gut, machen wir weiter. Was war nun mit dem Verhör von dem Schwab?"

„Wie ich schon sagte, von Soest hat mir gesagt, da wäre nichts Wichtiges mehr rausgekommen, so dass mein Protokoll, also Konrads Protokoll, völlig ausreichend wäre. Naja, und ich hatte ja mit dem Bericht der Gerichtsmedizin und der Spurensicherung genug zu tun, ich hab ja auch mit den Leuten geredet. Und dann gab es ja noch die anderen Protokolle, die Kollegen sind ja mit allen Hotelmitarbeitern an ihren Arbeitsplatz gegangen, sobald sie eintrafen, damit sie dort eventuelle Veränderungen bemerken konnten."

„Erzählst du mir da was drüber?"

„Erstens hab ich das meiste vergessen, und zweitens gab es da wirklich nicht viel mehr zu sagen als in den Protokollen steht."

„Gut, Chouriço?"

„Und das Lamm in Honig" sagte Christiane Müller entschlossen.

Nach der Bestellung meinte Nottebrook:

„Egal wie, ob wichtig oder unwichtig, das Protokoll von einem Verhör muss doch angefertigt werden."

„Sag nicht so was, ich war damals unheimlich stolz, dass ich wieder was dazugelernt hatte, vom richtigen Umgang mit den Vorschriften."

Nottebrook schüttelte den Kopf. „Das ist nicht nur vorschriftswidrig und unüblich, es passt auch überhaupt nicht zu Wolfgang."

„Tja, da musst du nun entscheiden, an wen du glaubst. Klaus."

Nottebrook hatte das sichere Gefühl, dass die Stimmung wieder zu kippen drohte, aber diesmal hatte er ein reines Gewissen: „Nein, es geht nicht darum, wem ich glaube, sondern darum, warum Wolfgang das gemacht hat. Und das ist mir vollkommen unklar, mein Bild von einem alten Freund kommt ins Wanken, das ist die Sache."

Müller nickte, „Weißt du, es ist ja egal. Du kannst ihn nicht fragen, denn dann müsstest du ihm sagen, dass du mit mir gesprochen hast, und – ich traue dir jedenfalls, Klaus."

Es war also immer noch brenzlig. „Nein, ich kann ihn nicht fragen, aber ich merke natürlich, dass in dem Verhör etwas vergessen wurde."

„Ja und?"

„Und ich kann ja noch mal versuchen, den Schwab zu befragen, ob er sich noch an die Stimme erinnert."

„Unwahrscheinlich, aber vor allem, wie willst du ihn finden?"

„Naja, in den Zeiten des Internet ist manches einfacher als zu deiner Zeit bei uns, Christiane."

Sie schien eine Antwort zu überlegen, aber da kamen Chouriço und Lamm. Die Chouriço war eine kleine, ganze Wurst, die gegrillt wurde, nicht die in deutschen Supermärkten übliche Wurst in Scheiben. Später, als das gegessen war, sprachen sie bis zur Crema Catalana und zwei abschließenden Espressos über ganz andere Dinge aus ihren Leben.

Irgendwann kamen sie noch einmal auf Nottebrooks Ehe zu sprechen, eigentlich hatte er das nicht zum Thema machen wollen – und dass es nicht gerade schlau war, darüber mit einer Frau, in die er immer noch heimlich verliebt war, zu reden, war ihm auch klar. Trotzdem, er musste es einfach mal erzählen, seine Sicht der Dinge.

„Weißt Du, was ich an Karin immer bewundert habe, als ich sie kennen lernte, war ihre Belesenheit, ihr Musikgeschmack, auch ihre Weltläufigkeit. Und dann kamen ja die Kinder, und für das alles war kein Platz. Danach war aus unserer Ehe die Luft raus, ich habe dann alles Mögliche versucht, um da etwas Pepp reinzubringen, das Essen war nur ein Beispiel. Bücher aus ihrem Archiv, ihre alten CDs, alles las oder hörte ich, ich schleppte sie in Konzerte, in Museen. Mit manchem bin ich nie warm geworden, manches liebe ich bis heute, Bücher sowieso, Romane, und weiß Gott nicht die leichten. Musik, da schwankt mein Interesse. Aber bei Karin – sie war nur noch gelangweilt. Naja."

Zwei Tage später erhielt Klaus Nottebrook eine mail von Christiane Müller, der Text lautete:

Eigentlich solltest du ja die Internetrecherche machen, aber bis du in die Hufe kommst, bin ich lieber selber rangegangen: Chocos heißen auf Deutsch Sepien, sie gehören wie die Kalmare zu den zehnarmigen Tintenfischen, im Gegensatz zu den Kraken, die achtarmig sind, daher auch der Name Oktopus. Und der Schwab lebt wieder in Obergriesbach.

Kapitel 6 City Nord 1975

Natürlich wurden nach dem Verhör alle Mitarbeiter der Tagschicht persönlich begrüßt und von Mitarbeitern der Hamburger Kriminalpolizei zu ihren Arbeitsplätzen begleitet, aber nirgends fand sich irgendetwas, das auf nächtlichen Besuch hingewiesen hätte.

Auch die Spurensicherung fand wenig heraus, eine zweite Person, vermutlich ein Mann, musste sich in Reuters Zimmer aufgehalten haben, wohl in der Nacht. Aber es fanden sich nur wenige Spuren, zwei Schuhabdrücke nahe der Tür, die nicht von Reuter stammten, und ein kurzer Zwirnfaden, wie man ihn zum Annähen von Knöpfen verwendet. „Vermutlich war der Knopf locker, und der Täter – wenn er es denn war - oder die Täterin hat ihn abgerissen" Bevor der Mitarbeiter der Spurensicherung sich über den Lockerungsprozess bei Kleidungsknöpfen auslassen konnte stoppte Müller ihn und dankte für die gründliche Arbeit. „Aber schöner wäre es doch gewesen, er hätte den Knopf nicht abgerissen sondern verloren."

Die insgesamt 43 Gäste wurden kurz befragt und man ließ sie ihre Adressen bestätigen. Für die 36 deutschen Gäste und die 4 in Deutschland lebenden Ausländer war die Sache damit erst Mal erledigt, es handelte sich dabei ausnahmslos um Teilnehmer an einer Hochzeitsfeier, die glaubwürdig versicherten, den Tag bis nach Mitternacht bei der Feier in einem Restaurant in Sasel verbracht zu haben und danach gemeinsam mit einem gemieteten Bus ins Hotel zurückgefahren zu sein. Einzelbefragungen („wer hat neben ihnen im Bus gesessen?") bestätigten am Ende alle Alibis.

Ein amerikanisches Ehepaar (aus New Bedford in Massachusetts) und ein Schweizer (aus einem Dorf namens Novaggio) wurden gebeten, noch für einige Auskünfte zur Verfügung zu stehen.

Das lag nicht nur daran, dass die drei schwerer zu erreichen sein würden. Vielmehr waren sie neben Reuter die einzigen Gäste, die länger als eine Nacht in diesem Hotel verbrachten, alle drei waren bereits vor dem Wochenende angereist, alle anderen waren erst am Sonnabend eingetroffen. Als wenn das nicht ausgereicht hätte, stellte sich auch noch heraus, dass die drei während ihres Aufenthaltes, der offenbar für alle ein touristischer war, relativ viel Kontakt zueinander hatten.

Als außerordentlich ergiebig erwies sich zuvor das Gespräch mit dem Gerichtsmediziner. Er war nach der ersten Untersuchung der Leiche noch zum Frühstück im Hotel geblieben, und das Gespräch fand an einem Tisch in einem abgetrennten Nebenraum des Frühstückssaals statt. Nur Müller und der Gerichtsmediziner waren dabei, da Konrad noch mit den Befragungen der Gäste befasst war und von Soest noch einmal in sein Büro zurückgekehrt war, aus Gründen, die niemand genau verstand.

Der Gerichtsmediziner, das war der alte Dr. Goethe, den seine Eltern in einem Anfall von Wahnsinn auch noch mit dem schönen Vornamen Amadeus beschenkt hatten. Goethe bestätigte da allerdings die Regel, dass alles was uns nicht umbringt nur unseren Zynismus fördern kann.

„Sie kriegen den Bericht morgen, aber eine junge Kollegin wie sie lässt sich das sicher gerne erklären." Es klang ein wenig herablassend, aber Müller war ganz auf den Fall konzentriert und bemerkte die kleine Unfreundlichkeit gar nicht. Im Gegenteil, sie brannte darauf, früh und für sie leicht verständlich über Goethes Ergebnisse informiert zu werden.

„Schauen sie, junge Frau, der Karl Reuter, der hatte einen Herzinfarkt." Goethe schaute Müller lange an.

„Und daran ist er gestorben?"

„Naja, wie man's nimmt."

„Und was heißt das?"

„Also, stellen sie sich das so vor: Der Reuter hat da gelegen, gefesselt, ich komm noch darauf, wie es dazu kam. Er lag also da, und dann kam dieser Infarkt. Das geht dann langsam los, Schmerzen in der Brust, die breiten sich aus in den linken Arm, naja, sie können das alles in der einschlägigen Fachliteratur nachlesen, so wichtig ist das nicht. Wichtig ist nur, dass es eben nicht plötzlich kommt. Und dann, irgendwann, wird ihnen natürlich schlecht."

„Wenn ich einen Infarkt habe?"

„Ja, dem, der den Infarkt hat, wird schlecht. Ist auch bei leichteren Herzproblemen so, Vorhofflimmern zum Beispiel. Also dem Reuter ist jedenfalls schlecht geworden, nachdem er schon eine Weile mit seinen Schmerzen zu tun hatte. Und was tun sie, wenn ihnen schlecht wird, Frau Müller?"

„Ich trinke etwas Wasser, zum Beispiel"

„Das ist zweifelsohne ein mögliches Vorgehen, normalerweise beginnen sie damit sogar schon während der Schmerzen in der Brust. Aber der Reuter war ja gefesselt und geknebelt. Da hätte nicht mal eine junge Hamburger Kriminalbeamtin wie sie es geschafft, ein Glas Wasser zu trinken. Also zurück auf Los, und jetzt überlegen sie noch mal, was tun sie, wenn ihnen schlecht wird?"

„Also, ich würge, und womöglich erbreche ich sogar."

„Genau, meine Liebe, sie kotzen also. Aber jetzt frage ich sie, haben sie schon mal versucht, mit einem Knebel im Mund zu kotzen?"

„Nein, geht das überhaupt?"

„Eine hervorragende Frage und der alte Doktor Amadeus Goethe weiß natürlich die Antwort, und die lautet: Nein. Und nun, meine liebe Frau Müller, frage ich sie: Was passiert wenn sie kotzen müssen und können nicht, weil sie geknebelt sind, bemühen sie einfach ihr Vorstellungsvermögen."

„Man muss es wieder runterschlucken, so gut es geht."

„Genau da liegt der Punkt, meine Liebe, so gut man kann, aber irgendwann kann man nicht mehr. Und nun kommt eine Fehlkonstruktion der menschlichen Anatomie zum Tragen, eine äußerst missliche, weil nämlich an dieser Stelle" - Goethe tippte auf Müllers Kehle – „Speise- und Luftröhre auf einem kurzen Abschnitt ineinander münden – mit dem Effekt – und der ist in der Lage des Herrn Reuter natürlich ein finaler – mit dem Effekt also, liebe Frau Müller, dass Erbrochenes in die Luftröhre eindringt. Jetzt müsste der Reuter natürlich Husten, aber das wird auch nichts mit dem Knebel, und so ist er er-stickt."

„Ein schrecklicher Tod."

„Sagen sie das nicht, junge Frau, denn die Alternative hätte in der Lage des Herrn Reuter, gefesselt und geknebelt – oder nehmen wir zur Vermeidung des Erstickungstodes entgegen der Wirklichkeit einmal an, ungeknebelt - auf einem Bett, letztendlich darin bestanden, den Herzinfarkt bis zur bitteren und dann ebenfalls finalen Neige auszukosten. Und ich sage ihnen, da geht ersticken schneller. Allerdings könnte es natür-lich trotzdem unangenehmer sein, aber was diese Fragen an-geht, sind die Menschen bekanntlich verschieden. Einmal hatte ich in jungen Jahren einen Herzinfarktpatienten, der zwei Jahre vorher erstickt war, also jedenfalls bis zur Ohnmacht, er wurde dann noch ins Leben zurückbefördert. Und der versi-cherte mir, Ersticken sei angenehmer. Wie gesagt, man kann das nicht verallgemeinern, aber manches spricht dafür, dass der Herr Reuter hier dann noch ein letztes Mal Glück gehabt hat."

Müller hatte zwar schon öfter von Amadeus Goethe gehört, aber das meiste hatte sie für Übertreibungen gehalten. Allerdings galt Goethe fachlich als äußerst kompetent.

„Jetzt nehme ich einfach mal an, jemand war bei Reuter, als der seinen Herzinfarkt bekam, hätte der das merken können, angesichts der Fesseln und der Knebel?"

„Meine liebe Frau Müller, das ist eine Frage die nur für wirkliche medizinische Laien ziemlich ist. Natürlich hätte er es bemerkt, es sei denn, er wäre blind und taub zugleich. Oder er hätte laut ferngesehen, was ja auch nicht wahrscheinlich ist, aber das herauszufinden wird ihnen obliegen, es empfiehlt sich hier sicher eine Befragung der anderen Hotelgäste, denn der Braunsche Apparat – oder sollte ich besser sagen: der Apparat, der vermöge der Braunschen Röhre Bilder auf eine gerundete Glasscheibe malt - hätte sicher eine Lautstärke aufweisen müssen, die in diesen modernen Gebäuden ein Tragen der Informationen des Ersten oder Zweiten oder Dritten Programmes zu einer großen Zahl von Menschen oder leeren Zimmern gesichert hätte." Goethe hielt kurz inne „Obwohl, zwischen ein und zwei Uhr in der Nacht ist doch zumindest beim Dritten schon Sendeschluss, oder?"

„Wir werden es Nachprüfen, Herr Dr. Goethe." Müller machte jetzt den Rücken gerade. „Aber ihre letzte Bemerkung lässt mich vermuten dass der Reuter zwischen 1 und 2 Uhr in der Nacht verstorben ist."

„Da haben sie mitgedacht, meine liebe Frau Müller, und zwar auf eine Weise, die sie zu einer richtigen Erkenntnis geführt hat."

„Wissen sie, Herr Doktor, für uns ist vor allem wichtig, ob es sein kann, dass eine anwesende Person das Sterben des Herrn Reuter übersehen hat, oder ob wir davon ausgehen können, dass sie das bewusst herbeigeführt hat"

„Natürlich, meine Liebe, nur ist es auch möglich, dass diese Person bereits gegangen war. Denn schauen sie, jetzt komme ich auf die Frage zu sprechen, wie der Karl Reuter überhaupt in diese missliche Lage gekommen ist. Manch einer - wie ich gehört habe, auch der redselige Nachtportier des Tatorthotels – geht ja von irgendwelchen perversen sexuellen Praktiken aus. Das können wir weitgehend ausschließen. Denn der Reuter ist vor seinem Gefesselt-Werden mit einem stumpfen Gegenstand niedergeschlagen worden. Wenn die Nachrichten aus ihrem Hause, die mir gerüchteweise zugetragen wurden, stimmen, ist dieser Gegenstand nicht gefunden worden.

Trotzdem, wir können davon ausgehen, dass der Reuter in einer für ihn überraschenden Situation niedergeschlagen und dann gefesselt, geknebelt und gleich oder später, lebend oder tot, verlassen wurde. Wurde er tot verlassen, so hat der Täter das Ableben des Reuter jedenfalls billigend in Kauf genommen, andernfalls kann es ein reiner Unfall sein. Nun gut, soweit es den Infarkt betrifft, mir ist andererseits kein Fall bekannt, in dem es ein Unfall war, dass jemand einen anderen gefesselt und geknebelt hat. Um hier klüger zu werden, müssten sie einfach herausfinden, wann die Tür des Zimmers 327 ging."

„Gut, der Anruf kam jedenfalls um vier Uhr, so ungefähr, da war er also schon tot?"

„Sagen wir so, alles andere würde bedeuten, dass ich meinen Beruf verfehlt hätte. Aber ich möchte ihnen als junger und – verzeihen sie mir die Offenheit – unerfahrener Ermittlerin und – wenn auch nur im weitesten Sinne – Kollegin - doch, das sind Sie - ohne mich in ihren Zuständigkeitsbereich einzumischen, den wichtigen Hinweis geben, dass, wie ich ja bereits sagte, der Herzinfarkt des Reuter fast unmittelbar nach dem Fesseln und Knebeln eingesetzt haben muss und somit der Täter- wenn es denn eine Tat war – ihn sofort hätte verlassen müssen, nachdem er ihn in seine hilflose Lage versetzt hatte. Nun frage ich mich aber, wie das sein kann - ich kann mir kein Motiv vorstellen, einen Mann zu fesseln und zu knebeln und dann nach zwei Stunden von einem Nachtportier befreien zu lassen."

An dieser Stelle fragte sich Müller, ob Goethe nicht besser Hegel heißen solle, angesichts der Länge seiner Satzkonstruktionen. Aber dann konzentrierte sie sich erneut auf die Mitteilungen, die sie eben bekommen hatte:

„Und sie können auch ziemlich sicher ausschließen, dass jemand den Reuter um kurz vor vier verlassen hat, ohne zu wissen, dass er tot ist?"

„Wissen sie, es gibt unglaublich unsensible Menschen, aber das kann ich mir beim besten Willen nicht vorstellen."

„Noch etwas, kann es sein, dass der Überfall, das Gefesselt- und Geknebelt-Sein, den Infarkt bei dem Reuter ausgelöst hat?"

„Also, ohne eine Vorschädigung kann ich das wohl ausschließen, denn der Überfall muss kurz vor Einsetzen des Infarkts stattgefunden haben. Nein, schauen sie nicht so skeptisch, ich kann dem schon eine Zahl zuordnen, vom Niederschlagen bis zum Beginn des Infarktes dürften höchstens 15 Minuten vergangen sein, und, ich sehe ihren fragenden Blick, junge Frau und errate dank der mir zuteil gewordenen Lebenserfahrung die Gründe dafür: Es kann noch einmal 15 bis 30 Minuten gedauert haben, bis das Stöhnen und Wimmern

des Herrn Reuter, das sich Winden auch wie das schmerzver-
zerrte Gesicht als Ausdrücke ernsthafter Probleme erkennbar
wurden, die deutlich über die missliche Lage hinausgingen,
die das Gefesselt- und Geknebeltsein mit allen daraus resultie-
renden Konsequenzen ja schon für sich genommen darstellt.
Wie gesagt, bei unsensiblen Menschen hätte das sogar bis zum
Erbrechen anhalten können, der nachfolgende Tod des Karl
Reuter war dann aber kaum zu übersehen.

So, haben sie noch Fragen, ich bin heute um 4 Uhr aus dem
Bett geholt worden, das ist nunmehr 10 Stunden her, es ist Zeit
für ein spätes Mittagessen mit anschließendem Feierabend."

„Nein, wenn ich noch etwas habe kann ich mich ja mel-
den."

„Tun sie das, junge Frau, wir alten Medici freuen uns jedes
Mal, wenn junge Menschen unsere Wege kreuzen."

Kapitel 7

Wellingsbüttel 2013

Nottebrook hatte sich erst nach der Versicherung es gäbe auf der Party mindestens 5 alleinstehende Herren breitschlagen lassen. Jetzt guckte er sich um, in dem „ganz privaten, intimen Kreis", der ungefähr 40 Menschen umfasste, darunter auch weitere ungefähr 10 Singles, von denen allerdings gefühlte 11 zumindest zeitweise einen Rollator benutzten.

Außerdem kannte Nottebrook fast niemanden hier, eigentlich nur den Gastgeber und seine Frau sowie drei Kollegen aus der alten Abteilung, zwei davon ebenfalls mit ihren Frauen, der dritte war ein jüngerer Single, also gab es außer Nottebrook doch noch einen alleinstehenden Gast ohne Rollator. Allerdings hatte er noch nicht alle Gäste wirklich gesehen, seine Liste blieb also unvollständig.

Aber jetzt wieder zu gehen wäre ohnehin nicht klug gewesen. Außerdem ertönten jetzt Rufe, die um Ruhe baten, und der vermutlich älteste Gast erhob sich mühsam, aber doch erfolgreich von seinem Stuhl. Er erzählte etwas Unverständliches, dann reichte man ihm ein Mikrofon. Und laut tönte es durch den Garten und über das Alstertal hinweg: „Ich bin auf vieles Stolz in meinem Leben, aber heute bin ich besonders stolz auf meinen Ältesten." Er hielt kurz inne. „65 Jahre, das ist eine lange Zeit, die zu leben eine Leistung ist, die erfolgreich zu leben aber eine bewundernswerte Leistung ist. Und genau das hast du getan, mein lieber Sohn, Erfolg war dir beschieden in der Liebe, deine wunderbare Frau ist heute noch eine Schönheit. Erfolg war dir beschieden im Beruf, allen Widrigkeiten zum Trotz hast du es in die Führungsspitze der Hamburger Kriminalpolizei gebracht. Erfolg aber auch in den Lenden, wie deine zwei Söhne und deine 4 Enkel und natürlich auch deine unverheiratete Tochter beweisen. Erfolg war dir auch beschieden, denn du hast nicht nur die erwähnten beiden

Söhne gezeugt und mehr als drei Bäume gepflanzt, sondern auch ein Haus gebaut. Und ein Buch geschrieben. Aber nicht nur, was ein Mann tun muss, hast du getan, auch was ein Mann lassen muss, hast du gelassen. Nie hast du falsch Zeugnis geredet wider deine Nächsten. Und stets hast du Vater und Mutter geliebt wie dich selbst. Schon als Kind warst du ein aufgeweckter Junge, schon als Kind hast du schwierige Bücher gelesen und komplexe Dinge eigenhändig hergestellt." An dieser Stelle wurde es etwas unruhig, offenbar war der Redner noch aufmerksam genug, das zu merken, einen kurzen Augenblick sah es aus, als wolle er sich entschuldigen, aber dann entschied er sich anders. Nach kurzem Nachdenken war ihm offenbar eine besondere Heldentat des ehemaligen Kindes eingefallen „Bereits mit 7 Jahren konntest du Schillers Ode an die Freude auswendig daher sagen. Mit 9 warst du in der Lage, die Zenonsche Paradoxie zu erklären. Mit 11 Jahren löstest du deine erste diophantische Gleichung. Und ich erinnere mich, dass du als 13jähriger auf dem Hof deines Großonkels unter dessen Anleitungen einigen Ferkeln die Gummibänder derart geschickt anlegtest, dass dein Onkel später berichtete, diesen Ferkeln seien die Hoden schneller abgefallen als irgendwelchen Ferkeln zuvor." Die Reaktion des Publikums war sehr zwiespältig, wobei Nottebrook sich zunehmend nach mehr zu sehnen begann. Aber den Gefallen wollte der Redner ihm nicht tun. „Wenn ich jetzt weiter mache und alle deine Erfolge und Leistungen, deine Taten und deine moralische Größe hier präsentiere, dann werden deine Gäste mich steinigen, ich komme also zum Schluss. Ein Hoch auf meinen Sohn Wolfgang!" „Hoch" tönte es aus ungefähr 15 Kehlen, „ein Hoch auf die ganze Familie von Soest" diesmal fiel das Hoch noch schwächer aus, und auch das bemerkte der Redner, der trotzdem anschloss „und ein Hoch auf das Buffet." Jetzt herrschte Schweigen, aber dann wurde eben dieses Buffet vom Gastgeber eröffnet.

46

Nottebrook hatte während der Rede ein wenig herumgeschaut, tatsächlich schien Wolfgang der Auftritt seines Vaters ein wenig unangenehm zu sein. Aber richtig peinlich wohl auch wieder nicht.

Nottebrook ging an das Buffet, er bediente sich. Es war von ähnlicher Qualität wie dieses Grundstück mit direktem Blick aufs Alstertal. Das Haus war zwar ein Apartmenthaus, aber in dieser Lage schon eine hervorragende Wohnlage. Allerdings hätte Nottebrook sie ungern gegen seine Wohnung im neunten Stock in Steilshoop getauscht, Alstertal hin, Bramfelder See her.

Jetzt hatte er sich bereits das zweite Bier geholt und mit niemandem mehr geredet als „Guten Tag" und „Hallo", mit den alten Kollegen und einigen Leuten, die er vom Sehen kannte. Der Senior dort drüben kam ihm auch bekannt vor, aber wer das war?

Jetzt hatte der ihn auch bemerkt, kam sogar auf ihn zu. Naja, notfalls musste Nottebrook fragen. „Der junge Nottebrook, oder täusche ich mich?"

„Ja, und jetzt ist mir das wirklich peinlich. Ich kann mich nicht an ihren Namen erinnern."

„Weise, ist es der Name, das Gesicht oder alles, das sie nicht erinnern."

„Natürlich, Herr Weise, gerade vor ein paar Tagen habe ich von ihnen gesprochen, ich hab sie wirklich nicht wiedererkannt."

„Naja, da sage mal einer, alte Männer würden sich nicht mehr verändern. Setzen wir uns, sie sehen ja auch aus wie einer, der hier keine Freunde hat. Andernfalls wäre ich aber auch von ihnen enttäuscht."

Langsam steuerte Weise mit seinem Rollator eine Bank in einer Ecke des Gartens an, setzte sich, schob dann im Sitzen äußerst gekonnt den Rollator an die Seite der Bank, „Ihr Bier ist auch alle, Herr Nottebrook, nehmen sie unsere Gläser und holen sie uns zwei neue. Aber – jetzt verrat ich ihnen was, das habe ich vom alten von Soest erfahren, nach seiner missglückten Rede, da brauchte er offenbar Anerkennung. Also, hinten in der Garage stehen große Gläser, holen sie die, füllen sie die, bringen sie die."

Weise grinste, er grinste auf eine Weise, die plötzlich den kompetenten und für Nottebrook immer vorbildhaften älteren Kollegen wieder ganz und gar präsent werden ließ.

Die Bierkrüge erwiesen sich als echte Maßkrüge, und nachdem sie diese aneinander gestoßen hatten, fragte Weise „Und wie sind sie auf mich zu sprechen gekommen vor ein paar Tagen, Herr Nottebrook?"

„Naja, wahrscheinlich wissen sie gar nicht, was ich jetzt mache. Es ist so…"

„Doch, doch, ich bin immer noch auf dem Laufenden. Sie sitzen jetzt im Archiv, und schreiben kleine Tatsachenberichte. Das muss ihnen doch klar sein, dass ich das weiß."

„Wieso?" Nottebrook war ehrlich erstaunt.

„Na, wie hoch ist ihre Verkaufsauflage?"

„Naja, jeweils so um die 2000."

„Sehen sie, und ich lebe heute in einer Seniorenwohnanlage. Ja schauen sie nicht so, Herr Nottebrook, sie werden auch mal alt, vielleicht jedenfalls. Also, ich lebe heute in einer Seniorenwohnanlage, und solche Einrichtungen haben heutzutage einen Heimbeirat. Und in den Heimbeirat werden immer nur die Besten gewählt. Und ich bin nun in diesem Heimbeirat dafür zuständig, die Geschenke zu wählen, wenn ein Bewohner Geburtstag hat. Ich erklär das nicht im Detail, aber das macht dann bei 2000 schon mal ungefähr 10% ihrer Verkaufsauflage aus. Aber das wollte ich gar nicht wissen. Mich interessiert, wie sie es geschafft haben, zu dieser privaten Feier eingeladen zu werden. Meine Informanten – ja, die habe ich noch immer." Weise nahm einen Schluck Bier. „Meine Informanten wussten jedenfalls zu berichten, dass sie nicht einmal zur offiziellen Verabschiedung des ehrenwerten Herrn von Soest geladen wurden."

Nottebrook wusste nicht so recht, was er sagen wollte, jetzt fühlte er sich Weise gegenüber genau wieder wie der Anfänger, der er damals gewesen war, als er ihm die ersten Male begegnete. Hilflos schaute er sich um. Andererseits war er neugierig. Er schaute zum Himmel, unter dem gerade ein Zug Gänse, wohl 20 an der Zahl, vom Bramfelder See oder vom Ohlsdorfer Friedhof kommend zum Alstertal zog.

„Wollen sie das jetzt eigentlich hören, Herr Nottebrook, oder nicht? Ich dachte nur, sie haben sich ja offenbar an den Fall Reuter rangemacht."

„Das wissen sie auch?"

„Der alte Weise ist zwar alt, aber noch immer besser informiert als mancher junge. Trotzdem, der Fall Reuter war schon bitter."

„Für sie?"

„Ja, ich kam damals aus dem Urlaub, zwei Tage vorher war der Reuter ermordet worden. Und dann war mir alles aus den Händen genommen, ich war sozusagen kaltgestellt."

„Kaltgestellt?"

„Naja, von Soest hatte plötzlich alle Fäden in der Hand, offenbar mit Rückendeckung vom Chef. Und was der Hintergrund war, ich weiß es bis heute nicht. Die arme Kleine haben sie ja damals regelrecht verheizt, wie hieß die noch mal? Müller, oder?"

„Müller, damals noch und jetzt wieder, aber zwischendurch Berg, naja, das ist unwichtig. Heißt das, sie wissen, was da dahinter steckt?"

„Ich weiß es nicht." Weises Faust fuhr heftig durch die Luft, fast wäre er von ihrem Schwung vornübergefallen. „Ich sage ihnen was, vor drei Wochen hatte ich noch einen Stock, und der wäre jetzt mit einem lauten Knall auf den Boden geschlagen, aber machen sie das mal mit einem Rollator. Da vorne kommt der famose Kumpel von von Soest, der ist noch drei Nummern schlimmer." Mit dem Kopf wies Weise auf den Kollegen, der auch als Single hier war und dessen Namen Nottebrook noch immer nicht einfiel. „Schreien sie mich mal an, schreien sie, dass das eben Graugänse waren."

Nottebrook schaute verständnislos.

Leise zischte Weise „los!"

„Das waren Graugänse, Herr Weise", sagte Nottebrook, während der Single-Kollege sich an Weises andere Seite setzte, ganz ungefragt.

„Ich versteh nichts, mein Hörgerät, das hat mal wieder eine Macke. Sie müssen lauter reden, Herr Nottebrook."

„Graugänse" schrie Nottebrook. Mehrere Gäste schauten sich irritiert nach ihnen um.

„Guten Tag, Herr Weise, das ist ja eine Überraschung", versuchte es jetzt der Single-Kollege.

„Ich versteh nichts, mein Hörgerät ist kaputt", erwiderte Weise.

„Ich freu mich sie zu sehen." Das war jetzt sehr laut, die begannen schon wieder zu gucken.

„Hä?"

„Ich freu mich, sie zu sehen, Herr Weise." Das erreichte jetzt die Lautstärke, mit der Nottebrook Graugänse geschrien hatte, aber Weise verstand erklärtermaßen immer noch nichts.

Nottebrook hatte das Spiel inzwischen verstanden. Und er beschloss, einen draufzusetzen.

„Das nützt glaube ich nichts, Kollege", sagte er, „Herr Weise versteht nur eine Sprache, aber da bin ich auch gerade an meine Grenze gestoßen."

Jetzt schaute der Single-Kollege ebenso verblüfft wie vorher Nottebrook.

Der allerdings ließ sich nun nicht mehr beirren „Aber vielleicht wissen sie ja, was Graugänse auf Gebärdensprache heißt."

Mühsam verwandelte Weise sein einsetzendes Gelächter in ein Niesen.

„Der Alte versteht gar nichts mehr? Endlich?"

Nottebrook antwortete freundlich „Was hat er ihnen denn getan", dabei betonte er das Wort ihnen.

„Der ist uns doch dauernd in die Quere gekommen, vor allem Wolfgang, naja, sie sind ja auch ein Kumpel von Wolfgang, dann besänftigen sie jetzt mal den alten Weise. Ich hab meine Höflichkeitspflicht erfüllt, können sie ihm vielleicht in Gebärdensprache übersetzen, dass ich mich gefreut habe, ihn zu sehen?"

„Klar," erwiderte Nottebrook, und begann vor Weise, der jetzt bemüht beherrscht geradeaus schaute, seine Hände in einer Art und Weise zu bewegen, von der er glaubte, sie ähnele der, die er hin und wieder in Bahnen und Bussen bei Gesprächen zwischen Taubstummen beobachtet hatte.

Als der Kollege verschwunden war, meinte Weise „Da hatten sie aber Glück, dass der nicht mal wusste, dass es mindestens zwei verschiedene Gebärdensprachen gibt."

„Das wusste ich auch nicht. Trotzdem, was meinte er, dass sie Wolfgang dauernd in die Quere gekommen sind?"

„Naja, es gibt ja immer einige wenige Leute, die wie auch immer die Funktion übernehmen, brisante Fälle abzubiegen. Und da war unser heutiges Geburtstagskind ein führender Mitarbeiter. Allerdings hab ich ihm immer etwas im Nacken gesessen. Im Fall Reuter war ich ja sowieso unbeteiligt, aber ich hab es natürlich damals nicht übersehen können. Ich hab von Soest damals klar gemacht, dass ich ihn über irgendeine Klinge springen lassen würde wenn er noch einmal einen Mord deckt. Ich hatte zwar keine Ahnung, wie ich das bewerkstelligen könnte, aber es hat gewirkt. Entweder, weil böse Menschen auch allen anderen alles zutrauen. Oder weil von Soest doch seine Skrupel hatte, die da eine Grenze setzten. Ich glaube übrigens an die zweite Variante."

Beide schwiegen einen Moment, jetzt flogen die Graugänse zurück. „Graugänse" schrie Weise. Das war nicht logisch, lenkte aber den Blick wieder in ihre Richtung und enthoben so Nottebrook des Verdachts der Verrücktheit.

„Also, ich werde jetzt gehen. Wenn ich ihnen irgendwie helfen kann, Herr Nottebrook, sagen sie es mir. Ich wirke vielleicht nicht so, aber ich habe sie immer für ihre ehrliche Art bewundert, sogar für die ehrlich-naive Art, die den von Soest so gar nicht durchschaute. Aber – lassen sie es mich so sagen:

Ich glaube wirklich, dass er ein anständiger Mensch ist, auf seine Art, *dass* er einen Mord nie noch einmal gedeckt hätte, auch von sich aus. Deshalb lädt er auch Leute wie sie und mich ein, sozusagen als Alibi für sein Gewissen. Und jetzt muss ich gehen. Wenn sie wollen, können wir so tun, als wenn wir uns ein Taxi teilen, weiß doch keiner, wo wir wohnen. Steilshoop oder Seniorenwohnanlage, das sind Orte, da wollen von Soest und seine Freunde eh nicht hin. Obwohl, der alte von Soest ist jetzt in das ehemalige Kühlhaus in Neumühlen gezogen."

Im Taxi redeten sie dann über ganz andere Dinge, und nach zwei weiteren Bieren in einem Gastgarten vor einem S-Bahnhof trennten sich ihre Wege fürs erste. Dort war es dann um wirkliche Lebensgeschichte gegangen – irgendwie war das etwas, was Nottebrook in seinem mittlerweile fast ein Jahrzehnt währenden Singledasein nur selten hinbekam, aber immer mehr brauchte. Ein paar gute Freunde, das wäre es, dachte er.

Kapitel 8 City Nord 1975

Müller und Konrad hatten sich in den bereits erwähnten Nebenraum des Hotels zurückgezogen, jetzt wollten sie die drei ausländischen Gäste befragen, hoffend, dass es keine sprachlichen Probleme gäbe. Als erstes wurden Maria und Daniel Brum aus New Bedford in Massachusetts hereingebeten.

Beide sprachen kein Deutsch, aber Konrad, der ein Jahr lang als Austauschschüler in Kalifornien gelebt hatte, führte das Gespräch souverän. Müller übernahm ausnahmsweise das Protokoll, gelegentlich, wenn sie etwas nicht verstand, fragte sie einfach nach, aber das kam nur wenige Male vor.

Mrs. Brum war eine kleine, schlanke, aber doch nicht magere Frau, der man ihr Alter zwar ansah, aber sie war auf eine Art gealtert, die sie schöner machte, und sie hatte lebendige braune Augen. Ihr Mann war nur wenig größer, sein Blick schien aber weniger lebendig, sein Haar war schütter, und auch er hatte braune Augen.

Maria Brum, die die Wortführung übernahm, nannte ihre Adresse in New Bedford, geboren war sie als Maria Freitas 1926 in Santa Cruz.

„Santa Cruz, das liegt ungefähr 70 Meilen südlich von Frisco?" Konrad war stolz auf sein Wissen, Mrs. Brum lachte nur leise und schaute ihn freundlich an, Mr. Brum schaute auf die Tischplatte.

Frau Brum erzählte dann einfach weiter. Ihr Mann war 2 Jahre eher geboren, in Santa Barbara, auch hier war Konrad stolz um sein Wissen, dass dies nun näher bei L.A. liege. Er bemühte sich um eine besonders amerikanische Aussprache. Wie zuvor lächelte Mrs. Brum, während Mr. Brum den Blick gesenkt hielt.

Die beiden betrieben in New Bedford ein Hotel, und jetzt hatten sie sich eine Europareise gegönnt, zwei Wochen. Und weil New Bedford am Meer lag, wollten sie natürlich auch in Europa Hafenstädte besuchen, sie waren etwas enttäuscht gewesen, als sie in Hamburg ankamen. Hier war ja schon aus der Luft nirgends das Meer zu entdecken. Aber so ist das, in fernen Ländern sehen die Entfernungen immer anders aus, auch auf dem Atlas. Aber Mr. Brum, der jetzt zum ersten Mal sprach, meinte, es wäre doch klüger gewesen, nach Cuxhaven zu fahren, das hätte wohl mehr mit New Bedford gemeinsam.

Doch, doch ein Hotel in New Bedford war keine schlechte Sache, klar, das große Urlaubsziel waren sie nicht, aber die Buzzards Bay war attraktiv, und Cape Cod nicht weit, und wer auf Cuttyhunk Urlaub machen wollte legte oft eine Übernachtung in New Bedford ein. Und außerdem konnte man bei ihnen auch essen, die besten Fischgerichte weit und breit, schwärmte Mr. Brum, den seine Frau jetzt stoppte, es ginge ja nicht darum, die netten Polizisten zu einem Urlaub in Massachusetts zu bewegen, sondern um den so plötzlich verstorbenen- wie hieß er? - Mr. Reuter?

Sie hatten ja Erfahrung mit Hotelgästen, schon auf Grund ihres Berufs, und so hatten sie gleich gespürt, dass der freundliche („kind") Mr. Reuter sich hier auskannte in Hamburg. Und so hatten sie sich ihm angeschlossen. Beim Frühstück am Sonnabend hatte er sich angeboten, ihnen einen Teil der Stadt zu zeigen, und der nette („nice") Mr. Soldati war dann auch mitgekommen.

Sie hatten einen Spaziergang durch den Stadtpark gemacht, waren durch einige kleine Nebenstraßen gelaufen, dann zwei Stationen mit der Straßenbahn gefahren. Danach ging es mit dem Alsterdampfer weiter bis zum Jungfernstieg, es folgte ein langer Spaziergang, mit alten Kontorhäusern und einem Blick über den Zollzaun auf die Speicherstadt, dann noch eine Überfahrt mit der Fähre nach Finkenwerder, und das alles mit einer einzigen Fahrkarte. Mr. Brum war begeistert. Doch, doch, natürlich gebe es in New Bedford auch Busse, aber die fuhren nur tagsüber, und Schiffe, natürlich, die Fähren zu den Inseln, aber sonst nichts.

Naja, der freundliche Mr. Reuter hatte ja lange in Hamburg gelebt, eigentlich bis er in Rente ging, und jetzt kam er noch manchmal her, für ein paar Tage, Erinnerungen, und da war er immer ganz glücklich, wenn er jemanden fand, dem er Hamburg zeigen konnte. Nein, abends bei einem Essen an einem keinen Fluss, Este, doch, den Namen hatten sich beide gemerkt, jetzt wollte Mr. Brum noch etwas sagen, aber seine Frau fiel ihm ins Wort, also dieses Restaurant, da gab es wirklich guten Fisch, nicht so gut wie in New Bedford, aber doch.

Also, abends beim Essen in dem Restaurant hatte der freundliche Mr. Reuter ihnen und auch dem netten Mr. Soldati noch erzählt, dass er keine Bekannten mehr hatte, in Hamburg, er war damals im Berufsleben schon immer viel gereist. Da hatte er wenig Kontakt zu den Nachbarn. Kiel, wo er jetzt wohne, läge übrigens viel näher am Meer als Hamburg, hatte er ihnen erzählt, aber wenn sie so gerne Fisch aßen, dann wäre doch Cuxhaven am besten, darüber hatten sie geredet.

Nach Hause waren sie dann mit dem Bus durch den neuen Elbtunnel gefahren, der ja erst vor wenigen Monaten eröffnet worden war, das war aufregend, so ein langer Tunnel, so etwas gab es wohl in New York, aber nicht in New Bedford.

Sie hätten dann noch einen Absacker an der Bar eingenommen; dann seien sie zu Bett gegangen, nicht ohne sich auch noch für den Montag zu verabreden, jedenfalls die Familie Brum. Der nette Mr. Soldati hatte etwas anderes vor. Und Sonntag wollte der freundliche Mr. Reuter dann doch einen

Bekannten treffen, genaueres wussten die Brums aber auch nicht.

Gut, Sonntag waren sie gemeinsam mit dem netten Mr. Soldati losgezogen, erst einmal in einen wunderschönen Park, da, wo die große Gartenschau gewesen war, vor zwei Jahren. Danach seien sie wieder an der wunderschönen Alster gewesen, ja, die sei schöner als die Elbe, die aber auch wunderschön sei. Sie waren dann auch in einem Restaurant an der Elbe, nahe am Hafen, Essen gewesen. Ja, im ersten Stock, mit Blick auf die Elbe. Als sie gegessen hatten, es war wohl schon nach 14 Uhr gewesen, Mrs. Brum war offensichtlich stolz darauf, wie souverän sie die 24-Stunden-Zählung der Europäer beherrschte, da hätte es angefangen zu regnen. Sie waren also in die Kunsthalle gegangen, wunderschöne Bilder, die dort hingen, Mrs. Brum war hin und weg.

Abends waren sie dann auf der berühmten „sündige Meil" (Mr. Brum übernahm hier einen Moment das Wort, sprach „sündige" deutsch aus, die Meile wurde dann doch anglisiert). Frau Brum gab zu Protokoll, dass sie diese Meile keineswegs „nice" fand. Trotzdem waren sie dort noch bis lange nach Mitternacht herumgezogen, und dann war die letzte U-Bahn weg gewesen. Sie hätten noch bis zum Morgen die Reeperbahn und die Herbertstraße und die Große Freiheit angeschaut, dann seien sie mit der ersten Bahn nach Hause gefahren. Einmal hätten sie versucht, ein Taxi zu nehmen, aber der Fahrer verstand kein Englisch, deshalb hätten sie aufgegeben. Ja, der Mr. Soldati war die ganze Zeit dabei.

Jetzt hatte Müller noch einige Nachfragen. Schließlich waren die Brums ja einen ganzen Tag mit dem Reuter zusammen gewesen, da musste doch noch von anderen Dingen die Rede gewesen sein als von Hamburg.

Jaja, die Brums bestätigten, dass sie sich hier über sein Leben unterhalten hätten, dass er beruflich und privat wenig zu Hause gewesen war, dass er eigentlich schon sein Leben lang nach Kiel hatte ziehen wollen, ja wegen der Landschaft, und weil es näher am Meer lag, dass er eigentlich nur in Hamburg lebte, weil hier sein Arbeitsplatz gewesen sei, nein, wo er gearbeitet hätte, das wisse man nicht. Wüssten die Polizeibeamten das denn nicht?

Ach, über Familie war gar nicht geredet worden, und dann überraschte Mr. Brum, der ja die ganze Zeit englisch sprach, indem er Reuter mit dem deutschen Begriff Hagestolz charakterisierte. Auf die neugierige Nachfrage, woher er dieses Wort für einen alten Junggesellen kenne, das ja heutzutage selbst den meisten Deutschen nicht mehr geläufig sei, sagte er, von Reuter, und das Wort hab ihm so gut gefallen, dass er es einfach habe auswendig lernen müssen. „Hagestolz" wiederholte er.

Nein, das sei bei dem Essen am Flüsschen Este gewesen, wo sie eine Weile recht entspannt miteinander geredet hätten, aber wohin der Reuter bei der Arbeit gefahren sei, das wisse er wirklich nicht, und dann sagte seine Frau, doch, möglicherweise nach Portugal, er habe ein paarmal von Lissabon gesprochen. Wie schön die Stadt sei, so schön wie Kiel, am Hang und den Hügeln gelegen, oder wie der Hamburger Stadtteil, dessen Namen sie vergessen hätten, er läge jedenfalls gegenüber der Estemündung.

Weiteres Nachfragen brachte dann keine neuen Erkenntnisse, zum Schluss fragte Müller dann doch nach dem Namen Brum, der höre sich so gar nicht englisch an, nein, sagte Mr. Brum, der komme ursprünglich aus dem Niederländischen. Aber seine Vorfahren hätten die Niederlande schon vor vielen

Jahrhunderten verlassen, er wisse auch nicht genau, wie lange das her sei.

Wesentlich unergiebiger verlief das Gespräch mit Herrn Soldati, der sehr gut Deutsch sprach, „sprechen wir Schweizer alle, bis auf die aus dem Norden, die sprechen statt dessen eine Sprache, die sie bestimmt nicht verstehen können."

Müller konzentrierte sich zunächst auf die Dinge, über die sie zuvor mit den beiden Amerikanern gesprochen hatte. Soldati hatte ja nur den Sonnabend mit Reuter verbracht, und im Wesentlichen bestätigte er das, was Müller und Konrad schon von den Brums erfahren hatten.

Auf dem Schiff nach Finkenwerder waren Soldati und Reuter aber offenbar eine Weile alleine miteinander gewesen. Den Brums war es irgendwann zu kalt geworden, und sie waren nach vorne, in den überdachten Bereich des Oberdecks gegangen. Während der Zeit hatte sich Reuter lange mit Soldati über die zahlreichen in der Schweiz lebenden Portugiesen unterhalten. So viele waren es natürlich nicht, aber im Vergleich zu Deutschland dann doch wieder – jedenfalls gemessen an der Größe der beiden Länder.

Soldati selber hatte da aber kaum Kontakte, oben im Malcantone – da liegt Novaggio, also oberhalb des Lago di Lugano, wunderschön, wenn der Herr Wachtmeister irgendwann einmal Lust hätte, im Tessin Urlaub zu machen, könne er ihnen das Malcantone nur wärmstens ans Herz legen, also oben im Malcantone, da gab es praktisch keine Portugiesen. Also, um jetzt nicht missverstanden zu werden, auch der Frau Wachtmeister könne er das Malcantone nur empfehlen, die Schweizer hätten nichts gegen Frauen, nicht einmal, wenn sie Männerarbeit verrichteten. Also in den Dörfern unten am See vielleicht, in Caslano oder Ponte Tresa, da gäbe es wohl auch

Portugiesen. Und in Lugano, aber vor allem wohl auch dort, wo französisch gesprochen werde.

Ja, der Reuter, er schien irgendwie furchtbar aufgeregt und meinte, er – also der Brum – habe bestimmt etwas mit Lockheed zu tun, als Amerikaner. Auf die Frage, was die denn mit Lockheed zu tun haben sollten, meinte der Reuter plötzlich, da wolle er den Soldati jetzt nicht hineinziehen, aber diese ganzen Rüstungsgeschäfte, das sei doch alles ein Verbrechen, wenn man nur an die vielen toten Piloten denke. Von dem Moment an habe Soldati den Reuter für nicht so recht bei Trost gehalten, irgendwie verwirrt, aber der habe weitergemacht.

Der Soldati hatte dann überlegt, ob der den Brums davon erzählen solle, aber dann doch davon Abstand genommen, er wollte in nichts verwickelt werden, was er jetzt ja doch irgendwie sei, aber es sei ja schon ein Unterschied, ob der Herr und die Frau Wachtmeister zu ihm kämen oder ob er zu den Wachtmeistern gelaufen wäre, obwohl sie beide, also die Müller und der Konrad, ganz anders wirkten als Deutsche Wachtmeister es in den Vorurteilen der Menschen in der Welt seien. Nun, die Zeiten würden sich ändern, vielleicht würden die Deutschen ja noch einmal ein ganz normales Volk, aber mit dieser Bemerkung habe er seine Kompetenzen weit überschritten und er bitte den Herrn Wachtmeister und selbstredend auch die Frau Wachtmeister, diese nicht in das Protokoll aufzunehmen (eine Bitte, der Konrad, der inzwischen wieder das Protokoll führte, nur halb entsprach, indem er die betreffenden Bemerkungen zwar aus dem Protokoll herausließ, sie aber trotzdem in seinem Abschlussbericht erwähnte).

Der Reuter habe dann etwas gebrummt, er sei etwas besorgt, er war ja so oft in Portugal, und seit der sogenannten Nelkenrevolution ginge es dort drunter und drüber, ganz furchtbar sei das alles. Wer wisse schon, zu welchen Schandtaten diese Leute fähig seien, die dort jetzt an der Macht wären, und was einem harmlosen Menschen wie ihm, der nur gerne in Ländern Urlaub machte, in denen es sauber sei auf der Straße, antun könnten. Danach habe der Reuter eine Pause gemacht und dann angefügt, das sei ja vor allem angesichts der Terroristen in Deutschland eine echte Gefahr. Aber diese letzte Bemerkung schien dem Soldati eher einfach so hinzugefügt, um das vorher gesagte zu relativieren.

Jedenfalls habe Soldati den Brums nichts erzählt. Aber auf dem Rückweg vom Bahnhof Rübenkamp zum Hotel sei er einen Moment mit dem Brum alleine gewesen und habe dem vorgeschlagen, sich doch nicht mit dem Reuter zu treffen am Montag, der sei irgendwie etwas verrückt. Der hätte das aber mit einem Lachen beiseitegeschoben.

Für ihn selber kam es natürlich nicht in Frage, mit so einem wie dem Reuter noch einen Tag zu verbringen. Irgendwie sei der genauso, wie er sich einen deutschen Wachtmeister immer vorgestellt habe, ganz im Gegensatz zu der Frau Müller und dem Herrn Konrad.

Worüber er sich am Sonntag mit den Brums unterhalten hätte, fragte Müller (die jetzt erst merkte, wie lückenhaft die Befragung der Brums verlaufen war). Und Soldati meinte, es sei um die Taxsätze gegangen, und dass man auf Helgoland taxfreien Cognac erhalten könnte, die Brums hätten dann nicht gewusst, wo oder was Helgoland sei, er, Soldati hätte ihnen das erzählt, und wie man da mit dem Schiff hinkomme, von Hamburg, mit Zwischenstopp an der Alten Liebe („Old Love habe ich übersetzt") in Cuxhaven. Cuxhaven hätten sie dann eigenartiger Weise gekannt, weil da so viel Fischerei sei, wie in ihrem Kaff dort in Massachusetts („New Bedford, jetzt fällt es mir wieder ein, da kamen die übrigens her."). Die Brums hätten ihm dann ganz viel von der Schönheit von Massachusetts erzählt, und er habe mit dem Malcantone gekontert, es habe dann Gespräche der Art gegeben welch ein Zufall es sei, dass sowohl Massachusetts als auch das Malcantone mit einem M begännen und vier Silben hätten. Mrs. Brum hätte dann noch beigesteuert, dass alle Silben bis auf die dritte in Malcantone und in Massachusetts den selben Vokal enthielten, nur die dritte unterschiede sich, aber wenn man ehrlich sei, gingen o und u ohnehin fast ineinander über, so dass für einen kenntnislosen Menschen Massachusetts und Malcantone leicht zu verwechseln seien. Mit derlei Gesprächen sei der größte Teil des Tages vergangen.

Natürlich, abends, nach dem Besuch der beiden Herren in der Herbertstraße, hätten sie andere Themen gehabt, so etwas gäbe es weder in Massachusetts noch im Malcantone, wobei der Herr Brum beteuert hätte, dass das Nachtleben in Boston auch nicht ohne sei, woraufhin die Frau Brum einige neugierige Fragen an ihren Mann hatte.

Als sie dann nach Hause kamen, so zwischen 4 und 5, hätten sie sich gewundert, warum der Nachtwächter nicht an der Rezeption gewesen sei, aber dann wären sie doch alle sehr schnell in ihren Zimmern verschwunden.

Zum Schluss fiel Müller gerade noch ein, nach Geburtsort und -datum des Herrn Pietro Soldati zu fragen, das war 1934 in Lugano, im Stadtteil Bré, das liege auf dem gleichnamigen Berg.

Und was der Herr Soldati beruflich mache, wollte Müller dann noch wissen, der antwortete, er arbeite für den Schweizerischen Bankverein. Was das denn für ein Verein sei, fragte die Müller, sei das ein Zusammenschluss der Banken? Nein, Soldati erklärte ihr, es sei eine der großen Schweizerischen Banken, die heiße halt Schweizerischer Bankverein.

Als Müller dann sicherheitshalber noch einmal nachfragte, ob seine Reise nach Hamburg eine touristische sei, bestätigte Soldati das, merkte aber doch an, dass dies jedenfalls für den derzeitigen Zeitabschnitt der Reise gelte. Ob es andere gäbe? Nun, zuvor sei er geschäftlich hier gewesen, schließlich sei die Kundenbetreuung für ein international tätiges Institut wie den Schweizerischen Bankverein eine außerordentlich wichtige Tätigkeit. Müller frage daraufhin nach den Kunden hier in Hamburg, aber da schaltete Soldati auf stur, die Frau Wachtmeister müsse schon verstehen, dass das Bankgeheimnis bei den Schweizern genauso hoch geschätzt werde wie anderswo, man sei ja schließlich ein Rechtsstaat, schon lange, sehr lange. Aber inzwischen sähe man das doch hierzulande, in Deutschland, ähnlich, mit der Rechtsstaatlichkeit, das habe er bei seinen Reisen hierher, den geschäftlichen wie den seltenen privaten, immer wieder feststellen können, da sei er sich sicher, dass auch die Frau Wachtmeister Müller den Rechtsstaat und das Bankgeheimnis achte.

Es gab dann ein kleines Geplänkel um die Frage, ob denn das Bankgeheimnis auch im Falle einer Mordermittlung gelte, der Herr Soldati müsse schon verstehen, dass die Hamburger Kripo wissen müsse, ob der Herr Reuter oder andere Hotelgäste zu den Kunden des Schweizerischen Bankvereins gehörten.

Dies bestritt der Soldati auf das heftigste, schließlich seien Kunden des Schweizerischen Bankvereins nicht öfter als Täter in Mordfälle verwickelt als die Kunden anderer Geldinstitute, so etwas zu unterstellen sei geschäftsschädigend, wäre es jedenfalls, sofern es außerhalb dieser kleinen Runde behauptet werde. Letztlich sei nicht einmal auszuschließen, dass der Herr Konrad gerade erwogen habe, ein Konto bei dem Schweizerischen Bankverein einzurichten, und jetzt auf Grund der Bemerkung der Frau Wachtmeister von diesem Vorhaben sich wieder verabschiedet habe, das sei aber zugegebener Maßen eine Spitzfindigkeit, die er nicht weiter verfolgen wolle. Er könne aber – soweit reiche sein Verständnis schon – der Frau Wachtmeister bestätigen, dass der Herr Reuter wie auch der Herr Brum und seine zauberhafte Gattin keineswegs von ihm als Kunden des Schweizerischen Bankvereins betreut würde, ob sie ansonsten Kunden des von ihm vertretenen Geldinstitutes seien, könne er nicht sagen, da das Bankgeheimnis auch im Hause selber sehr ernst genommen werde.

Müller, jetzt doch ein wenig verunsichert, schlug eine kurze Unterbrechung vor, um ein schnelles Telefonat zu erledigen. Sie verließ für kurze Zeit den Raum, tatsächlich um sich mit dem Chef über das weitere Vorgehen in dieser kniffligen Angelegenheit zu beraten. Letztendlich riet der ihr damals zu einem möglichst kooperativen Vorgehen. Kurz vor ihrer Rückkehr kam es zu einer kleinen Szene zwischen Soldati und Konrad, die Müller noch teilweise mitbekam:

Während der Pause, allein mit Soldati, meinte Konrad plötzlich, ihm sei jetzt noch etwas Lustiges aufgefallen, Lugano-Bré habe auch vier Silben ‚und die Vokale unterschieden sich nur bei der ersten Silbe vom Malcantone, und Kalifornien, wo die Brums herstammten, sei auch viersilbig, aber da meinte Herr Soldati, es sei wohl fünfsilbig, die beiden stritten ein wenig. Müller, die die letzten Bemerkungen mitbekam, war das Verhalten ihres Kollegen ziemlich peinlich. Betont sachlich meinte sie, man würde jetzt fortfahren. Der Soldati fragte, ob die letzten Bemerkungen des Herrn Wachtmeister denn nicht ins Protokoll aufgenommen werden sollten. Als dann der Konrad sagte, dann werde er den Vorschriften Genüge tun und auch die Angelegenheit mit den Silben aufnehmen, versuchte der Soldati zu beschwichtigen, das sei nur als humorige, vielleicht ein wenig missglückte, Stichelei zu verstehen gewesen. Konrad, anscheinend eingeschnappt, nahm alles, auch die letzte Bemerkung Soldatis, ins Protokoll auf. Wir wissen natürlich nicht, was zwischen den beiden Männern noch abgelaufen war, vor allem in Müllers Abwesenheit.

Müller versuchte offenbar, das Gespräch schnell zu beenden, sie erklärte in höflicher, wenn man dem Protokoll glauben darf, fast unterwürfiger Weise, Soldati müsse schon verstehen, dass es für die Ermittlungen relevant sei, ob einer der anderen Gäste zu den von Soldati betreuten Kunden gehörte, allgemein sei natürlich die Frage, ob jemand in Geschäftsbeziehungen zum Schweizerischen Bankverein stehe, bedeutungslos für die Mordermittlungen. Soldati meinte, er habe keinerlei Anhaltspunkte, dass einer seiner Kunden zu den Hotelgästen gehöre, aber er habe natürlich nicht jeden einzelnen Hotelgast gesehen oder gesprochen, und manchmal kotzten ja wohl auch in Hamburg die Pferde direkt vor der Apotheke. Ganz sicher könne er also einen derartigen Zufall nur ausschließen, wenn das Hotel ihm Einsicht in die Gästeliste gewähre, er wisse aber nicht, ob das zulässig sei, derart genau sei er nun auch nicht informiert, welchen Stand der rechtsstaatlichen Entwicklung man diesbezüglich in Deutschland inzwischen erreicht habe.

Die nachfolgenden Bemerkungen waren dann wohl von beiden Seiten ebenso verdeckt unhöflich wie die letzte, wobei zu bedenken ist, dass Konrad, der ja den Streit mit Soldati hatte, das Protokoll führte.

Ganz am Ende einigte man sich, dass man eine Lösung finden werde, falls ein genauer Abgleich der Kundenliste Soldatis und der Gästeliste des Hotels erforderlich würde. Die Rede war von einem Notar, der als neutraler, verschwiegener Leser beide Listen vergleichen sollte.

Wie die Verabschiedung am Ende der Befragung ausfiel, verrät das Protokoll nicht.

Kapitel 9 **Kiel 1975**

Müller war noch am Montag nach Kiel gefahren, die dortigen Kollegen hatten Reuters Wohnung, in der sie jetzt gemeinsam mit einem ungefähr 45jährigen schnurrbärtigen Kollegen stand, schon am Vormittag durchsucht. Die Straße nannte sich Seeblick, aber das war geprahlt. Es gab jedoch einen ruhigen Balkon in dem Haus, das vermutlich aus den 50er Jahren stammte.

„Viel haben wir nicht gefunden, " berichtete der Kollege, „Zeugnisse, Werk- und Arbeitsverträge hauptsächlich, außerdem hat Reuter eine Schwester gehabt, der er wohl immer Urlaubskarten geschickt hat. Und er besaß ein Haus in Portugal."

Anfang der 50er Jahre musste Reuter einen Lebenslauf für Bewerbungen geschrieben haben, handschriftlich, wie das damals gang und gäbe war, von vielen Arbeitgebern sogar gefordert wurde. Dieser Lebenslauf war eigentlich wenig abenteuerlich, 1904 wurde Reuter als Sohn eines Polizisten und einer Hausfrau in Hamburg geboren. Er war der einzige Sohn, 2 Jahre später wurde seine Schwester Lisa geboren. Aufgewachsen ist er in Hamburg-Hamm, dort besuchte er die Schule und legte 1924 am Kirchenpauer-Realgymnasium die Abiturprüfung ab. Es folgte ein Studium in Heidelberg am neugegründeten Romanistischen Seminar. Dies schloss er 1931 mit einer Dissertation ab. Die handelte von der Wirkung, die Luís de Camões auf die Französische Literatur hatte „wer immer das ist," meinte der Kieler Kollege, Müller nahm sich vor, in Hamburg einen Blick in ein Lexikon oder ein Literaturlexikon zu werfen.

Reuter arbeitete dann für verschiedene Anwaltskanzleien bei der Übersetzung zunächst französischer, bald aber vor allem portugiesischer Texte. Dabei handelt es sich im Wesentlichen um Handelsverträge. Ab 1934 war er in Lissabon bei der dortigen deutschen Botschaft – oder besser Gesandtschaft, wie es damals hieß - als Übersetzer beschäftigt. Auch hier ging es anscheinend vor allem um Fragen, die mit den Handelsbeziehungen zu tun hatten, jedenfalls fanden sich in den Unterlagen einige Briefe, die darauf hindeuteten. „Naja, sie werden das alles ohnehin von uns bekommen, dann können sie genauer nachschauen."

Im Januar 1945 hatte Reuter einen Autounfall, er musste für längere Zeit ins Krankenhaus, was genau vorgefallen war, war dem Lebenslauf nicht zu entnehmen.

Reuter blieb damals in Portugal, er lebte dabei meist in der Umgebung von Lissabon, mit wechselnden Wohnsitzen. Er berichtete in seinem Lebenslauf von eher kleineren Arbeiten, vor allem für Deutsche, die sich damals in Portugal und insbesondere in der Umgebung von Lissabon ansiedelten.

1953 kehrte Reuter nach Deutschland, und zwar direkt nach Hamburg, zurück. Wie es ihm gelang, eine Zuzugsgenehmigung für die immer noch schwer zerstörte Stadt zu erhalten, konnten die Kollegen aus Kiel auch nicht sagen. Reuter zog zunächst zu seiner Schwester in ein Behelfsheim in der Nähe des Mittleren Landwegs. Darauf schloss Müller jedenfalls aus der Adresse, die der Kieler Kollege ihr nannte.

Gleich nach seiner Rückkehr bemühte sich Reuter um eine weitere Übersetzungstätigkeit für Hamburger Kanzleien, die auf Wirtschaftsrecht spezialisiert waren. Für die entsprechenden Bewerbungen war der Lebenslauf nach Ansicht des Kieler Kollegen bestimmt, entsprechend endete er hier.

Von 1954 bis 1973 war Reuter dann ständig für die Sozietät Kettner in der Lübecker Straße tätig, bis zu seinem 65. Geburtstag 1969 mit einer Festanstellung, danach auf Werkvertragsbasis. Allerdings sei nicht so recht zu erkennen, was er dort getan habe. Hier empfahl der Kieler Kollege, der Müller inzwischen offenbar als unsichere Anfängerin einstufte, Rücksprache mit dem Inhaber der Sozietät, Herrn Kettner, zu nehmen (er war, wie der Kieler Kollege – aus Neugier, wie er behauptete - herausgefunden hatte, der einzige Sozius, jedenfalls aktuell).

1955 war Reuter wieder nach Hamm gezogen, und zwar in die Caspar-Voght-Straße. Dort hatte er eine der nach dem Krieg gebauten Wohnungen übernommen, zunächst zusammen mit seiner Schwester, die verwitwet und ausgebombt war und ebenfalls eine Wohnung suchte. Sie kam 1958 mit einer Lungentuberkulose nach Geesthacht in die Lungenheilstätte Edmundsthal. 1960 wurde sie als geheilt entlassen.

Zwischen den Geschwistern gab es eine rege Korrespondenz. Eine systematische Auswertung auch dieser Korrespondenz hatten die Kieler Kollegen nicht vorgenommen, aber der Kollege konnte doch berichten, dass Reuter und auch seine Schwester die gemeinsame Wohnung nur als Übergangslösung betrachteten. Nachdem die Schwester allerdings nach Edmundsthal gekommen war, wollte Reuter wegen der guten Busverbindung von Hamm dorthin erst einmal in der Wohnung bleiben. „Der Fußweg zur Schurzallee tut mir dabei immer gut" zitierte der Kollege aus einer Postkarte. Er lachte leise „Wissen sie, ich bin dort aufgewachsen, gleich hinter dem Rauhen Haus."

Danach war nie mehr von einem Umzug die Rede, jedenfalls nicht zwischen den Geschwistern.

Die Schwester starb 1968 während der Hongkong-Grippe (vermutlich war die die Todesursache, aber sicher war der Kollege sich da nicht).

Ebenfalls mindestens ab 1954 war Reuter regelmäßig nach Portugal gereist. Seine alten Reispässe wiesen Stempel für mindestens eine, oft zwei Reisen im Jahr aus, außerdem hatte er seiner Schwester regelmäßig geschrieben. Die Haupturlaubsorte seien Lissabon, Peniche, Tarrafal und Praia gewesen. Später, ab Anfang der 60er Jahre, tauchte dann auch immer wieder eine Stadt namens Beja auf, von der gäbe es aber keine Bilder. Der Kollege zeigte einige Karten, die er extra herausgelegt hatte. Vor allem Peniche, Tarrafal und Praia beeindruckten auch auf den Schwarz-Weiß-Postkarten mit weiten Stränden – aber die Karten mit Bild waren die große Ausnahme. Wenn man sie genauer anschaute, merkte man, dass es sich um Fotografien handelte, deren Rückseiten dann als Postkarten beschriftet waren.

Zum 1.7.1974 hatte Reuter seine Wohnung in Hamm gekündigt, aber erst zum 1.9. hatte er seine neue Wohnung in Kiel bezogen. Anscheinend wurden seine Sachen so lange in einem Lagerhaus untergebracht.

Über lebende Freunde oder Verwandte Reuters hatten die Kieler nichts herausgefunden, vielleicht ließe sich ja über den alten Arbeitgeber oder die ehemaligen Nachbarn etwas erfahren.

Mit den Kieler Nachbarn hatten die Kieler auch schon gesprochen, aber die wussten wenig über den neuen Mieter, er grüßte, war höflich, selten laut, sie hatten den Eindruck, dass er öfter am Wochenende verreiste, sonst das Haus aber nur zum Einkaufen verließ. Eine Nachbarin hatte einmal versucht, ihn in den Seniorentreff einzuladen, den sie regelmäßig besuchte, vergebens.

Kapitel 10

Hamm 1975

Etwas ergiebiger waren die Informationen, die Konrad und einige andere Kollegen in Hamm gewonnen hatten. Mehrere Nachbarn hatten wohl keinen intensiven, aber doch einen gelegentlichen Kontakt zu Reuter gepflegt und berichteten, er habe eigentlich auf die Azoren ziehen wollen. Er hätte dort wohl auch eine Wohnung oder ein Haus gekauft – hier gingen die Aussagen der Nachbarn auseinander – habe dann aber beschlossen, erst einmal nicht dorthin zu ziehen. Eine jüngere Frau berichtete, er habe ihr auf die Frage, ob das etwa an einer Missbilligung der Nelkenrevolution liege, geantwortet, von hier aus sähe das ja alles sehr schön aus, aber dort ginge alles drunter und drüber. Und dann hätte sie den sicheren Eindruck gehabt, dass er das folgende eigentlich nicht sagen wollte, sich aber nicht beherrschen konnte: „Alle Kommunisten kriegen gleich ihre Kolonie geschenkt, von diesen sauberen Hauptleuten, nur die Azoren, die sich den USA anschließen wollen, dürfen nicht einmal ihre eigene Fahne zeigen."

Während der Nacht sichtete Müller die Unterlagen aus Reuters Wohnung so gründlich wie das auf die Schnelle ging.

Kapitel 11 Portugal 1934 bis 1937

Die Postkarten ergaben nicht viel, es waren fast ausschließlich jene, die er aus Portugal an seine Schwester geschickt hatte, und sie enthielten selten mehr als Hinweise auf das Wetter und die Landschaft sowie das persönliche Empfinden Reuters.

Und immer wieder betonte Reuter, wie sehr es ihm gefiel, in welch bescheidenen Verhältnissen die Menschen dort lebten „arm aber glücklich" war nur eine Formulierung unter vielen. Manchmal beschwerte er sich auch über „Leute, die hier versuchen, Unruhe zu säen, die gar nicht verstehen, wie glücklich sie sein könnten." Und er vergaß selten zu erwähnen, dass es sich dabei oft um gerade die handele, die zur Schule gegangen seien, das zeige, wie unglücklich zu viel Bildung machen könne.

Als sehr viel ergiebiger erwies sich ein Schuhkarton, in dem seine Schwester ältere Briefe gesammelt hatte, aus seiner Zeit an der Deutschen Gesandtschaft in Lissabon und den Jahren direkt nach dem Unfall. Auch einige wenige Briefe von seinen Reisen waren darin, aber Müller nahm sich zunächst die Zeit bis zu seinem Unfall vor. Auch hier wurde schon Reuters Einstellung zu sozialen Fragen deutlich:

Januar 1935: Es ist einfach schön, zu sehen, wie bescheiden die Menschen hier in Portugal sind. Die Gewerkschaften sind hier völlig zur Ruhe gekommen, liebe Lisa. Bescheidenheit ziert die Menschen, und ich glaube mehr und mehr, dass es wirklich ein Fehler unseres Soldatenkönigs war, in Preußen die Schulpflicht einzuführen. Wie viel bescheidener sind die Analphabeten, die ich hier in Portugal all überall treffe."

Aus den Briefen ergab sich ein Bild, das überwiegend eine eher periphere, auf die reine Übersetzungstätigkeit beschränkte Arbeit Reuters an der Gesandtschaft schilderte. Schon der erste Brief zeigte, dass er zumindest keinen eigenen Büroraum erhielt:

November 1934:,,Liebe Lisa! Gestern bin ich in Lissabon angekommen. Ich habe ein Zimmer nahe der Gesandtschaft, recht angenehm eingerichtet, wenn auch ungewohnt für einen Deutschen. Hier scheint alles recht bescheiden zu sein, aber der erste Eindruck ist ja manchmal trügerisch. Von Hoyningen-Huene[1] ist ja auch erst seit kurzem hier, er hat mich sehr freundlich empfangen, und ich fange jetzt schon an, mich wohlzufühlen. In der Gesandtschaft muss ich mir ein Zimmer mit zwei Kollegen teilen, aber das ist nicht schlimm, ich werde ja viel unterwegs sein, hoffe ich zumindest. Dein Dich liebender Bruder Karl"

Relativ schnell kam er in Kontakt mit portugiesischen Kollegen, mit denen er sich offenbar gerne auf eine Glas Wein traf.

Dezember 1935 Liebe Lisa! Gestern haben wir wieder bis spät in die Nacht bei guten Essen und mehren Flaschen Wein miteinander geredet, Übersetzer fast aller Sprachen, aber eben nicht die Übersetzer der Literatur, sondern jene, die sich in Technik und Wirtschaft auskennen und damit ganz andere Aufgaben übernehmen als die Literaten. Obwohl, sogar da gibt es Berührungspunkte, gestern trafen wir in einem Café

---

[1] Der deutsche Gesandte in Lissabon

namens „Die Brasilianerin" einen portugiesischen Überset-
zer, der genau in unseren Arbeitsfeldern zwischen dem Portu-
giesischen und dem Englischen übersetzt. Dieser Kollege nun
betätigt sich nebenher auch noch mit mäßigem, aber für por-
tugiesische Verhältnisse durchaus nennenswertem Erfolg als
Schriftsteller. Aber er veröffentlicht nicht etwa unter seinem
eigenen Namen, sondern seine Werke erscheinen, wie mir spä-
ter berichtet wurde, unter sehr vielen, ja kaum merkbaren ver-
schiedenen Namen, von denen mir einer, Ricardo Reis, noch
in Erinnerung ist. Der arme Kollege ist allerdings auch mit
einem entsetzlichen Namen geschlagen, er heißt nämlich ein-
fach Pessoa, was schlicht und einfach Person heißt. Ich habe
mir sagen lassen, dass seine Gedichte in Literatenzirkeln
durchaus bekannt sind, sie werden wohl vor allem in Zeit-
schriften veröffentlicht. Allerdings ist dieser Pessoa kein rich-
tiger Kollege mehr, er hat wohl vorletztes Jahr angefangen zu
politisieren und ist nun bei der hiesigen Regierung – ich denke
zu Recht – in Ungnade gefallen. Du siehst, hier gibt es die
skurrilsten Erscheinungen. Mit lieben Grüßen, Dein Bruder
Karl

Gelegentlich, seltener als einmal im Jahr, erwähnte er pri-
vate Zusammentreffen mit von Hoyningen-Huene. Das war
selten, vor allem wenn man bedenkt, wie wenige Deutsche es
in Lissabon gab, die nicht in Opposition zur damaligen deutschen Regierung standen – sei es aus politischen Gründen, sei
es als Verfolgte. Daneben setzte er offensichtlich alte Hamburger Kontakte fort, Müller würde das überprüfen müssen.
Vor allem wer der mehrfach auftauchende Barthel war, blieb
anfangs unklar. Hier ein Beispiel aus dem Weihnachtsbrief
Reuters an seine Schwester:

Dezember 1934: Ich war gestern bei einer Weihnachtsfeier
des Barthel. Alles ist auf eine sonderbare Weise nicht so aben-
teuerlich, wie ich es mir als Knabe immer ausgemalt habe,

aber trotzdem ist der alte Zauber wieder da, das Wort Bruder-
schaft finde ich immer noch beeindruckend. Die Nazis führen
jetzt mehr und mehr das große Wort bei der Bruderschaft, un-
sere Freunde ziehen sich daher ein wenig zurück.

Im ersten Jahr befasste sich Reuter offenbar mit der Vor-
bereitung des Handelsvertrags, der 1935 zwischen Deutschland und Portugal geschlossen wurde. Jedenfalls lassen mehrere Briefe an seine Schwester darauf schließen:

Januar 1935 Liebe Lisa! Ich sitze jetzt oft 12 Stunden im
Büro. Du magst gar nicht glauben, wie viel Arbeit bei der Vor-
bereitung eines solchen Handelsabkommens anfällt. Du musst
ständig neue Ideen übersetzen, zugehörige Literatur lesen und
solche Dinge mehr. Die Kollegen von der rechtswissenschaft-
lichen Schule haben es da fürwahr einfacher, sie müssen nur
die immer gleichen juristischen Fachbegriffe hin- und herdre-
hen, ich will das nicht geringschätzen, ein Fehler da kann gro-
ßen Schaden anrichten. Aber ich muss in einem fort um Zinn,
Wolfram und andere Metalle mich kümmern – ja, Wolfram ist
ein Metall, da Du nachfragtest, nein, kein neuer Bekannter
hier im Lissabon, wie Du vermutetest. Und um Maschinen geht
es, die wir den Portugiesen verkaufen wollen, auch um ihren
Fisch zu erlangen, auch die Thun- und Walfische, denn der
deutsche Walfang ist doch eher bescheiden, wenn auch nicht
bedeutungslos. Walfische sind ja, das weißt Du sicher, gar
keine Fische. Aber ich hoffe trotzdem, nachdem ich jetzt so viel
darüber studiert habe, einmal die Walfänger kennen zu lernen,
draußen auf den Azoren. Es muss dort alles sehr viel ur-
sprünglicher und naturverbundener sein als auf unseren ja
fast industriellen Walfangschiffen.

Ausnahmen von Reuters Bürotätigkeit scheint es vor allem
dann gegeben zu haben, wenn es um Technik, vor allem um
Fliegerei, ging. So unternahm er schon 1935 seine erste Reise

zu den Azoren, von der er mehrere Briefe an seine Schwester schickte.

September 1935: Liebe Lisa! Ich werde nächste Woche nach Horta reisen. Keiner mag diese Beschwerlichkeit auf sich nehmen, und ich gelte ja ohnehin als derjenige unter den Übersetzern hier, der das technische Vokabular beherrscht. Wobei es hier ja nur um einige Hilfestellungen geht für ein paar Angestellte der German Atlantic Telegraph Co., warum können die nur keinen Deutschen Namen führen, wie es sich gehören würde? Es ist schließlich keine geringe Leistung deutscher Ingenieurkunst, dass zwischen Borkum und Horta seit einigen Jahren das schnellste Kabel der Welt verläuft. 300 Wörter in der Minute, stell Dir das vor, unvorstellbar. Nun ja, auf meine Arbeit wird dieser englische Name keinen Einfluss haben.

Und kurz danach:

Oktober 1935: Ich habe es mir auch nicht nehmen lassen, von Horta aus für zwei Tage auf die benachbarte Insel Pico zu reisen, nach Lajes, wo die bedeutendste Walfangstation des Landes ist. Wenn Du einmal einen deutschen Walfänger gesehen hast und dann zuschaust, wie hier die Männer barfuß und in Booten rudernd hinausfahren, nachdem ein Posten oben auf den Bergen ihnen das Signal gegeben hat, dass Wale gesichtet wurden, dann begreifst Du, wie rückständig die Portugiesen technisch sind. Zugleich aber erkennst Du auch, wie sehr ihr Mut, ihre Bescheidenheit und das Leben im Einklang mit der Natur ihre Möglichkeiten mehrt. Ich mag wohl fast glauben, dass die Wale auch deshalb an der Insel Pico vorbeischwimmen, um diese Bescheidenheit zu belohnen, während die anspruchsvollen Deutschen mit noch so ausgefeilter Technik lange dem Wal hinterherjagen müssen. Nun, das sind ketzerische Gedanken, ich will die Entwicklung unseres Vaterlandes

nicht geringschätzen und unsere hervorragenden Unterneh-
mer und Techniker haben Bedeutendes und der Menschheit
Förderliches geleistet. Nur muss das eben nach meiner Über-
zeugung nicht auch noch dem letzten Arbeitsmann zu Gute
kommen, der doch eher sich bescheiden in sein Los fügen
sollte. Aber noch einen Höhepunkt hatte die Reise zu bieten,
ein Treffen mit mehreren Piloten und anderen Offizieren aus
Lajes. Beim nächsten Besuch der Azoren – den es hoffentlich
geben wird – will ich sie besuchen. Der Weg von Faial nach
Terceira ist ja an einem Tag zu erledigen. Aber davon werde
ich Dir ein andermal berichten. Dein Dich liebender Bruder
Karl

Spätestens 1936 begann dann seine Nähe zur Aeronautik:

Juni 1936: Jetzt darf ich mir vielleicht doch bald den alten
Traum vom Fliegen erfüllen. Und außerdem werde ich erneut
auf die Azoren reisen, wenn auch nicht nach Horta. In ein paar
Tagen werde ich mit der Schwabenland nach Ponta Delgada
reisen. Es hat mich wenig gekostet, von Hoyningen-Huene da-
von zu überzeugen, dass ich hier die Begleitung übernehmen
sollte, bin ich doch sicher in der ganzen Gesandtschaft derje-
nige, der die größte Affinität zur Fliegerei besitzt.

Oktober 1936: Liebe Lisa! Ich bin immer noch aufgeregt.
Sicher hast Du in der Zeitung gelesen, dass es in Ponta
Delgada so gar nicht nach Plan lief. Für mich war das natür-
lich eine wahre Freude, denn so kam ich erneut nach Horta.
Das war in jeder Hinsicht ein Höhepunkt meines Lebens, lass
es mich so sagen. Eigentlich war schon die Reise auf der
Schwabenland nach Ponta Delgada mehr, als ich mir als Kind
und Jüngling je erhofft hätte (wobei ein Mitflug in der Aeolus
natürlich eine Steigerung gewesen wäre, aber das wäre wohl
zu viel des Glücks gewesen). Immerhin war die andere Dor-
nier immer noch an Bord, als wir von Lissabon in See stachen.

Ponta Delgada erwies sich dann doch als ungeeignet, um zum Stützpunkt für Transatlantik-Flüge zu werden, so ging es mit der Schwabenland und beiden Dornier weiter nach Horta. Auch da ging es erst einmal schief, die Aeolus startete zwar in Richtung New York, kam aber nach 10 Stunden zurück. Der zweite Versuch war aber erfolgreich, welch ein Triumpf. Ich musste natürlich in Horta bleiben, bis die beiden Flieger zurückkehrten. Das gab aber Zeit, mich mit den neu gewonnen Freunden auf Horta zu besprechen, über mancherlei. Vor allem natürlich mit den Herren von der German Atlantic, aber auch die Portugiesen, die ich hier schätzen gelernt hatte, sogar die Flieger trotz der eigentümlichen, der hiesigen Regierung manchmal gar nicht so gewogenen Einstellung einiger dieser Leute, sind doch interessante Gesprächspartner. Obwohl ich zugeben muss, ohne die aeronautischen Themen wären die Flieger wohl kaum Menschen, mit denen ich mich gemein machen würde. Selbst jetzt, wo angesichts der Ereignisse in Spanien die letzten Differenzen zwischen unsrer und der portugiesischen Regierung, auch zwischen unseren Freunden in Lissabon und den Vertretern der NSDAP-AO übrigens, ausgeräumt sind, stehen diese Luftwaffenoffiziere innerlich abseits, wenn mein Gefühl mich nicht sehr trügt. Wie Du Dir denken kannst, habe ich es mir trotzdem nicht nehmen lassen, auch nach Terceira zu reisen und dort den Flugplatz in Lajes zu besuchen. Ich war drei Tage dort und kann vieles über die portugiesische Fliegerei erzählen. Und ein paar wenige wirklich gute Freunde habe ich auch dort gefunden. Nun, das war ein langer Brief, ich will Dich nicht mit technischen Details langweilen und bleibe Dein Dich immer liebender Bruder Karl.

Wieder zurück in Lissabon wusste Reuter dann eher wenig zu berichten. Einmal nahm er wohl an einem Gespräch mit dem damaligen portugiesischen Staatspräsidenten Carmona teil, das war Anfang 1937. Carmona zählte damals ebenso wie Salazar zu den Freunden Hoyningen-Huenes, Reuter äußert sich über beide positiv und zeigte sich nach der persönlichen Begegnung ausgesprochen begeistert von Carmona.

März 1937 Welche wichtige Rolle ich hier spiele, kannst Du daran ersehen, dass ich vor wenigen Tagen zu einem Gespräch mit Hoyningen-Huene und Carmona geladen wurde, nur die beiden, ich, und ein portugiesischer Bekannter von mir, mit dem ich schon so manches Glas Wein geleert habe.

Worum es in diesem Gespräch ging, bleibt aber völlig im Unklaren. Auch der vierte Teilnehmer wird nicht benannt. Allerdings wurde hier 1975 noch kein Recherchebedarf deutlich. Später, als der Fall neu aufgerollt wurde und etwas mehr Geschichtskenntnisse sich ausgebreitet hatten, vermuteten alle Beteiligten, es müsse wohl um den Einsatz der Legion Condor gegangen sein. Diese war zwar – einschließlich der Luftwaffeneinheiten – durchweg in Spanien stationiert, aber auch die portugiesische Regierung unterstützte damals wie die Deutsche die Falangisten. Der vierte Teilnehmer dürfte dann einer der bereits erwähnten portugiesischen Luftwaffenoffiziere von den Azoren sein. Da der Einsatz der Legion Condor im Spanischen Bürgerkrieg noch bis 1939 von der Deutschen Regierung geleugnet wurde, ist klar, dass Reuter auch in seinen Briefen, selbst an seine Schwester, nichts zu diesem Thema schreiben durfte.

Später im Jahr 1937 ging es dann wieder nach Horta, die Probeflüge der Lufthansa wurden fortgesetzt:

Oktober 1937: Liebe Lisa! Angesichts der Ereignisse in Spanien bin ich hin und her gerissen, aber ich bin jetzt der Luftfahrtexperte der Deutschen Gesandtschaft, und deshalb muss ich wohl hier auf Horta bleiben und den Herren von der Lufthansa meine Unterstützung angedeihen lassen. Aber es bereitet mir auch Freude, das will ich nicht verhehlen. Gestern nun eine ganz große Freude: Ich durfte mit der Nordwind in die Luft gehen, wenn auch nur als Gast. Das war eigentlich nicht vorgesehen, aber wegen eines technischen Defekts sollte ein kurzer Probeflug stattfinden, und die Herren von der Lufthansa hatten sich entschlossen, mir bei dieser Gelegenheit eine Freude zu bereiten. Ansonsten treffe ich mich hier mit denselben Menschen wie früher, vor allem die Mannen der German Atlantic sind schon wie alte Freunde für mich, auch zu den Portugiesen aus Lajes entstanden neue und bessere Kontakte.

Die Nordwind war eines der von Blohm und Voss gebauten Wasserflugzeuge für die damals geplante transatlantische Luftpostlinie der Lufthansa. Ob mit Lajes Lajes auf Terceira mit der Luftwaffenbasis oder Lajes auf Pico mit der Walfangstation gemeint war, bleibt unklar.

Kapitel 12 **Bayern 2013**

Müller fragte sich einen Moment lang, ob das nicht zu den verrücktesten Dingen in ihrem Leben gehörte, was sie hier tat, entschied dann aber, dass die Antwort darauf negativ sei. Allerdings machte es ihr nicht besonders viel Spaß, jedenfalls bisher.

Wie so ziemlich jedes Jahr seit ihrer Scheidung, also seit 31 Jahren, hatte ihr Ex sie kurz vor Ostern angerufen, bettelnd, ihr einen Ausflug vorgeschlagen. Die Reiseziele lagen von Jahr zu Jahr weiter entfernt, dieses Mal sollte es an den Gardasee gehen, für 4 Tage. Natürlich mussten sie mit Rolfs Auto fahren, das war schon lange kein Cabrio mehr, sondern seit neuestem ein SUV, natürlich mit Vierradantrieb.

Wie jedes Jahr hatten sie nach ungefähr 400 km den ersten Streit und legten ihn nach weiteren 200 km bei, dieses Jahr in einem kleinen Hotel bei Pegnitz. Der Beischlaf war immer noch nett, aber Christiane Müller wurde in dieser Nacht klar, dass sie ihn nicht mehr brauchte. Jedenfalls nicht mit Rolf.

Während Rolf neben ihr mit ruhigen Atemzügen bewies, dass er immer noch tief und fest schlafen konnte, lag Christiane die Nacht hindurch wach und grübelte und kam dabei zu der Erkenntnis, die den weiteren Verlauf oder besser Nichtverlauf dieser gemeinsamen Reise bestimmen sollte. Nicht unwichtig war dabei, dass sie an Nottebrook bemerkt hatte, dass der ein wenig in sie verliebt war, immer noch, oder zumindest leicht oder vage interessiert. Nicht, dass Nottebrook sie als potenzieller Liebhaber heute mehr interessierte als früher, aber es hatte ihr deutlich gemacht, dass sie noch immer attraktiv war, auch für sympathische Männer, denn zu denen zählte sie Klaus Nottebrook auf jeden Fall.

Nachdem sie ihren Beschluss gefasst hatte, am nächsten Morgen alleine weiterzureisen, wollte sie endlich schlafen, aber das klappte nicht. Sie ging auf den Balkon, beschloss, dass dies eine jener Ausnahmesituationen sei, in denen sie auch einmal eine Zigarette aus Nervosität rauchen durfte, steckte diese an, merkte, dass sie an diesem Tag fast eine Schachtel geleert hatte. Das würde sich ändern. Morgen.

Nach den ersten Zügen dachte sie noch einmal an Nottebrook, und diesmal ging es um den nächsten Teil des Protokolls. Gerne hätte sie noch einmal mit Konrad die damaligen Ermittlungen durchgesprochen, obwohl ihr kollegiales Verhältnis zueinander eher kühl gewesen war. Aber der stand nicht mehr zur Verfügung. Jedenfalls hatte sich Konrad damals derart undiplomatisch verhalten, dass Soldati gar keine Chance geblieben war, mit der Hamburger Kripo über das Notwendige hinaus zu kooperieren, sie erinnerte sich – oder bildete sie sich ein, sich zu erinnern? –, dass sie kurz vor der Pause das Gefühl hatte, es gäbe noch etwas, was Soldati ihr bei einem etwas vertrauteren Gespräch schon noch erzählen würde.

Ihr war Konrads Verhalten damals völlig unverständlich gewesen, vor allem beim Lesen hatte sie sich erinnert, dass er trotz fast inständiger Bitten der beiden anderen Beteiligten darauf beharrt hatte, sogar noch den absurden Streit über die Anzahl der Silben Kaliforniens ins Protokoll aufzunehmen.

Sie ging zurück ins Zimmer, wälzte sich eine Weile im Bett herum und versuchte, eine optimale Anordnung der Stühle in einer fiktiven Kindertagesstätte vorzunehmen, ein reine und für das wirkliche Leben bedeutungslose, aber dennoch an realistischen Gegenständen orientierte Gedankentätigkeit: Das war für sie jedenfalls besser zum Einschlafen geeignet als das angeblich so wirksame Zählen der Schafe. In dieser Nacht half es auch nichts, sie betrachtete Rolf noch eine Weile, kam noch einmal zu dem Schluss, dass sie wirklich nichts, aber auch gar nichts mehr gemeinsam hatten, wenn man einmal von einem sehr spezifischen und auch immer weniger personenbezogenen Bedürfnis an den Genitalien des jeweils anderen absah. Und sie war sich jetzt ganz sicher. Dass sie mit diesem Gedanken tatsächlich einschlief, machte den Gedanken am nächsten Morgen für sie zu einem handlungsorientierten.

Trotzdem erlegte sie sich noch ein wenig Bedenkzeit auf, versuchte, ein intelligentes Gespräch mit Rolf über Themen von gemeinsamem Interesse zu führen, zog dann aber im Laufe des Vormittags kurz vor Ingolstadt die Konsequenz aus ihren Überlegungen. Rolf war wahnsinnig wütend, die letzten Jahre hatten sie zwar schon mehrfach die Rückreise getrennt angetreten, aber wenigstens vor der Rückreise waren sie zusammengeblieben und hatten sich ihre Jahresportion Beischlaf zugeführt. Für Christiane galt das jedenfalls, bei Rolf war sie unsicher, aber manchmal vermutete sie, dass es bei ihm ähnlich sei.

Christianes Bemerkung, sie müsse jetzt irgendwie zum Bahnhof in Ingolstadt kommen, quittierte Rolf mit der Bemerkung „irgendwie, ja," das war das letzte, was sie von ihm hörte, nachdem er sie an der Autobahnabfahrt Ingolstadt Nord herausgelassen hatte.

In unmittelbarer Nähe der Autobahnabfahrt fand sie eine Bushaltestelle, der Bus fuhr zwar nur stündlich, kam aber nach nur einer Zigarettenlänge. Zum Hauptbahnhof musste sie noch einmal umsteigen.

Als sie nach den Zügen Richtung Hamburg schaute, entdeckte sie einen Zug über Aichach nach Augsburg, und schnell hatte sie herausgefunden, dass dieser Zug auch in Obergriesbach halten würde. Die Telefonnummer des Schwab war ebenfalls schnell gefunden, und über ein Buchungsportal hatte sie ein Hotelzimmer in Augsburg für sich reserviert. Sie überlegte einen Moment, ob sie Nottebrook über ihr Vorhaben informieren sollte, dann fiel ihr ein, dass sie doch einfach nur von Ferne bei der ganzen Angelegenheit dabei sein wollte. Stattdessen machte sie sich jetzt daran, mitten in die Ermittlungen einzusteigen, sich geradezu zu exponieren.

Sie schwankte einen Moment, dann sagte sie laut „Ab heute wird alles anders. Ade, Rolf. Grüß Gott, Leben." Sie wunderte sich ein wenig, dass sie sich derart schnell an die Grußgewohnheiten ihrer jeweiligen Umgebung anpasste, die anderen Menschen auf dem Bahnsteig wunderten sich eher über die Norddeutsche, die da laute Selbstgespräche führte. Das fiel ihr aber in ihrer Euphorie gar nicht auf. Während der Fahrt warf sie keinen Blick auf die Landschaft, sondern dachte über den neuen Menschen, der zu werden sie gerade beschlossen hatte, nach. Dabei fielen ihr noch einige Rituale auf, die sie seit Jahrzehnten pflegte und die ihr jetzt ebenso sinnlos erschienen wie die Reisen mit Rolf. Dann schob sie das ganze beiseite, entscheidend war wohl, dass sie heute Morgen zum ersten Mal seit Jahren wieder eine mutige Entscheidung getroffen hatte. Und diese Fahrt nach Obergriesbach war die zweite solche Entscheidung, an einem einzigen Tag.

Schwab öffnete die Tür persönlich, und er war sichtbar nervös.

„Es geht noch mal um die Befragung vor 38 Jahren, also 1975, uns ist da beim Aufarbeiten alter Protokolle etwas aufgefallen." Dass sie nicht mehr im Polizeidienst war, hatte Müller nicht weiter erwähnt, ihr fiel aber in diesem Moment auf, dass es wirklich albern war, wegen einer kurzen Frage nach Aussprache und Akzent, an die der Schwab sich sicher nicht erinnern konnte, hier aufzutauchen. Naja, nun war es zu spät. „Normalerweise hätte ich das am Telefon geklärt, aber ich hatte heute ohnehin eine Bahnfahrt von Ingolstadt nach Augsburg, und da dachte ich, ich schaue einfach mal in Obergriesbach vorbei. Ich weiß nicht, ob sie sich noch an die Details ihrer Vernehmung damals erinnern?"

Jetzt wurde der Schwab knallrot, erinnerte in seinem Aussehen an einen Mitschüler der Müller in der Grundschule, den sie immer mit dem Spitznamen Tomate verspottet hatten.

Müller wusste nicht, welcher Teufel sie in diesem Moment ritt, aber sie konnte es nicht lassen. „Ja, die vielen nackten Männer, von denen sie mir erzählt haben, sind mir auch in den Sinn gekommen, deshalb wurden sie doch jetzt rot, oder, Herr Schwab?"

Schwab schaute zu Boden, „ich kann mich nicht erinnern, was sie meinen." Seine Stimme klang ein wenig gepresst.

Müller fasste einen dritten Beschluss: „Darüber reden wir nachher noch mal, Herr Schwab. Jetzt habe ich erst einmal ein paar andere Fragen. Vor allem habe ich damals vergessen, sie nach der Stimme, dem Dialekt oder dem Akzent des Anrufers zu fragen, der sie bat, den gefesselten Gast loszubinden. Fällt ihnen dazu noch etwas ein?"

„Ich kann mich wirklich nicht mehr erinnern, aber es war – naja, was ich ihrem Kollegen damals gesagt hatte."

Müller überlegte, was Schwab Konrad gesagt haben könnte, dann klickte es bei ihr. „Sie meinen Herrn von Soest?"

„Ja, so ähnlich jedenfalls."

„Dann wiederholen sie doch mal, was sie dem gesagt haben, Herr Schwab."

Schwab war offensichtlich unzufrieden „Das steht doch alles im Protokoll."

Müller war jetzt unsicher, wie sie weiter machen sollte, dann wurde ihr klar, dass Schwab immer noch so unruhig und angespannt war wie nach ihren ersten Bemerkungen über die nackten Männer. „Wissen sie was, Herr Schwab, je eher wir das hier hinter uns bringen, desto eher können wir uns den Gründen für ihr Erröten vorhin widmen." Sie lächelte.

„Das möchte ich sowieso nicht."

„Das ist ihre Sache, es ist ein Angebot von mir, mehr nicht. Wenn sie es ausschlagen – zweimal bekommen sie es nicht." Sie hatte sehr leise gesprochen, jetzt wurde sie etwas lauter „Und jetzt kommen sie zur Sache, ich habe keine Lust, das alte Protokoll zu interpretieren, der Kollege war nämlich kein besonders guter Protokollant. Also, an was erinnern sie sich, Herr Schwab? Wie hat der Anrufer gesprochen?"

„Also, eigentlich doch nur, dass der Anrufer mit einem südländischen Akzent sprach, sonst war da nichts, es war ja nur ein kurzer Satz."

„Sie sind sicher, dass der Akzent südländisch war, nicht englisch?"

„Ja, also, es ist ja so lange her."

„Und was für eine südländische Sprache, Griechisch, Italienisch, Spanisch, Portugiesisch?"

„Ich weiß nicht, also jedenfalls offene Vokale, Zungen-R wahrscheinlich, kein h, kein Knacklaut bei Vokalen am Wortanfang, sie wissen schon."

Müller wusste natürlich nicht, aber das reichte. „Ist ihnen sonst noch etwas eingefallen, Herr Schwab?"

Der schüttelte den Kopf.

„Und sie wollen wirklich nicht darüber reden, was sie gedacht haben, wenn sie die gefesselten nackten Männer in den Hotelzimmern sahen?"

Schwab errötete erneut, „Das ist mir jetzt unglaublich peinlich."

Müller lächelte, schaute Schwab in die Augen, der senkte den Blick.

Müller war jetzt von sich selbst überrascht. Schwabs Reaktion weckte in ihr ein Gefühl von Macht, das fast an einen Rausch erinnerte, das vor allem manche Hemmungen, die sie noch vor 5 Minuten gehabt hätte, verschwinden ließ.

„Schauen sie mich an, Herr Schwab."

Er gehorchte tatsächlich, auch wenn sein Blick ihrem immer wieder für einen kurzen Moment auswich. Müller war überrascht und dachte zugleich, dass es so sein musste.

„Sie wollen also wirklich nicht darüber reden, Herr Schwab?" Sie sprach jetzt sehr leise, lächelte nicht mehr wie eben noch, sondern schaute ernst. „Sie wollen lieber noch einmal 38 Jahre auf diesen Moment warten."

Schwab schluckte, senkte erneut den Blick.

„Ich sagte, sie sollen mich anschauen."

Müller fixierte Schwab, der jetzt sehr unruhig, nervös war, intensiv.

„Wir machen es so, Herr Schwab: Ich sage, was geht:

Möglichkeit 1: Ich gehe jetzt, wir vergessen das Ganze, es hat sich erledigt. Sie dürfen dann weiter machen wie bisher. Sie wissen, was ich meine."

Möglichkeit 2: Ich gehe jetzt, sie warten weiter, und wenn sich die Gelegenheit gibt, versuchen wir es noch einmal, aber eben erst in 38 Jahren, auch dann dürfen sie erst einmal weiter" hier senkte Müller ihre Stimme so dass das folgende Wort kaum zu verstehen war, „wichsen.

Möglichkeit 3: Sie ziehen sich jetzt aus, und wir reden über ihre Neigung, ihre Vorlieben."

Schwab schwieg, manchmal versuchte sein Blick abzuschweifen, dann schüttelte Müller unmerklich den Kopf.

Schließlich sagte er ganz leise „Nicht hier."

Müller wartete mit der Antwort, genoss Schwabs zunehmende Nervosität.

Erst dann antwortete sie. Eine gute Stunde später saß sie in Augsburg in ihrem Hotelzimmer, und auf dem Bett lag der nackte Schwab, auf dem Rücken, „Jetzt haben sie genauso ein aufgerichtetes Glied wie die Männer in unserem Protokoll von damals, Herr Schwab", sie lachte. „Sagen sie, haben sie etwas dagegen, wenn ich sie festbinde?"

"Das möchte ich nicht „

„Dann halten sie mal schön still." Sie blieb sitzen.

Seinen Zustand fand sie jetzt auch recht erregend, allerdings weniger sexuell, es war vor allem ein schneller Herzschlag wie bei einer Achterbahnfahrt, nein, eher wie bei einem Kartenspiel, wenn sie merkte, dass sie alle Trümpfe in der Hand hatte und die anderen richtig niedermachen konnte. Einige spielten schon nicht mehr mit ihr, deswegen, aber sie brauchte das. Dies hier war ebenso gut, stellte sie fest. Aber kein Ersatz für die Nächte mit Rolf. Und irgendwie genau so überflüssig. Oder nicht ganz so, ein besserer Ersatz für die Kartenspiele. Dachte sie in diesem Moment.

„Bitte, machen sie weiter", bettelte Schwab jetzt.

Müller stand auf, beugte sich über Schwab, schaute auf sein Gesicht hinab, „Was wir machen, wann wir weitermachen, das entscheide ich, Herr Schwab, und seien sie froh, dass ich so nett bin." Mit der rechten Hand gab sie ihm einen leichten Schlag auf den immer noch schlanken Bauch. Auch ältere Männer konnten also eine attraktive Figur haben, anders als Klaus. Jetzt wunderte sich Müller, denn Rolfs Bauch war kaum weniger füllig als Klaus', und den hatte sie noch vor wenigen Stunden in ihrer unmittelbaren Nähe gehabt. Und eine Erektion war bei dem Schwab auch schneller herbeizuführen, obwohl – auf diese Weise hatte sie es bei Rolf noch nie probiert, und Klaus – wieso dachte sie überhaupt über sexuelle Kontakte mit Klaus nach, aber jetzt sollte sie sich auf Schwab konzentrieren.

„Wann müssen sie eigentlich zu Hause sein, Herr Schwab?"

„Den Zug um Dreiviertelfünf müsste ich schon kriegen."

Viertel vor 5 also, Müller stellte den Wecker auf ihrem Handy 4 Uhr ein, das sollte reichen. Später würde sie weitersehen. Dann begann sie, Schwabs Hände und Füße an den vier Ecken des Bettes festzubinden.

Nachdem Schwab sich zum Bahnhof aufgemacht hatte, rief Müller bei Nottebrook an und erzählte ihm von dem südländischen Akzent, auch davon, dass von Soest von diesem Akzent bereits am Tag des Mordes Kenntnis erhalten hatte. Die Details des Gesprächs mit Schwab ließ sie weg, Nottebrook war trotzdem irgendwie eifersüchtig, nicht auf Rolf Berg, sondern auf Schwab. Als Müller noch einmal das Hotel verließ und nach der Zigarettenschachtel griff, merkte sie, dass sie heute fast nichts geraucht hatte. Sie beschloss, auf einer Caféterrasse zwei Zigaretten zu rauchen, zur Feier des Tages.

Nottebrook überlegte, wie er weiter vorgehen sollte. Eigentlich müsste er Wolfgang fragen, was da vorgefallen war, aber das würde zu nichts führen, im besten Fall. Im schlimmeren würde Wolfgang beginnen, ihm Steine in den Weg zu legen.

Und Weises Unterstützung suchen? Mit der geringfügigen Erkenntnis, die er bis jetzt hatte? Jedenfalls gab es nur einen Gast mit südländischem Akzent im Hotel, damals, wenn er es richtig sah, und das war Pietro Soldati. Der musste inzwischen aber auch 79 sein, falls er überhaupt noch lebte. Im Telefonbuch fand er jedenfalls keinen Pietro Soldati, nicht im Malcantone, nicht in Lugano. Soldati mit anderen Vornamen gab es dagegen reichlich, nur, die alle anzurufen, zu befragen, vor allem ohne Italienischkenntnisse, würde kaum zielführend sein.

Er rief noch einmal bei Müller auf dem Handy an, seine spontane Idee war, sie nach Novaggio zu schicken, das konnte doch nicht so weit von Augsburg sein. Außerdem bekam er sie auf diese Weise von dem Schwab weg, aber das gestand Nottebrook nicht einmal sich selber ein. Und nein, er würde diese Gedanken jetzt beiseiteschieben, ein gelegentliches Bier mit Christiane Müller, und die Zusammenarbeit im Moment, wenn man es so nennen konnte, das war es eigentlich.

Die Internetrecherche ergab von Augsburg nach Novaggio eine Fahrzeit von fast 8 Stunden, und Müller lehnte das ab, vor allem so einfach ins Blaue hinein.

Kapitel 13 Ohlsdorf 2013

Es war früher Sonntagnachmittag, als bei Nottebrook das Telefon klingelte.

„Weise, Herr Nottebrook, störe ich sie sehr?"

„Ich war gerade am Lesen, nein, es freut mich von ihnen zu hören, Herr Weise, wie geht's ihnen?"

„Keine Höflichkeiten. Sie wohnen ja in Steilshoop, wenn ich recht informiert bin. Sind sie zu Hause oder haben sie schon eine dieser Anrufweiterleitungen eingeschaltet?"

„Ich bin zu Hause, wollen sie vorbeikommen?" Nottebrook überschlug im Kopf, wie lange er brauchen würde, bis seine Wohnung halbwegs aufgeräumt aussah.

„Nein, ich möchte sie hier treffen, in 'ner halben, nein, dreiviertel Stunde, also hier, das heißt, am Wasserturm auf dem Friedhof."

„Auf dem Ohlsdorfer Friedhof?"

„Ja, wissen sie wo der Wasserturm ist?"

„Ungefähr, sagen sie mir lieber, wie ich da hinkomme"

„Gehen sie zu Fuß, Herr Nottebrook, dann müssen sie sich beeilen, oder nehmen sie den Bus vom Eingang See, bis Kapelle 9, da können sie umsteigen in Linie 170 Richtung Haupteingang, und Wasserturm steigen sie aus. Aber machen sie sich gleich auf den Weg."

Nottebrook beeilte sich, auch wenn er das Ganze etwas überraschend fand. Er nahm den Bus, er wollte kein Risiko mit der Zeit eingehen.

Am Wasserturm waren Tische aufgestellt, es gab Kaffee und Kuchen. An einem Tisch saß Weise mit zwei jungen

Frauen, die eine fast noch ein Kind. Nottebrook ging auf sie zu.

„Guten Tag." Er war unsicher.

„Herr Nottebrook, wie schön dass sie es möglich machen konnten, darf ich vorstellen, das sind die beiden Jungfrauen, die später in mein Grab gelegt werden sollen, und das ist jener Herr Nottebrook, von dem ich schon erzählte, dass er in Ungnade gefallen ist und jetzt sein Gnadenbrot im Archiv verzehren muss."

„Opa", ergriff die jüngere Frau, sie musste irgendwas zwischen 16 und 18 sein, das Wort, „du bist unmöglich. Das mit dem Grab erzählst du jetzt überall, die Leute müssen uns für verrückt und pervers halten, außerdem ist Herr Nottebrook entweder in Ungnade gefallen oder er bekommt sein Gnadenbrot, beides geht nicht. Aber guten Tag Herr Nottebrook, ich bin unhöflich. Weise ist mein Name, Laura Weise. Und glauben sie ja nicht, dass meine Schwester noch Jungfrau ist." Jetzt stand sie auf und bot Nottebrook ihren Stuhl an, mit den Worten „ich hole einen anderen" begab sie sich auf einen Rundgang zwischen den Kaffeetrinkern.

Jetzt stand auch die andere Frau auf, „und ich bin Frau Weise, ich müsste meinen Großvater in Schutz nehmen. Aber ich weiß nicht wie, er ist wie immer unmöglich."

Der alte Weise lachte „Finden sie, Herr Nottebrook, ich sei pervers und unmöglich?"

„Ich vermute einfach mal, sie besitzen eine der wunderschönen Familiengruften auf diesem Friedhof, die werden ja jetzt meines Wissens völlig kostenlos denen überlassen, die sich zu ihrer Instandhaltung verpflichten."

„Nein, nein, ich habe nur ein ganz einfaches Grab gekauft, ich kläre die Dinge gerne vor meinem Tod. Und als ich mich beraten ließ, bei der Friedhofsverwaltung, einer sehr netten Dame, erfuhr ich, dass ich bis zu 6 eingeäscherte Leichen mit ins Grab nehmen darf, für einen Aufpreis von nur 800 € das Stück. Und dass das Grab mir, oder besser uns, dann gehört bis 25 Jahre nach der letzten Einbettung. Das ließ ich mir nicht zweimal sagen, ich habe also meinen beiden Enkelinnen für jeweils 800 € einen Platz in meinem Grab spendiert, so bleibt meine Grabstätte erhalten bis die letzte von ihnen verstorben ist – oder 25 Jahre länger, falls sie sich tatsächlich neben mir – oder genauer, da sie sich dann ja einäschern lassen müssen, in einer Urne über meinem Sarg – bestatten lassen. Damit ist das Grab gesichert, bis die letzte Frau – und damit der letzte Mensch, der sich noch an mich erinnert – verstorben ist.

Natürlich können meine Enkelinnen auch vorher Schluss damit machen, wenn sie genug von ihrem alten Großpapa haben. Sie können dann auf ihren Anspruch auf den Platz in meinem Grab verzichten - und mein Grab wird entwidmet, darf eine neue, fremde Leiche aufnehmen." Weise lächelte. „Ich finde, das ist ein sehr vorteilhaftes Arrangement, wenn man bedenkt, was alleine die Verlängerung einer Grabstätte kostet, selbst ohne künftige Preissteigerungen. Aber sie ahnen sicher, dass ich sie nicht deshalb hergebeten habe."

Weise schaute sich um, „Hol doch mal Kaffee und Kuchen für Herrn Nottebrook, das ist doch richtig, oder?"

Nottebrook nickte, „aber ich kann auch selber"

„Nichts da, sie hören jetzt zu. Das hier ist also meine älteste Enkelin, Korinna Weise, eine Frau, die ihr Leben der Banane gewidmet hat. Und deshalb kann sie ihnen bei ihren aktuellen Problemen eine Hilfe sein, Herr Nottebrook. Aber erzähl selber, Korinna."

„Ja, ich arbeite zurzeit in einem Forschungsprojekt mit. Wahrscheinlich wissen sie, dass mit der Bananenmarktordnung von 1993, genauer der EG-Verordnung 404/93, ein Schutz der AKP-Bananen, vor allem aber der Gemeinschaftsbananen gegenüber den Drittlandsbananen erreicht werden sollte. Naja, wahrscheinlich erinnern sie sich auch, dass die Bundesregierung sich sehr gewehrt hat, die Diskussion ging ja damals durch die Zeitungen,

Nottebrook schüttelte den Kopf.

Der alte Weise schaltete sich ein: „Korinna war damals 13 Jahre alt, nahm also die Politik zum ersten Mal bewusst wahr. Und sie können sich sicher vorstellen, wie es auf sie wirkte: Nach den Beteuerungen gut- und weniger gutwilliger Bürger, wie wichtig umweltgerechte Landwirtschaft, humane Arbeitsbedingungen und so weiter und so fort seien, soll das nun einmal umgesetzt werden, nicht besonders intensiv, aber immerhin, ein kleines bisschen, bei den Bananen. Und sofort bricht das große Wehgeschrei los, das ginge nicht, da würden doch die Bananen unbezahlbar, und sofort wird das alles gekippt. Das hat das arme Kind damals so entsetzt, sie ist bis heute traumatisiert."

„Opa, ich bitte dich. Na gut, wir schauen jetzt auf die Folgen der damaligen Verordnung, auch auf die Folgen der 2257/94, die ja eine Mindestlänge von 14 cm und eine Dicke von mindestens 2,7 cm vorschreibt für Bananen, die nicht aus besonders genannten traditionellen Anbaugebieten stammen, also im Wesentlichen nicht von einigen griechischen und portugiesischen Inseln.

Unser Projekt befasst sich mit den Wirkungen auf den europäischen Bananenanbau, dabei geht es natürlich vor allem um Spanien, aber ich selber habe mich schwerpunktmäßig um

Portugal gekümmert, deshalb war ich vor zwei Jahren 6 Monate lang auf Madeira und São Miguel. Und da kümmert man sich natürlich um mehr als um Bananen – und Ananas."

„Ananas?" Nottebrook schwirrte der Kopf.

„Ja, auf São Miguel werden nicht nur Bananen, sondern auch Ananas angebaut. Wenn sie also einmal europäische Ananas essen wollen, sie schmecken vorzüglich."

„Und welche Wirkung hat nun die EU-Agrarmarktordnung auf den Europäischen Bananenanbau?"

„Naja, fast keine, wissen sie, das ist alles eher von akademischem Interesse. Spannend ist eigentlich, wie leicht man in Deutschland mit dem Argument, Bananen würden sonst unerträglich teuer, unbezahlbar, den fast ausschließlichen Verkauf von Drittstaatenbananen durchgesetzt hat, ganz entgegen den Intentionen der Verordnung. Und damit wurden natürlich die Cavendish-Bananen durchgesetzt, und ihre Anbaumethoden, und die Unternehmen, die sie produzierten. Es ist halt ein Beispiel dafür, wie bei der Entscheidung zwischen guten traditionellen Bananen mit anständigen Anbaumethoden und Europäischer Solidarität auf der einen und billigen Lebensmitteln von großen weltweit agierenden Konzernen auf der andren Seite die Entscheidung in Deutschland in die zweite Richtung fiel, und zwar nach durchaus langer öffentlicher Diskussion. Einfach etwas, was man bedenken sollte, wenn man die heutige Wirtschaftslage in Europa anschaut. Naja, es ist schwer nachzuweisen, dass der Bananenanbau auf Madeira und den Azoren einen deutlicheren Aufschwung genommen hätte, falls Deutschland damals anders agiert hätte. Die Krise vermieden hätte es jedenfalls nicht, nicht alleine. Aber wie gesagt, es ist ein Beispiel.

Aber ich rede mich fest, natürlich hat das alles nichts mit dem Herrn Reuter zu tun, der war ja zur Zeit der 404/93 längst tot."

„Ja, aber das heißt, sie haben 6 Monate in Portugal gelebt?"

„Ja, halb auf Madeira, halb auf São Miguel. Und von São Miguel aus hab ich mir natürlich auch die anderen Azoreninseln angeschaut, vor allem die, auf denen es andere kleine Bananenpantagen gibt.

Aber mein Großvater hat mir ja gesagt, dass der Herr Reuter vermutlich nichts mit Bananen zu tun hatte, er wollte wohl ein Haus auf den Azoren kaufen oder hatte es gekauft?"

Nottebrook nickte.

„Jedenfalls meinte er, es wäre schön, wenn ich Ihnen einige Fakten über die Azoren aufschreiben könnte, die für jemanden der damals ein Haus suchte wichtig sein könnten."

„Und auch alles das, was du mir erzählt hast über die Rolle der Azoren im zweiten Weltkrieg, Korinna. Schieb mir mal meinen Rollator rüber."

Weise nahm einen Gehstock, der vorne am Rollator hing, dann sprach er weiter.

„Diese Idioten bei der Hamburger Polizei, die ganze Geschichte, die Einflüsse aus fremden Kulturen, das kriegen die immer noch nicht auf die Reihe. Naja, etwas besser ist es wohl geworden, aber damals war es eine totale Fehlanzeige, kein Wunder, dass bei den Ermittlungen nichts rauskam, das wäre sogar so gewesen, wenn etwas dabei hätte rauskommen sollen." Während des Sprechens schlug Weise mit zunehmender Heftigkeit seinen Gehstock auf den Boden, so dass am Ende rhythmische Schläge seine Worte untermalten auf eine Weise,

die daraus fast so etwas wie einen Kriegsgesang zur Steigerung der eigenen Aggressivität machten.

„Wir machen jetzt gleich zu, tut mir leid", sagte eine der
Frauen, die das Café am Wasserturm – eigentlich das Café am
Garten der Frauen - betrieben. Hier lagen seit einiger Zeit
auch öffentlich beachtet einige berühmte Hamburgerinnen.

„Ja, für mich wird es auch Zeit," meinte der alte Weise,
„Was meinen sie, Herr Nottebrook, kann meine Enkelin ihnen
eine Hilfe sein?"

„Grundsätzlich natürlich schon, Herr Weise, aber ich habe
da keinen Etat, sie wissen doch selber, wie das ist im Polizeidienst."

„Und ob." Wieder begann der Gehstock auf den Boden zu
schlagen. „Und ob, aber sie haben trotzdem einen Etat."

Nottebrook schaute Weise fragend an.

„Ich habe die Restauflage ihrer beiden ersten Bände aufgekauft, es lohnt nicht, die noch aufzubewahren, nein, ich weiß,
das waren Pflichtübungen, die sie nicht freiwillig absolviert
haben. Ich habe sie wie gesagt aufgekauft, für einen Verein
zur Förderung der Wissenschaften, fragen sie mich nicht nach
den Einzelheiten. Für 1 € das Stück. Und anschließend habe
ich sie für den ursprünglichen Preis an ein Projekt zur Leseför-
derung bei Demenzkranken abgegeben. Wissen sie, auch
wenn ihre Bücher nichts taugen, so sind sie immer noch eine
bessere Lektüre als diese Quasi-Kindergeschichten, die da
sonst umlaufen. Und als Seniorenfunktionär kann ich da schon
mal was drehen.

Jedenfalls steht jetzt ein Etat von insgesamt immerhin rund
11.000 € zur Verfügung, mit dem ich den Blick meiner Enkelin über den EU-Bananenmarkt hinauslenken will auf die anderen wichtigen wirtschaftlichen Dinge auf den Azoren. Das

ist die Hälfte des Betrags. Und noch eines, die Hamburger Polizei wird mit Sicherheit weder ihnen noch Frau Müller eine Recherchereise auf die Azoren bezahlen. Überlegen sie es sich, ich bewillige ihnen ein Forschungsprojekt über die Migrationsversuche Deutscher auf die Azoren im Jahr der Nelkenrevolution, ich glaube nicht, dass es da außer dem Reuter noch jemanden gibt. Sprechen sie mit Frau Müller darüber." Weise zwinkerte anzüglich.

„Opa, jetzt reicht es. Das mit dem Grab geht ja noch an, aber dass du zu allem, was dich nichts angeht, einen Senf absondern musst, das ist wirklich nichts, worauf du stolz sein solltest." Diesmal schien Korinna Laura zuzustimmen.

Den Rückweg zu seiner Wohnung legte Nottebrook zu Fuß zurück, über den Friedhof und in Gedanken versunken, die zwischen den Vorschriften für die Länge von Bananen und der Vorstellung, mit Christiane Müller auf die Azoren zu fahren, wild oszillierten.

Als er am Grabmalmuseum vorbei kam, setzte er sich auf eine Bank und telefonierte. Erst mit Weise, dann mit Müller. Auf diese Art wurde Christiane Müllers Reise in den Malcantone jetzt sogar bezahlt. Zumindest, was die Spesen anging.

Kapitel 14 **Hohenfelde 1975**

Kettner war zwar selbst sein einziger Sozius, aber seine Sozietät belegte eine ganze Etage in der Lübecker Straße, vom Korridor gingen insgesamt 12 Türen ab, eine stand offen. Eine junge Frau, nach der aktuellen Mode mit Jeans und T-Shirt gekleidet, begrüßte Müller.

„Frau Müller? Dann kommen sie doch mit in den Besprechungsraum, Herr Kettner wird sich sofort für sie freimachen."

„Ich bin schon frei", Kettner war ein hochgewachsener Mann - von 61 Jahren, wie Müller später bei der Aufnahme der Personalien erfuhr. Sein Haar war schütter, kurzgeschnitten, ungewöhnlich war der Schnurrbart, nichts Besonderes, aber seit einigen Jahren waren Bärte kein Merkmal von Großvätern mehr, sondern von rebellischen Studenten und ähnlichen Leuten.

„Frau Meiser, bringen sie uns Kaffee – das ist doch Recht, Frau Müller? Und etwas Gebäck, ja? Ich muss mich bei Ihnen bedanken, dass sie sich hier her bemüht haben, ein äußerst rücksichtsvoller Umgang mit meiner Zeit, auch wenn es zum Polizeihochhaus nicht so furchtbar weit ist. Aber wir sind zurzeit stark unter Druck, da geht es oft um jede Minute. Sie verzeihen mir also, wenn ich sie bitte, sofort in medias res zu gehen?"

„Natürlich, mich interessiert zunächst einmal, welche Arbeiten Herr Reuter für sie erledigt hat."

„Herr Reuter hat übersetzt, vor allem hier, manchmal musste er auch zu portugiesischen Kunden und dort, in Portugal übersetzen, er hat diese kurzen Ausflüge meist mit einem Urlaub verbunden."

„Und was waren das für Kunden?"

„Überwiegend Geschäftskunden."

„Welche Art von Geschäften?"

„Handelsgeschäfte, vor allem. Kork, Kork wird ja viel exportiert aus Portugal, vor allem aus dem Alentejo. Olivenöl kommt neuerdings immer mehr in Mode, und Ölsardinen importieren wir ja schon lange. Wolfram auch. Und natürlich in der Gegenrichtung Maschinen, vor allem für die Landwirtschaft, aber auch Radios, Plattenspieler, Fernseher, meine Güte, so groß ist der Absatz da in Portugal nicht, war er zumindest zu Herrn Reuters Zeiten nicht, die Leute waren ja arm, sind sie immer noch, da hat die sogenannte Revolution nicht viel dran geändert."

„Handelsgeschäfte, und was noch?"

„An Geschäftskunden? Reiseveranstalter, es gibt ja einen wenn auch bescheidenen Tourismus auf Madeira, da sind auch hiesige Veranstalter im Geschäft, auch wenn da überwiegend Engländer hinfahren. Und Sintra ist noch traditioneller als Urlaubsort, nebst Cascais inzwischen. Sie sehen ja, dies ist ein großes Büro, wenig Juristerei, aber viel Übersetzungtätigkeit, Beratungtätigkeit, was es alles gibt. Naja, manchmal ging es um Erbschaftsangelegenheiten, ich weiß aber gar nicht, wie weit Herr Reuter da involviert war, wenn dann jedenfalls nicht über uns, denn notariell darf ein Anwalt in Hamburg nicht tätig sein, das wissen sie ja."

„Können sie mir eine Liste der Kunden geben, für die Herr Reuter tätig war?"

Kettner wartete, bis Frau Meiser den Kaffee und eine kleine Schale mit Schmalzgebäck gebracht hatte, dann redete er weiter: „Nein, natürlich nicht, ich bitte sie doch um Verständnis, dass ich als Anwalt da nicht besonders auskunftsfreudig sein kann. Wenn sie etwas über bestimmte Kunden wissen wollen, von denen sie erfahren haben, dann können wir sehen, ich will ja ihre Ermittlungen nicht behindern, es geht uns allen hier sehr nahe, was mit dem armen Herrn Reuter geschehen ist, aber einfach eine vollständige Liste aller Kunden, die er betreut hat, das geht wirklich nicht, das waren schließlich in erster Linie meine Kunden."

Müller würde später prüfen, ob es hier Mittel und Wege gab, weiterzukommen, Kettner war ja in der Tat Anwalt, Reuter aber nicht.

„Gut, Herr Kettner, lassen wir das einfach so stehen. Sie sagten, es ginge überwiegend um Geschäftskunden, was noch?"

„Ich erzählte ja schon, manchmal ging es um Familienfragen, es gibt ja seit einigen Jahren portugiesische Gastarbeiter hier, da kommt es dann schon mal zu Schwangerschaften, Eheschließungen und was dieser Dinge mehr sind, nicht immer hier, manchmal auch woanders. Aber das war selten, sehen sie, so viele waren das nicht, die aus Portugal hier her kamen, die Portugiesen gehen eher nach Frankreich, ist so. Und jetzt, post revolutionem, fahren natürlich viele junge Leute nach Portugal, die dort die Revolution erleben wollen, die es hier nicht gibt. Fragen sie mich bitte nicht, was ich davon halte. Und dann hatte er immer noch Kontakte aus seiner Zeit bei der Gesandtschaft, also der Botschaft, er hat ja danach noch eine Weile in der Nähe von Lissabon gelebt, und dort hatte er wohl viel Kontakt in der deutschen Kolonie. Die war zwar nicht so groß, ein paar Leute waren es aber doch, die dort lebten, Geschäfte machten oder sich mit einem eigenen Haus zur Ruhe gesetzt hatten. Aber darüber weiß ich nichts, das lief nicht über uns. Jedenfalls, das war es so im Wesentlichen, was der Herr Reuter getan hat."

„Gut, das überrascht jetzt schon ein bisschen, es hatte gar nichts mit der Politik zu tun, mit Verwaltungen, der Herr Reuter hatte ja immerhin über 10 Jahre an der portugiesischen Gesandtschaft gearbeitet."

Kettner stand auf und schloss die Tür des Besprechungsraums. Nachdem er sich wieder gesetzt hatte, beugte er sich weit zu Müller hinüber. „Frau Müller, wenn ich schon bei den Privatkunden zur Verschwiegenheit verpflichtet bin, um wie viel mehr wäre ich es dann bei staatlichen Stellen, wenn solche denn meine Dienste in Anspruch nähmen."

Er setzte sich gemütlich hin, dann fügte er, wieder in normaler Lautstärke hinzu: „Mir, ich betone, mir persönlich, sind solche Aufträge nicht bekannt, Frau Müller. Allerdings enthielt der Arbeitsvertrag, den Herr Reuter bei mir hatte, keinerlei explizite Vereinbarungen über Nebentätigkeiten, außer der, dass sie mich nichts angingen, wenn sie nicht zu einer Interessenkollision (auch zeitlicher Art, das will ich gerne hinzufügen) mit seiner Tätigkeit für unser Haus führten. Nichts, ausdrücklich nichts. Und pacta sunt servanda, Frau Müller, das gilt für mich allemal."

„Entschuldigung, ich wollte ihnen nicht zu nahe treten. Aber wechseln wir das Thema. Hat Herr Reuter manchmal mit ihnen über seine Zeit bei der deutschen Botschaft in Portugal gesprochen, oder über seinen Unfall?"

„Also über seine Zeit an der Gesandtschaft hat er gut gesprochen, nach meinem Eindruck ist er damals mit Baron von Hoyningen-Huene nach Portugal gegangen, ein honoriger Mann, wenn sie mich fragen. Und als der dann von von Halem abgelöst wurde, lag Herr Reuter ja schon im Krankenhaus."

„Von Hoyningen-Huene, das habe ich jetzt richtig geschrieben, ja, das war der Botschafter?"

„Der Gesandte, sagte man damals. Ja, Oswald Baron von Hoyningen-Huene, wie gesagt, ein untadeliger Mann, wie ich schon sagte. Das haben letztlich alle bestätigt."

„Also, sie meinen, er sei nicht zu eng mit den Nazis...." Müller wusste nicht, wie sie den Satz zu Ende bringen sollte.

„Die Untersuchung unserer amerikanischen Verbündeten ergaben ja, dass er nicht belastet war. Und die haben ihn umfassend verhört, sogar Robert Kempner persönlich hat sich mit ihm befasst. Und auf der anderen Seite wurde er zwar in der Tat 1944 von seinem Posten abberufen, aber die Vorwürfe, er habe etwas mit den Attentätern zu tun, haben sich auch nie bestätigt."

„Hm." Müller überlegte kurz, sie würde da später nachforschen müssen. „Also mit dem" sie schaut kurz auf ihre Notizen „Herr von Hoyningen-Huene war der Herr Reuter auch befreundet?"

„Ach, das ist sicher übertrieben, der Herr Baron wollte einfach einen Übersetzer haben, dem er vertrauen konnte. Da hat er sich dann umgehört, und da ist ihm der Reuter empfohlen worden, von wem weiß ich nicht. Der Otto Wolff war es jedenfalls nicht, wenn ich richtig erinnere, was der Reuter mir so erzählt hat. Eher der Wimmer."

„Wer bitte ist der Wimmer?"

„Ich sehe, sie stehen am Anfang ihrer Ermittlungen. Der Hans Wimmer war ein österreichischer oder deutscher Geschäftsmann in Lissabon – das hat man dort nicht so unterschieden, er war aber zweitweise nebenher österreichischer Diplomat. Vor allem aber war er lange Zeit Vorsitzender der Bartholomäusbruderschaft in Lissabon, einer der ältesten Bruderschaften überhaupt."

„Was habe ich mir darunter jetzt vorzustellen?"

„So etwas wie einen frühen Lions-Club, kleiner, mit begrenzter Mitgliederzahl. Die Bartholomäusbruderschaft war wie gesagt sehr alt, und sie hatte ihren Sitz in Lissabon. Da herum gruppierten sich verschiedene Vereine und Kirchengemeinden und was weiß ich alles, aber das Ganze war sozusagen das Herz der Sozialfürsorge für die Deutschen in Portugal oder zumindest um Lissabon herum. Soweit sie sich der Deutschen Gemeinde zugehörig fühlten, muss man sicher sagen. Am ersten Weltkrieg nahm Portugal auf Seiten der Entente teil, die Deutschen wurden interniert, in Angra auf den Azoren und in Peniche auf dem Festland. Aber die wichtigen Leute wussten das vorher und haben sich und ihr Vermögen in Sicherheit gebracht. Die Bartholomäusbruderschaft verlegte ihren Sitz nach Hamburg, das Vermögen deponierte sie überwiegend beim Schweizerischen Bankverein. Durch den Vereinssitz in Hamburg bekam der Reuter Kontakt zum Barthel, wie man kurz sagte, das war für ihn faszinierend, dieser Männerbund, nationalistisch, Reuter kam aus einer Polizistenfamilie, ja. Jedenfalls muss er als Junge davon geträumt haben, da einmal dazuzugehören, daher vielleicht sein Interesse für Portugal, aber so was hat ja nicht nur eine Ursache."

„Sie sagen, der Barthel war in Hamburg ansässig? Aber jetzt ist der – Wimmer, ja? - in Lissabon. Wie ging das jetzt genau?"

„Naja, der Wimmer war natürlich immer in Lissabon, da führte er ja sein Geschäft. Aber insgesamt war der Sitz nach dem ersten Weltkrieg zunächst in Hamburg, formal zumindest. Und erst zur Machtergreifung der Nazis wurde er dann zurückverlegt nach Lissabon, jetzt hatten die Brüder plötzlich mehr Angst vor der Enteignung durch die Nazis als vor der Enteignung durch die Portugiesen. Das nützte aber nichts. Die Führung der Bruderschaft wurde nämlich ab 1933 zunehmend durch Mitglieder der NSDAP-AO, also AO heißt Auslandsorganisation, ersetzt. Es ist aber unklar, ob die Brüder sich durch mehr als nur Unwillen gegen diese Verdrängung wehrten. Wissen sie, ich weiß nicht genau, wie dieser Zugriff der NSDAP-AO genau funktionierte, ich bin kein Historiker. Der Barthel war da wohl kein Einzelfall, auf Europäischer Ebene betrachtet.

„Und welche Ursachen gibt es da noch?"

„Naja, er muss als Kind begeistert von der Technik gewesen sein, wie viele Jungen, aber die Kabel zu den Azoren faszinierten ihn besonders. Ach, ich weiß nicht, was da eine Rolle spielte, man schaut doch nicht in einen Menschen hinein. Jedenfalls nehme ich an, dass dieser Kontakt zum Barthel fortbestand, und von daher muss wohl dann auch von Hoyningen-Huene auf ihn aufmerksam geworden sein. Der Reuter tat immer so, als wären sie dicke Freunde gewesen, aber wenn man genauer nachfragte – ich glaube nicht."

„Was ich vorhin schon fragen wollte: Ist bei dem Reuter eigentlich auch ein Entnazifizierungsverfahren gelaufen?"

„Glaub ich nicht, er hat damals ja weiter in Portugal gelebt, da wird es so was nicht gegeben haben. Oder er ist nicht betroffen gewesen. Aber er hat mir wie gesagt auch nicht alles erzählt."

„War er da eigentlich weiter für die Botschaft tätig."

„Junge Frau, es gab keine Botschaft, 1945 gab es nicht einmal mehr ein Deutsches Reich, nichts. Erst 1952 wurde ein Botschafter nach Lissabon entsandt, der Herr Wohleb, der ja irgendwo untergebracht werden musste."

„Verzeihen sie meine Unkenntnis, aber weshalb musste er irgendwo untergebracht werden?"

„Er war doch Präsident von Baden, und das hörte 1952 auf zu existieren, wurde sozusagen nach Württemberg eingegliedert, auch wenn der Name des neuen Bundeslandes etwas anderes zu suggerieren versuchte. Da haben sie die Volksabstimmung gleich gemacht, nicht wie in Niedersachsen, aber auch da ging nicht alles mit rechten Dingen zu - aber wir kommen vom Thema ab. Tut mir leid, ich bin ein alter Oldenburger, ich habe mich gefreut, als jetzt in der Volksabstimmung die Unabhängigkeit meines Bundeslandes beschlossen wurde. Mal schauen, wie sie damit umgehen, die großen Demokraten, die uns heute regieren."

Müller war jetzt etwas irritiert, ihr Blick musste das verraten haben.

„Nein, halten sie mich nicht für einen alten Nazi, bin ich nicht, war ich damals nicht, aber manchmal ärgert man sich. Und schauen sie sich doch an, was in der Zone passiert, in der DDR heißt das ja heute, oder in Portugal, nach dieser Nelkenrevolution. Aber wie gesagt, lassen sie uns weitermachen." Kettner schaute demonstrativ auf die Uhr.

„Gut, über den Unfall damals, da wissen sie nichts?"

„Nein, hat er nie was drüber erzählt. Wenn sie mich fragen, aber das hab ich jetzt nicht gesagt: Der hatte keine Lust auf von Halem, das war ja ein ganz scharfer Nazi, aber auch das habe ich nicht gesagt. Ich finde es nicht richtig, dass so einer jetzt kontrolliert, welche Filme für Jugendliche geeignet sind und welche nicht. Ich seh' schon, sie verstehen nur Bahnhof. Der von Halem war 45 noch für kurze Zeit Botschafter, hat damals angeblich noch den auf der Flucht befindlichen Gesandten aus der Türkei daran gehindert, in Portugal Asyl zu beantragen, der sollte weiter für den Endsieg kämpfen. Danach hat er von seinem Vater den Verlag übernommen, der von Halem, meine ich, und dann war er in der Freiwilligen Selbstkontrolle der Filmwirtschaft tätig. Ich weiß nicht, ob er heute noch dabei ist, gestorben ist er noch nicht, aber der muss auch weit über 70 sein, inzwischen, stammt noch aus dem vorigen Jahrhundert. Aber für sie ist er uninteressant, denn als der nach Lissabon kam, hatte Reuter ja schon seinen Unfall gehabt und tauchte wohl nicht mehr in der Gesandtschaft auf."

„Gut, kommen wir also zu Reuter zurück, wir haben von ehemaligen Nachbarn gehört, er hätte sich ein Haus oder eine Wohnung auf den Azoren gekauft."

„Naja, genaueres weiß ich nicht, seien sie mir nicht böse. Aber er wollte da wohl gerne hinziehen, das Klima gefiel ihm, wegen der vielen Blumen und so weiter. Ich sagte ihm immer, bei der Feuchtigkeit dort bekäme er bestimmt schlimmes Rheuma, aber er meinte, damit käme er besser zu Recht als mit diesem Ständigen Warm und Kalt. Ich meinte dann noch, er könne ja nach Madeira ziehen, aber er sagte, die Amerikaner möge er einfach lieber als die Engländer."

„Das heißt, die Amerikaner machen auf den Azoren Urlaub?"

„Na, vor allem haben sie da einen Stützpunkt, auf Terceira, deshalb nehme ich auch an, dass Reuter nach Terceira ziehen wollte, genau weiß ich es aber nicht. Und dann sind ja auch viele Azoreaner in die USA ausgewandert und später zurückgekommen. Ne wirklich, genau weiß ich da gar nichts. Jedenfalls ist klar, dass er nach der Nelkenrevolution nicht mehr dahin wollte, ob vorläufig oder nie mehr weiß ich nicht. Vielleicht schließen sich die Azoren ja auch noch den USA an, aber ich glaub nicht mal, dass die die haben wollen."

„Gut, Herr Kettner, dann will ich sie nicht länger aufhalten, ich danke ihnen für ihre Geduld und – darf ich mich bei ihnen melden, wenn ich noch Fragen habe?"

„Selbstverständlich, wenn wir dann eben so knapp und gezielt miteinander reden wie heute, ist mir das sogar eine Freude, Frau Müller."

Kapitel 15 **Portugal 1938 bis 1945**

Einziges politisches Thema, das in den Briefen der Jahre 1937 und auch Anfang 1938 immer wieder auftauchte, war die Freude über die große Nähe zwischen der portugiesischen und der deutschen Regierung angesichts des spanischen Bürgerkriegs. Etwas vorsichtiger in seinen Formulierungen wurde Reuter in seinen Briefen nach dem deutschen Einmarsch in Österreich, trotzdem schienen seine Bedenken in einem Brief an seine Schwester durch, der sich zwar ausführlich über fast 10 Seiten mit der Atlantikküste westlich von Lissabon beschäftigt und eine Übersicht über die Straßenbahnnetze dort und in Lissabon gibt, mit zum Teil recht anschaulichen Detailbeschreibungen, der aber mitten darin, in einem Abschnitt über Restaurants als Treffpunkte auch und gerade während des Mittagessens, unvermittelt auf dieses Thema zu sprechen kommt:

März 1938: Wie Du Dir denken kannst, habe ich im Moment viele Gespräche zu führen und sitze daher fast täglich mit portugiesischen Freunden in den beliebten portugiesischen Speiselokalen am Tisch. Es ist ja doch so, dass viele hier der Katholischen Kirche sehr nahestehen, das gilt gerade für diejenigen, die die großen Leistungen der hiesigen Regierung anerkennen. Auch erinnerst Du dich sicher an einen vermeintlichen Freund, den ich vor einigen Jahren in Lissabon kennenlernte. So sind wir jetzt sehr damit beschäftigt, zu erklären, warum die Ostmark ein alter Teil Deutschlands ist und ihre Heimführung ins Reich eine absolut richtige Angelegenheit. Aber davon wollte ich nicht schreiben, ich wollte von Polvo, Lulas und Chocos, den Tintenfischen eben, berichten, die ich immer häufiger zum Mittag verzehre.

Das Thema verschwindet dann wieder. Der vermeintliche Freund dürfte Wolfram sein, aus einem der vorangegangen

Briefe, Österreich gehört ja zu den wenigen Ländern außer Portugal mit eigenen Wolframvorkommen.

Bald darauf war Reuter erneut auf den Azoren, es gab diesmal viele Briefe, er dürfte die Testflüge der Lufthansa also während der gesamten Zeit von Juli bis Oktober begleitet haben. Als im August die Condor der Lufthansa einen direkten Hin- und Rückflug nach New York durchführte, war Reuter aber wohl klar, dass dieses Projekt seinem Ende entgegen ging.

August 1938: ...jetzt ist es wohl aus, die letzten Tage werden Abschiedstage von der Schwabenland und den Flugzeugen sein, Abschied von jenem wunderbaren Kampnagelkatapult, das die Schwabenland erst zu einer besonderen technischen Leistung macht. Erinnerst Du Dich noch, liebe Lisa, wie wir einmal am Osterbekkanal standen, vor dem Gaswerk, und hinüberschauten zu den mächtigen Anlagen, auf denen bei Kampnagel die Schiffskräne und eben auch diese wunderbaren Katapulte gebaut wurden? Nun, in Zukunft werden sich die Flugzeuge wohl aus eigener Kraft in die Luft heben, aber Schiffskräne werden wohl dort am Osterbekkanal bis in alle Ewigkeit gebaut werden. Du merkst, zum ersten Mal habe ich Heimweh, und ich weiß nicht, ist es tatsächlich Sehnsucht nach Hamburg, oder will ich nicht weg von diesen wunderbaren Inseln hier? Ich werde alles versuchen, so oft hier zu sein wie es mir möglich ist, liebe Lisa, und vielleicht kann ich auch Dir später auf Deine alten Tage hier ein Zuhause bieten. Es gibt so viele Freunde hier...

Juli 1940: Liebe Lisa! Jetzt geht es hier natürlich rund, der Blitzkrieg gegen Frankreich hat die Portugiesen wirklich beeindruckt, aber auch geängstigt. Trotzdem, es gibt hier jetzt jede Menge zu tun. Du kannst Dir ja denken, wie wichtig für die Versorgung unserer Soldaten die Ölsardinen sind. Aber es

ist wohl unvorstellbar – und in einem Brief auch nicht zu be-
schreiben – wie die Verhandlungen laufen. Aber das größte
Problem ist immer wieder das Transportproblem, ich frage
mich allmählich, wozu wir unsere Verbündeten in Spanien un-
terstützt haben, wenn die es nicht einmal schaffen, ihre Eisen-
bahnen vernünftig zu organisieren. Du machst Dir keine Vor-
stellungen, liebe Lisa, welch ein Zittern es jedes Mal ist, wenn
man eine Sendung auf diesem Wege Richtung Heimat in Gang
setzt. Aber auch umgekehrt ist es ein Problem, wenn Waren
aus Deutschland nach Portugal geliefert werden müssen.
Glaub ja nicht, dass es eine Frage von Tagen ist, wann die
Ladung ankommt. Oft bleiben die Züge wochenlang irgendwo
in Spanien stehen, und kein Mensch weiß, wo sie verschwun-
den sind. Bis jetzt sind sie immer wieder aufgetaucht, trotzdem
bleibt die Angst, dass irgendwann irgendwelche Züge ganz
verschwinden.

September 1940: Liebe Lisa! Du ahnst es schon, ich liebe
immer noch den portugiesischen Kaffee, den Fisch hier, der
nicht nur frisch, sondern auch schmackhaft zubereitet ist, den
Wein, vor allem den trockenen aus der Gegend von Setúbal.
Die Arbeit ist natürlich mehr geworden, kriegsbedingt, es ist
wirklich schwieriger mit dem Handel, ein ewiges Hin und Her.
Es sind nicht nur die Kollegen hier aus der Gesandtschaft, die
Freunde, die wir aus der Hamburger Zeit des Barthel kennen
und die portugiesischen Freunde, die ich durch den Umgang
mit der Fliegerei kennengelernt habe. Es sind auch die Dol-
metscher der Banken und der Handelshäuser, mit denen wir
zu tun haben, übrigens nicht nur der portugiesischen, sondern
auch der schweizerischen. Da erlebt man manches und hört so
manche Anekdote. Wir haben zum Bespiel gestern noch bis
spät in die Nacht zusammengesessen, mehrere Übersetzer und
Schreiber, wie ich uns nenne. Ich hatte so manche Anekdote
zu erzählen, die ich hier lieber verschweige, aber auch die

Kollegen waren dabei. Ich hoffe, dass ich Dir nach dem Krieg einmal die aufregendsten und lustigsten Anekdoten erzählen kann, meine liebe Schwester.

Juli 1941 Liebe Lisa, jetzt wird manches einfacher. Endlich ist Deutschland wieder dabei im Kampf gegen den Kommunismus, das lässt die portugiesische Regierung durchaus wieder etwas näher an uns heranrücken, auch wenn sie ihre Neutralität nicht aufgeben will...

Offensichtlich hatte Reuter in dieser Zeit mehrere Affären mit portugiesischen, vor allem aber deutschen Frauen. Gerade bei den deutschen Frauen verschwieg er meist den Namen.

Mehrfach erwähnte Reuter Erich Schröder, der ab 1941 als Verbindungsoffizier des Sicherheitsdienstes der SS an der Gesandtschaft tätig war und mit dem er öfters ausging. Die Briefe gaben kein deutliches Bild zum Verhältnis der beiden ab. Falls Reuter in den unterschwelligen Konflikt zwischen dem Sicherheitsdienst der SS und Canaris, mit dem Hoyningen-Huene eine alte Freundschaft verband, involviert war, so ließ sich diese aus den Briefen nicht ablesen. Andererseits hätte er wohl angesichts der Kontrolle, der wohl auch die Privatpost von Gesandtschaftsmitarbeitern seitens des NS-Regimes von Zeit zu Zeit unterzogen wurde, nicht darüber geschrieben haben.

Auch Otto Eckert, der als Legationsrat für Handelsbeziehungen zuständig war, wird schon jetzt öfter erwähnt, er war natürlich in der Hierarchie weit höher angesiedelt, Reuter erweckt aber den Eindruck, es habe da so etwas wie ein freundschaftliches Verhältnis gegeben.

Im Sommer 1942 berichtet er etwas genauer über seine Arbeit:

Juni 1942: Liebe Lisa, Du machst Dir keine Vorstellung, wie unabgestimmt manche deutsche Unternehmer hier auftreten. Ich meine jetzt nicht Otto Wolff, der ist sehr souverän. Aber die anderen Importeure. Zum Glück gibt es da immer noch unsere Freunde, Hans Wimmer soll jetzt mit Vollmachten der Gesandtschaft ausgestattet werden. Er war lange ganz oben im Barthel mit dabei – aus Hamburg kennst Du ihn aber nicht -, hat sich dann aber ein wenig zurückgezogen, mochte Anfangs nicht so mit der NSDAP-AO. Aber jetzt ist er unsere Rettung, er ist einstiger österreichischer Konsul und inzwischen ganz auf unserer Seite. Mit Hans Wimmer hier und Otto Wolff in Deutschland sollten die Handelsbeziehungen zwischen unseren Ländern endlich auf solide Füße gestellt werden.

Wenig später folgte dann einer der ganz wenigen Briefe, in denen er sich kritisch zum portugiesischen Regime äußerte:

September 1942: Liebe Lisa, seit dem Frühjahr geht das nun schon, erst in den Minen und Webereien um die Serra de Estrela, und jetzt sogar hier in Lissabon. Die ungebildeten Arbeiter lassen sich natürlich von blindwütigen Agitatoren schnell aufreizen, und anfänglich hat das harte Durchgreifen der Regierung seinen Zweck auch erfüllt. Aber dann begann man zu schwanken, machte Zugeständnisse, ermutigte damit die Unruhestifter. Und was das für den Handel, den Transport, bedeutet, kannst Du Dir leicht vorstellen. Wie sollen wir den Endsieg erreichen, wenn solcher Kleinmut am Rande Europas herrscht? Ein Ende dieses Aufstands – ich nenne es so, obwohl das immer noch eine Übertreibung ist – ist jedenfalls nicht abzusehen. Und natürlich wird hierdurch alles teurer. Das ist schlecht für uns, andererseits aber auch gut: Ein portugiesischer Bekannter, gut befreundet mit Holstein-Beck, dem portugiesischen Gesandten in London, wusste zu berichten, dass die englische Regierung sich große Sorgen macht, wie sie ihre Lieferungen aus Portugal auf Dauer bezahlen soll.

1943 schrieb er dann plötzlich sehr offenherzig über seine Arbeit, woher er den Mut dazu nahm, ist unklar, vielleicht war es aber auch gar kein Mut, sondern der Beginn eines inneren Abschieds. Von Ferne gesehen war da vielleicht schon zu erkennen, dass es mit dem „Endsieg" keineswegs so gut aussah, wie es die Propaganda in Deutschland den Menschen, die das glauben wollten, damals noch verkaufte.

Januar 1943 Liebe Lisa, dieser Brief darf wohl einmal etwas mehr enthalten, zumindest die hübschesten Anekdoten will ich Dir nicht vorenthalten, ich werde Dir also eine hübsche, inzwischen schon wieder historische, fast ein Jahr zurückliegende Verhandlung beschreiben. Stell Dir einfach vor, da sitzen deutsche und portugiesische Handels- und Handelshausvertreter an einem Tisch. Unser Freund Wimmer ist ja einer der erfolgreichsten Ölsardinenexporteure – erstaunlich, wie er sich als Deutscher – aus der Ostmark – hier etablieren konnte. Jedenfalls wird lange gefeilscht, um Mengen, um Preise. Irgendwann ist man sich einig, zündet sich eine Zigarre an, und dann plötzlich sagt einer der Portugiesen: „Das ist ja alles schön mit den Ölsardinen, aber wissen sie, wo sich die Ölsardinen befinden, meine Herren?" Allgemeines Gelächter, „im Meer" wird gerufen, oder „im Olivenöl", und dann will einer witzig sein: „Eng aneinandergeschmiegt in der Sardinenbüchse." „So ist es", hebt der Portugiese an, „in der Sardinenbüchse. Und meine Herren, wissen sie, woraus so eine Sardinenbüchse besteht?" „Blech, einfaches Blech" wird gerufen. „Eben, wir haben Ihnen Ölsardinen verkauft, also Sardinen und Öl, aber jetzt....." Er lässt das erst einmal im Raum stehen. Und alle erstarren, unseren Landsleuten gehen die Zigarren aus. Vor Schreck. Und dann wird wieder verhandelt. Blech. Deutschland soll Blech liefern, für Sardinenbüchsen. Und das zieht sich hin, zieht sich noch länger hin aber irgendwann ist man sich einig. Jetzt ist das Sardinendosengeschäft wohl endlich unterschriftsreif, neue Zigarren werden angezündet – und, liebe Lisa, glaube nicht, dass es die Zigarren hier umsonst gibt. Diesmal sind wir es, die sie zu Ende rauchen, die portugiesischen Zigarren gehen aus, als einer unserer Verhandler in die Stille und den Zigarrengenuss hinein leise sagt „Wissen sie, sie wollen ja anständiges Blech, da braucht man Eisen, ja, das wohl, aber vor allem braucht man auch Zink. Und glauben sie mir, meine Herren, Deutschland mangelt es an Zink." Und damit beginnt die nächste Verhandlungsrunde. Schließlich einigt man sich auf die portugiesischen Zinklieferungen. Und endlich ist das ganze Geschäft abschlussreif. Aber glaube nicht, meine liebe Lisa, dass es das schon war. Einige Wochen später berichtet ein Rat des portugiesischen Eisenbahnministeriums ganz beiläufig, dass leider demnächst die Hälfte der portugiesischen Züge gestrichen werden muss. Jedem ist klar, dass die Eisenbahn in Portugal sich sofort derjenigen Spaniens angliche. An den Transport von Sardinendosen wäre damit nicht zu denken. Und bald sitzen wir wieder zusammen, um über deutsche Kohlelieferungen nach Portugal zu reden. So viel Kohle, dass die Eisenbahn keine Probleme bekommt. Liebe Lisa, das ist nur ein Beispiel für das, was hier abläuft, und die Welt ist in Wahrheit noch verwirrender, das darfst Du mir glauben. Aber jetzt doch ein wenig mehr zu meinen privaten Angelegenheiten....

November 1943.... Es ist aber offensichtlich so, dass man sich seitens der hiesigen Regierung jetzt doch für unsere Sache etwas stärker macht, jedenfalls ließ die Polizei einen großangelegten Wolframschmuggel der Alliierten auffliegen. Wir dürfen also optimistisch bleiben. Sorgen bereitet aber weiterhin, dass sich das einfache Volk aufhetzen lässt, Forderungen zu stellen, die ihm nicht anstehen.

Von Interesse kann auf jeden Fall ein Brief aus dem Jahr 1943 sein, nachdem auf britisches Betreiben der Flugplatz Lajes für die US-Airforce geöffnet worden war, die damit einen wichtigen Stützpunkt für Transatlantikflüge erhielt:

Dezember 1943: Liebe Lisa, dies waren bittere Tage: Die portugiesische Regierung stellt sich jetzt mit der Öffnung des Flugplatzes in Lajes offen auf die Seite der Amerikaner. Und ich muss leider sagen: Carmona hat hier eine sehr unrühmliche Rolle gespielt, nach allem was man hört hat er sich mit einigen Luftwaffenoffizieren, über deren Gesinnung ich Dir schon berichtete, gegen Salazar verbündet, um diesen Schritt durchzuführen. Jetzt hat er sich jedoch von diesen Leuten offenbar wieder distanziert. Nun, ich hoffe, dies wird den Kriegsverlauf nicht verändern. Gestern war ich mit Schröder essen, von Tintenfischen versteht der Mann rein gar nichts, er verwechselte sogar Chocos mit Polvo. Nun, ich habe mir dadurch den Appetit auf Lulas nicht verderben lassen. Dein Dich liebender Bruder Karl.

Wenige Wochen später relativiert Reuter seinen Brief.

Januar 1944 ... eigentlich geht alles wieder seinen Gang wie zuvor. Die Portugiesen sind halt neutral, und der Freundschaftsvertrag mit den Briten spielt in den Köpfen nach wie vor eine wichtige Rolle. Aber auch keine zu große. Meine Hauptbeschäftigung bleiben Ölsardinen und Wolfram, obwohl ich mich immer noch lieber für Flugzeuge interessieren würde. Aber was nicht ist kann ja noch werden, liebe Lisa. Ich habe übrigens vor einigen Tagen einen sehr sympathischen Herrn von der Credit Suisse kennengelernt, der hier Gold-

transporte begleitet. Vor allem aber laufen jetzt viele Ge-schäfte über die Banco Lisboa & Açores, das gibt mir Hoff-nung, dass ich bald einmal wieder nach Faial oder Praia rei-sen kann. Nun, sagen wir wenn der Krieg gewonnen ist.

Oft berichtet Reuter davon, dass er abends durch die Res-taurants von Lissabon gezogen sei, in denen man auch Aus-länder treffen konnte.

Unmittelbar vor seinem Unfall, über den noch immer nichts in Erfahrung gebracht worden war, schrieb er seiner Schwester, dass wohl bald der Nachfolger von Hoyningen-Huene eintreffen werde, er erwähnte von Halem nicht nament-lich. Hier erkennt man das erste Mal, wo seine Sympathien gelegen haben dürften, denn er betont, Erich Schröder freue sich auf den neuen Chef. „Ich selber nehme es, wie es kommt, du weißt ja, wie ich da denke." Berücksichtigt man, dass die Briefe - auch solche von Gesandtschaftsangehörigen - damals durchaus kontrolliert wurden, so liegt es nahe, in diesen Wor-ten eine eher negative Haltung gegenüber von Halem zu er-kennen, vielleicht sogar einen Hinweis an seine Schwester, dass er, also Reuter, bald von der Bildfläche verschwinden wolle und seine Schwester sich deshalb nicht sorgen solle. Das würde ein völlig neues Licht auf den Unfall werfen.

Nach seinem Unfall gab es zunächst keine Briefe mehr, oder seine Schwester hatte sie vernichtet. Allerdings fand sich ein Brief des Hospitals da Boa Nova in Angra de Heroismo, in dem Reuters Schwester mit Datum vom 5. Mai 1945 mitgeteilt wurde, ihr Bruder befinde sich auf dem Weg der Besserung. Es handelte sich um nur zwei Sätze auf Englisch. Möglicher-weise hatte Reuter also seinen Aufenthaltsort in Portugal wäh-rend der letzten Monate des Deutschen Reichs geheim gehal-ten. Jedenfalls kann wohl ausgeschlossen werden, dass er nach dem Unfall, der sich ja in der Nähe von Lissabon ereignete, in

ein Krankenhaus im mehr als 1.500 km entfernten Angra gebracht wurde.

Kapitel 16 St Georg 2013

Es war eine merkwürdige Runde, die sich an diesem Donnerstagabend in der ungemütlichsten Kneipe an der Langen Reihe eingefunden hatte. „Wissen sie, es gibt nur Flaschenbier, und auch sonst fühlt man sich nicht besonders wohl,“ begann der alte Weise, „aber dafür war es kein Problem, einen leeren Tisch zu finden, so ganz ohne Vorlaufzeit. Nächstes Mal einigen sie sich früher, wo es hin gehen soll, oder sie sind bereit, auch etwas weiter vom Hauptbahnhof entfernt zu konferieren.“

Müller lächelte. „Und man darf hier noch rauchen – ich hoffe es stört niemanden.“ Genüsslich zündete sie eine Zigarette an, nachdem alle den Kopf geschüttelt oder auf ähnliche Weise das Nichtstören bestätigt hatten.

Der alte Weise saß am Kopf des Holztisches, auf dem Platz links neben ihm seine Enkelin Korinna, rechts hatte Laura Platz genommen, deren Rolle nicht ganz klar war. Neben Laura hatte Christiane Müller sich ausgebreitet, anders konnte man es nicht nennen angesichts der zahlreichen Notizzettel, die vor ihr und neben ihr auf dem Tisch lagen. Ihr Gegenüber saß Nottebrook, den Stuhl etwas zurückgeschoben, als wolle er so unbeteiligt wie möglich erscheinen. Der Platz am Weise gegenüberliegenden Kopf des Tisches war leer geblieben, wenn man von den Papieren Müllers einmal absah.

Ansonsten war niemand in der Bar außer der Kellnerin, die gelangweilt hinter der Theke eine Zigarette nach der anderen rauchte.

„So, “ begann der alte Weise, der offensichtlich entschlossen war, die Gesprächsführung zu übernehmen, „wir alle wollen nach draußen, die Wärme des Sommers genießen, statt in dieser ungemütlichen und ungastlichen, aber diskreten Kneipe den Abend zu verbringen. Deshalb möchte ich meine beiden Enkelinnen denen vorstellen, die sie noch nicht kennen: Korinna wird im Rahmen eines Forschungsauftrags, den eine hier nicht weiter zu erwähnende Stiftung finanziert, beschreiben, mit welchen Bedingungen Zuwanderer aus Deutschland in den 70er Jahren des vorigen Jahrhunderts konfrontiert waren, vor allem in der Zeit vor der Nelkenrevolution, aber auch in die Zeit danach wird sie schauen. Auch sonst kann sie einiges aus der Geschichte der Azoren beitragen, was für unsere Untersuchung zum Tod Reuters von Belang ist. Meine Enkelin Laura hingegen wird einfach ein wenig zuhören, sie ist ein kluges Mädchen, und hier kann sie etwas lernen. Außerdem eifert sie ihrer älteren Schwester nach, sie will unbedingt auf die Azoren reisen.

So, den Nottebrook kennt ja jeder, Frau Müller hat damals die Ermittlungen geführt, etwas irregulär, wenn ich es mal so sagen darf, und kritisch beobachtet, aber nicht begleitet, von Kommissar Weise, der ebenfalls hier ist. Dieser Kommissar Weise hatte damals einen Mitarbeiter namens Wolfgang von Soest, der danach eine schnelle Karriere startete und der nach meinen Beobachtungen alles tat, um Frau Müller zu helfen, den Fall nicht zu lösen.

Nehmen wir uns die ernsthaften Spuren vor:"

Weise hielt inne, nahm seinen Stock vom Rollator und klopfte einmal auf den Fußboden. Er wollte weitersprechen, aber die Bedienerin schaute um die Ecke: „Brauchen sie was?"

„Wir brauchen nichts, wenn ich klopfe, hat das nichts zu sagen, wenn wir etwas brauchen, rufen wir."

Er klopfte noch einmal auf den Boden und begann sofort zu sprechen:

„Spur 1: Reuter hatte sich ein Haus auf den Azoren gekauft, vermutlich in Horta auf der Insel Faial. Genaueres weiß man nicht, aber dabei kann es Unregelmäßigkeiten gegeben haben, die dann eskalierten. Was meinst du, Korinna?"

„Unwahrscheinlich, wenn man die Verhältnisse damals bedenkt, höchstens wegen der Vorstellungen und Ziele des Herrn Reuter, über die wir ja ein wenig wissen inzwischen, er muss wohl ein überzeugter Anhänger Salazars und später Caetanos gewesen sein."

„Gut, du wirst eine kleine Miniatur für das Buch von Herrn Nottebrook schreiben, erläutern, wie es gewesen sein könnte bei der Haussuche, vielleicht berücksichtigst du dabei auch"

Hier machte der alte Weise eine ganz kurze Pause, um erneut mit dem Stock auf den Boden zu klopfen

„Spur 2: Reuter hatte eine Mietwohnung in Praia, und wir dürfen vermuten es ist Praia da Vitória, oder, Korinna?"

„Es könnte auch Praia auf Santiago sein, also den Kapverden, oder Praia auf der kleinen Insel Graciosa, auch auf den Azoren."

„Du wirst annehmen es sei auf den Azoren, also Praia da Vitória. Wenn du willst kannst du auch nach Praia auf Graciosa gehen, dann machst du hieraus ein eigenes Kapitel. Aber eine Spur kann es nur sein, wenn es Praia da Vitoria ist, das liegt bei Lajes."

„Lajes auf Terceira, ein kleines Dorf, bedeutsam wegen des Flughafens mit der Militärbasis der Amerikaner, es gibt auch ein kleines Städtchen namens Lajes auf Pico – ja, das ist auch eine Azoreninsel, die war wichtig für den Walfang und ist heute ein Ort für die Walbeobachtungstouren. Und auf Flores gibt es auch ein Lajes, die zweite Stadt dort, aber sie interessiert hier vermutlich gar nicht."

„Korinna, du wirst so viel von der damaligen Atmosphäre einfangen, wie du kannst, aber nicht mehr als 10 Seiten, sonst langweilen sich die Leute. Wir wollen wissen, wie die Inseln waren, damals, und was den Reuter dahingezogen haben könnte. Spur Nummer 2, und da müssen wir dabei bleiben, ist halt wichtig, weil der Reuter damals vermutlich oft auf der Basis war, und das kann auch heißen, bei den Amerikanern. Wenn es so ist, werden wir auch heute noch nichts herausbekommen, aber vielleicht ging es ja doch um etwas anderes.

Korinna, du kennst dich mit der Geschichte aus, was kann die Basis der Amerikaner mit einem Deutschen von der Gesandtschaft zu tun gehabt haben? Kannst du auch darüber eine kleine Miniatur verfassen, möglichst ebenfalls zur Verwendung in Herrn Nottebrooks Büchlein?"

„Jaaaa – Opa."

„Es wird ja immerhin bezahlt. Spannender ist jedenfalls…"

Erneutes Klopfen mit dem Stock

„…Spur 3: Der Unfall. Es gibt Gründe für die Annahme, dass sich der Reuter Anfang 45 mit einem echten oder fingierten Unfall der deutschen Gesandtschaft in Lissabon entziehen wollte, für die er gearbeitet hatte. Und zwar so nachhaltig, dass er auch nach dem Krieg in Portugal blieb."

Hier schaltete sich Nottebrook ungefragt ein: „Also, ich habe damals nicht gelebt, aber ich kann mir vorstellen, dass es direkt nach dem Krieg fast überall schöner war als in Deutschland."

„Ja, Herr Nottebrook, ich bin der einzige hier, der diese Zeit erlebt hat, und ich verifiziere hiermit als Zeuge ihre Vermutung. Also wollte er da bleiben, 1945, die folgenden Jahre, aber ab etwa 1950 war es wohl nur noch die Hoffnung auf eine neue Stelle an der Botschaft, die ihn dort hielt. Aber die war an von Hoyningen-Huene gebunden – weil nur der ihn nehmen wollte? Weil er nur unter dem arbeiten wollte? Oder aus noch ganz anderen Gründen? Wenn man das herausfindet, hat man möglicherweise eine neue Spur, die aber auch mit der vorherigen zusammenhängen kann. Hat jemand dazu eine Idee?"

Es folgte allgemeines Kopfschütteln.

Dann merkte Müller an: „Wir haben ja damals die Briefe, die Reuter nach 1945 geschrieben hat, nicht mehr ausgewertet, weil alle mich drängten, die Sache so schnell wie möglich zu begraben. Es waren ja alle der Meinung, ich auch, es habe sich wohl um einen Unfall im homosexuellen Milieu gehandelt – und da wollte man nicht rumstochern. Jemand sollte die Briefe auf jeden Fall noch einmal lesen. Du bist doch ohnehin an den Briefen dran, Klaus?" sagte sie zu Nottebrook. Der nickte.

Jetzt hatte auch Korinna etwas einzuwerfen: „Ich hab mich ja schon ein bisschen mit der Geschichte damals befasst, und die Sache ist nicht uninteressant: Die Mitarbeiter der Gesandtschaft wurden ja von den Alliierten festgesetzt und verhört, da waren ja etliche Verbrecher darunter…."

„Du meinst Nazis, die sich was haben zu Schulden kommen lassen?" Warf der alte Weise ein.

„Opa, sind das keine Verbrecher? Ich weiß nicht, ihr seht die immer noch als etwas anderes als normale Verbrecher, nein, ich weiß, dass du kein Nazi bist, trotzdem, das sitzt ganz tief drin bei Euch – Euch Deutschen, sage ich jetzt mal, ich bin ja schon fast Portugiesin. Jedenfalls wurden die festgesetzt, alle aus der Gesandtschaft. Und gibt es da irgendwelche Informationen über Reuter?"

Sowohl Müller als auch Nottebrook schüttelten den Kopf.

„Eben, insofern kann die dritte Spur sehr eng mit der zweiten zusammenhängen – wenn der Reuter schon vor Kriegsende mit den Amerikanern zusammengearbeitet hat."

„US-Amerikanern," warf Weise, der über den Anraunzer eben offenbar immer noch verärgert war, ein „da denkst du genauso Deutsch" – er betonte das Wort – „wie ich, offenbar, halt dich also zurück mit deiner Kritik. Gut, " er schien seinen Ärger spontan ablegen zu können, wenn man seinem Tonfall Glauben schenken wollte, "und dann war da die Tätigkeit des Reuter für die Sozietät Kettner, die ihn immer wieder nach Portugal führte, meist nach Lissabon, aber auch an andere Orte. Darüber haben sie damals nichts herausbekommen, und unser portugiesischer Kollege, dessen Namen wir kennen, war äußerst unkooperativ, nach einer Bemerkung, an die sie sich nicht erinnern konnten, Frau Müller. Haben sie noch mal drüber nachgedacht – deshalb habe ich sie hergebeten."

„Ich hatte einfach meine Fragen vorgetragen, wollte dann überleiten zu einigen Details. Wir hatten zwischendurch über dieses und jenes gesprochen, und ich hatte das Gefühl, irgendein spezielles Kompliment machen zu sollen. Ich wusste nicht genau, worin dies bestehen könnte. Vielleicht in einer Replik auf Heinrich den Seefahrer und seine Bedeutung für die Ausbreitung der abendländischen Kultur oder eher in einem Lob der wunderschönen Strände, die ideale Urlaubsziele seien. Ich weiß auch nicht mehr, wofür ich mich entschieden hatte. Jedenfalls redeten wir dann über etwas anderes, ich fragte glaube ich nach der Unfallstatistik in Portugal in den 40er Jahren. Wir wussten ja nicht einmal, ob es ein Verkehrsunfall war, aber da war er plötzlich dicht. Ich habe damals gedacht, und ich vermute es immer noch, dass ich damit die Ehre des Kollegen als portugiesischer Kraftfahrer verletzt habe. Ich habe mich da noch entschuldigt, irgendwas gesagt in der Art, dass ich sicher sei, dass er jedes Fahrzeug sicher an sein Ziel lenke, aber da war er nach meiner Wahrnehmung noch eingeschnappter."

Hier schaltete sich Nottebrook ein, der offenbar zeigen wollte, wie gründlich er sich vorbereitet hatte: „Naja, in dieser Zeit damals, der ganze Krieg, die Aufgabe der Kolonien, da war Heinrich der Seefahrer vielleicht nicht das ideale Thema, obwohl sich die Portugiesen da eigentlich weitgehend einig sind, ihn hochzuschätzen. Aber bei der Ausbreitung der Europäischen Kultur könnten sie ein Fettnäpfchen berührt haben, der Kollege stammte ja aus Macao und war einer der ganz wenigen chinesisch stämmigen Polizisten in Lissabon damals. Meine ich jedenfalls gelesen zu haben."

„Woher kannten sie sich eigentlich mit portugiesischen Stränden aus? Touristisch war das Land doch kaum erschlossen, wenn man von Funchal und Estoril einmal absah. Funchal ist ja nun wahrlich nicht für seine Strände berühmt und in Estoril ist das Casino doch auch größer als der Strand, " schaltete sich Korinna Weise ein.

„Naja, ich hatte ja einige wenige Ansichtskarten gesehen, von Reuter."

„Ansichtskarten? Im Portugal des Estado Novo? Von Stränden?"

„Ja, offenbar von Fotostudios gemacht. Jetzt erinnere ich mich auch, ich sagte dem Kollegen noch, wie begeistert ich von Portugal sei, wo es so schöne Orte gebe wie – ach, die Namen habe ich jetzt vergessen." Müller schaute hilfesuchend zu Nottebrook. „Du warst doch gerade mit den Unterlagen beschäftigt?"

Nottebrook war wieder vorbereitet. „Praia, Tarrafal, Peniche."

„Jedenfalls hab ich mir jetzt noch mal Bilder davon ange-schaut, im Internet, ganz wunderschön, da gibt es zumindest heute auch gute Hotels. Gut, der eine Ort liegt auf den Kapver-dischen Inseln, vielleicht war das auch nicht richtig weil nicht wirklich Portugal, aber andererseits…."

Hier wurde Müller unterbrochen. „Eieieieiei. Deutlicher hätten sie nicht daneben hauen können, Frau Müller."

Einen Moment herrschte Schweigen, alle schauten Korinna Weise an, warteten auf eine Erklärung.

„Praia ist nicht nur ein Ortsname, es heißt ganz einfach Strand, soweit so gut. Aber Tarrafal war das berüchtigte Kon-zentrationslager auf der Insel Santiago. Und Peniche das be-kannteste Spezialgefängnis der PIDE, also der Geheimpolizei des Estado Novo, auf dem portugiesischen Festland. Und das waren für sie die Orte, für die sie sich begeistert haben – und dann schieben sie noch hinterher, dass der Kollege bestimmt jedes Auto sicher an sein Ziel gebracht hat – Frau Müller, in manchen Gegenden Portugals war während des Estado Novo der Autobesitz sehr, sehr begrenzt, wenn da jemand ein Auto hörte, war es durchaus eine realistische Angst, dass das der PIDE gehörte, die kam, um jemanden abzuholen."

Korinna hielt kurz inne, offenbar überlegte sie.

„ Es gibt eine Geschichte, von der ich nicht weiß, ob sie ganz und gar wahr ist. Wenn nicht, ist sie jedenfalls gut aus-gedacht. Sie handelt von Armando Rodrigues de Sá, einem Fa-milienvater mit zwei Kindern. An einem Tag im Jahr 1964 kam er mit einem Sonderzug auf dem Bahnhof Köln-Deutz an, das Anwerbeabkommen mit Portugal war gerade in Kraft ge-treten. Kaum war der Zug eingelaufen, da wurde sein Name über den Bahnhofslautsprecher ausgerufen, er solle sich mel-den. Sicher ist, dass es eine Weile dauerte, bis er sich – ver-mutlich in Begleitung – an der angesagten Stelle einfand, und das Gerücht besagt, er habe sich, als er seinen Namen hörte, erst einmal versteckt, weil er sich als Portugiese nicht vorstellen konnte, dass jemand anderes als die PIDE ihn suche, warum auch immer."

„Aber die PIDE konnte doch nicht einfach in Köln jemanden verhaften?" fragte Nottebrook.

„Nein, aber so fühlten sich die meisten Portugiesen damals. In Wahrheit war es übrigens die Bundesvereinigung der Deutschen Arbeitgeberverbände, die ihn mit einem zweisitzigen Zündapp-Moped als Millionsten Gastarbeiter in Deutschland begrüßen wollte. Übrigens: Amnesty International ist auch gegründet worden, nachdem 1962 zwei Studenten in Lissabon zu sieben Jahren Haft verurteilt worden waren, nur weil sie in einem Restaurant auf die Freiheit angestoßen hatten."

Der alte Weise klopfte erneut mit seinem Stock auf den Boden:

„Spur 4: Der Reuter kann ja auch mit der Anwerbung von Gastarbeitern – so nannte man sie damals ganz offiziell – beschäftigt gewesen sein. Und darauf könnte sich irgendeine Geschichte aufbauen, jemand, den er falsch beraten, betrogen hat, ich weiß es nicht genau.

Herr Nottebrook wird versuchen, irgendwelche Akteure von damals aufzutreiben. Er soll auch noch mal versuchen, etwas über den Unfall in Portugal herauszubekommen. Und über das Haus in Horta.

Und jetzt zur" - erneut schlug Weise mit seinem Stock auf den Boden - „...Spur Nummer 5: Frau Müller, erzählen sie doch den hier Versammelten mal, was sie kürzlich von dem Schwab, dem Nachportier in der Tatnacht in der City Nord, erfahren haben."

„Naja, er erinnerte sich, dass der Anrufer, der auf den gefesselten Reuter hinwies, einen südeuropäischen Akzent gehabt habe, aber so genau – der hatte ja wenig gesagt, so genau wird das nicht zu erkennen gewesen sein. Aber er sagte, er habe das damals auch Herrn von Soest erzählt, der hat das definitiv für sich behalten. Was sonst noch war – ich hatte bei meinem Besuch das Gefühl, dass der Schwab alles gesagt hat, inzwischen bin ich mir nicht mehr ganz sicher und überlege, doch noch einmal nach Obergriesbach zu fahren."

„Ja, tun sie das Frau Müller, tun sie das. Ein südländischer Akzent also, und dann haben wir geschaut, also ich, wer wohl einen südländischen Akzent haben könnte unter all den Gästen des Hotels, und da war nur einer, wenn ich es richtig sehe, der Soldati aus Novaggio in der Schweiz. Oder haben sie einen solchen Akzent auch bei anderen Gästen festgestellt, Frau Müller?"

Jetzt schien Weise in seinem Element zu sein, Nottebrook erkannte seine Art zu reden, zu agieren, wieder, die er immer gezeigt hatte, wenn er während seiner Zeit bei der Hamburger Kripo Ermittlungen leitete.

Inzwischen hatte Müller den Kopf geschüttelt, und Weise fuhr fort:

„Ich habe dann geschaut, was der Herr Soldati denn mit dem Reuter zu tun haben könnte, außer dass sie einen Tag zusammen in Hamburg unterwegs waren, und mir fiel so wirklich gar nichts ein, bis ich mit meiner jüngsten und daher IT-affinsten Enkelin darüber geredet habe, die hat natürlich sofort eine Verbindung gefunden. Erzähl mal, Laura."

„Naja, ich sage mal, das war einfach Nachschlagen bei Wikipedia, das können eigentlich auch normal entwickelte 90jährige, insofern verstehe ich nicht, warum du da meine Hilfe gebraucht hast, Opa. Da findet man nämlich gleich ganz oben, dass der Oswald von Hoyningen-Huene, also der Botschafter, mit dem der Reuter sich so viel rumgetrieben hat, in Clarens geboren und in Basel gestorben ist, das sind beides Orte in der Schweiz."

Nottebrook merkte auf: „Ich denke, der von Hoyningen-Huene hat bis zum Schluss in Estoril gelebt?"

„Naja, am Ende war ihm wohl das Gesundheitswesen des Estado Novo doch nicht so ganz geheuer, da ist er dann zum Sterben schnell zurück in die Schweiz", vermutete Korinna Weise. „Begraben ist er übrigens auf dem Ohlsdorfer Friedhof, wo wir neulich gesessen haben."

„Egal, das ist eine Spur, wenn auch eine sehr wenig versprechende."

Hier schaltete sich Müller noch einmal ein: „Wenn es Recht ist, werde ich einfach einmal nach Novaggio fahren, falls der Soldati noch lebt, kannst du das klären, Klaus?" Nottebrook fühlte sich jetzt fast zum Hiwi degradiert, aber er nahm es im Moment als weiteren Schritt auf einem absteigenden Weg.

Weise ergriff wieder das Wort: „Auf jeden Fall, Frau Müller, und bezahlt wird ihre Reise übrigens von der bereits erwähnten Stiftung. Sie müssen also eine Spesenabrechnung machen. Hast du noch mehr herausgefunden, Laura?"

„Eigentlich nicht."

„Und uneigentlich?"

Laura grinste, dann warf sie einige Bilder mit jeweils einem oder zwei wenig oder kaum bekleideten jungen Männern auf den Tisch. Alle eindeutig sexuell heftig erregt, teilweise nackt. „Also, das ist jetzt nur wegen der Stadtparknähe. Der Typ nennt sich Peter Berlin, der ist Model, aber auch Fotograf.

Ist wohl sowas wie der Brigitte Bardot der Schwulen, wenn man Wikipedia glauben darf. Die hat er aber auch mal fotografiert. Oh, ist Euch das jetzt peinlich, schaut die Bilder ruhig an." Laura grinste.

„Aber Peter Berlin ist nur sein Künstlername, in Wahrheit heißt er Armin von Hoyningen-Huene, und dann erfährt man bei Wikipedia noch, dass der 1874 zu Reval gegründete Familienverband der von Hoyningen-Huene – entschuldige Opa: Derer von Hoyningen-Huene – alle zwei Jahre ein Familientreffen abhält. Allerdings ist der Armin, also der auf den Bildern, erst Dezember 1942 geboren, der Oswald, also Kumpel von Hindenburg, war der Gesandte nämlich auch, vorher, bis der Hindenburg gestorben ist, also der Oswald ist schon am 26. August 1963 gestorben, und ganz eng waren die jedenfalls nicht verwandt. Insofern weiß ich nicht?" Jetzt klang Laura eher fragend und schaute ihren Großvater an.

„Meine liebe Laura, mir scheint, hier konntest du einfach der Versuchung nicht widerstehen, die sich dir bot: Ein halbwegs ernstzunehmender Vorwand, die Erwachsenen in deiner Umgebung mit den Bildern nackter, sexuell erregter homosexueller junger Männer zu konfrontieren, um ihre Reaktion zu beobachten. Wenn du Lust hast, darfst du jetzt einen Schulaufsatz darüber schreiben, als Spur ist das aber doch wohl etwas zu weit hergeholt, oder ist jemand anderer Meinung?"

Der alte Weise machte eine kurze Pause, ehe er mit dem Stock auf den Boden schlug.

"Also gut, Spur Nummer 6, wenn alle anderen zu gar nichts führen. Aber nur dann, und weil du meine Lieblingsenkelin bist, Laura, jedenfalls beinahe. Und außerdem ist da ja immer noch die Stadtparknähe, auch für sich genommen wenig ergiebig. Wichtiger ist, über Reuter und Frauen ist wirklich nichts bekannt, also das könnte tatsächlich eine Spur sein, obwohl – nicht jeder Junggeselle ist schwul, sage ich einfach mal.

Es ist ein warmer Tag, ein lauschiger Abend, deshalb ist die Sitzung beendet. Ich werde hier bezahlen, wer will darf mich danach in ein hübsches Restaurant an der Außenalster begleiten und dort auf eigene Kosten mit mir eine Mahlzeit und eine angemessene Anzahl von Getränken verzehren und von allem außer unserem Projekt sprechen."

Bei diesen Worten hängte der alte Weise seinen Stock an den Rollator, stand auf und ging mit einer erstaunlichen Geschwindigkeit zur Theke, wo er die kleine Rechnung bezahlte.

Kapitel 17 Polizeihochhaus Berliner Tor 1975

Die übrigen Ermittlungsergebnisse aus dem Jahr 1975 waren nicht besonders umfangreich.

Seine Kontoauszüge hatte Reuter offensichtlich immer 15 Jahre lang aufbewahrt, aber damals bevorzugte man Barzahlung. Deshalb fanden sich bei den Ausgaben im Wesentlichen die für die Miete, Strom, Telefon, Steuern, das übliche. Interessanter waren die Eingänge, sie kamen zwar alle von der Sozietät Kettner, aber die Beträge schwankten stark, in manchen Monaten waren es 300 oder 400 DM, in anderen gingen die Beträge hoch bis zu 6.000 DM, einmal waren es sogar 11.000. In manchen Monaten gab es gar keine Zahlungen, und eine Projektzuordnung war nirgends auf den Belegen zu finden.

Ab März 1971 gab es dann jedoch eine Auslandsüberweisung, 90 DM für Aluguel an einen Pedro Bettencourt de Melo in Praia. Aluguel, das heißt Miete.

Auffällig war außerdem, dass Reuter offenbar sein Geld auf dem Konto aufbewahrte, einerseits fanden sich keine anderen Anlagenachweise, weder Sparbücher noch Wertpapiere, andererseits hatten sich auf seinem Postscheckkonto bis Ende 1973 mehr als 102.000 DM angesammelt.

Schließlich fand sich ein einfaches Schriftstück mit Datum von 1974. Darin teilt er mit, dass er sein gesamtes Vermögen dem Deutschen Roten Kreuz vermacht, mit Ausnahme seines Hauses in Horta, das wie vereinbart nach seinem Tod an den Vorbesitzer zurückfällt. Eine Adresse oder einen Namen gab es nicht.

Müller und Konrad hatten versucht, über verschiedene Kanäle, auch über die Botschaft, Informationen von den Behörden oder der Polizei in Portugal zu bekommen. Aber aus unklaren Gründen war man bei den zuständigen Stellen in Portugal nicht besonders kooperativ.

Darüber hinaus versuchten sie damals, an den portugiesischen Behörden vorbei den Pedro Bettencourt de Melo in Praia anzuschreiben, aber der Brief kam zurück mit dem Hinweis, der Empfänger sei unbekannt. Auch die Bank konnte oder wollte keine Auskunft über den Zahlungsempfänger geben.

Neben den Spuren, die nach Portugal führten, untersuchten Müller und Konrad das Umfeld des Toten mit im wahrsten Sinne des Wortes peinlicher Genauigkeit. Hierfür soll ein Beispiel gegeben werden:

Müller hatte bei einem Besuch in Edmundsthal herausgefunden, dass Reuters Schwester dort eine kurze, aber heftige Affäre mit einem verheirateten Mann hatte, einem gewissen Erwin Gerdes. Das war zu einer Zeit, als noch fraglich war, ob die beiden eine Überlebenschance hätten, die erfolgreiche Tuberkulosetherapie mit Antibiotika befand sich noch im Anfangsstadium.

Müller und Konrad hatten dann in der Liste der Hotelgäste unter den Teilnehmern an der Hochzeitsfeier einen Martin Gerdes entdeckt und den zu einem ausführlichen Gespräch bestellt. In ihrem Verhör ging es mit fast inquisitorischer Schärfe um die gesamte Lebens- und vor allem Krankheitsgeschichte der gesamten Familie des Martin Gerdes. Später stellte sich heraus, dass die Familie des Martin Gerdes altansässig in Steinhude am Meer war, er selber, der Martin Gerdes, war gerade mal 19 Jahre alt. Einen Erwin Gerdes kenne er nicht einmal.

Müller und Konrad durchforsteten daraufhin den Lebensweg des Erwin Gerdes, sie stellten fest, dass der in einem kleinen Siedlungshaus in Hamburg-Kirchsteinbek lebte und, wie mehrere Nachbarn versicherten, „sein Lebtag die Elbe nicht überquert hatte.

Als ähnlich hoffnungslos erwiesen sich die anderen Spuren in Deutschland.

Auch alle Versuche, den Anwalt Kettner zur Herausgabe von Unterlagen oder doch zumindest Informationen zu bewegen, scheiterten. Das gleiche galt in Bezug auf Unterlagen der Deutschen Gesandtschaft während der Zeit, als Reuter dort gearbeitet hatte. Die Unterstützung, die Müller und Konrad in beiden Fällen von ihren Vorgesetzten erfuhren, war außerordentlich zurückhaltend.

Knapp zwei Wochen nach dem Auffinden der Leiche Reuters wurde die Bearbeitung des Vorgangs dann erst einmal beendet. „Wissen sie, " meinte der Chef zu Müller und Konrad, „wenn sich die politische Situation in Portugal beruhigt hat, können sie die Ermittlungen ja noch einmal fortzusetzen versuchen. Oder wenn der Umgang mit Homosexuellen sich wieder normalisiert."

Kapitel 18

Portugal 1945 bis 1973

Ab 1945 gab es weitaus weniger Briefe als vorher. Dafür waren sie wesentlich offener, jedenfalls auf den ersten Blick. Die Angst vor der Zensur war wohl gewichen.

Juni 1945: Liebe Lisa, jetzt ist es also vorbei, und lass mich leise sagen, dass mich das auch aufatmen lässt. Aber was wird jetzt aus Deutschland? Ich mache mir Sorgen, Du kennst ja auch den Morgenthau-Plan. Aber wenn Deutschland wieder zum Agrarstaat wird, hat das auch sein Gutes, das sage ich Dir als einer, der hier in Portugal lebt und noch eine Weile bleiben will. Auch die aufrührerischen Agitatoren sind jetzt außer Gefecht, es herrscht wieder Ruhe in den Fabriken. Ich weiß nicht, wie bei Euch – jetzt schreibe ich schon: „ bei Euch" – die Post funktioniert, ob sie überhaupt funktioniert. Möglicherweise ist sie in einem ähnlichen Zustand wie die Spanische Eisenbahn, obwohl ich mir das in Deutschland nicht vorstellen kann. Trotzdem hoffe ich, dass dieser Brief bei Dir ankommt. Ich habe jetzt natürlich keine Arbeit mehr, jedenfalls nicht die alte. Einmal musste ich sogar die Hilfe des Barthel in Anspruch nehmen, aber die hiesigen Handelshäuser funktionieren natürlich weiter. Und ein wenig zu übersetzen gibt es da auch, frage aber lieber nicht, wie das bezahlt wird. Otto Eckert hat sich in der Nähe von Sintra als Landwirt niedergelassen, ich werde vielleicht auch in diese Richtung denken müssen. Aber alles in allem geht es, geht es sogar gut im Vergleich zu dem, was in Deutschland passiert, wenn die Zeitungen hier die Zustände zu Hause auch nur halbwegs ehrlich widergeben.

Mai 1946: Liebe Lisa! Ich freue mich, dass die Post jetzt zuverlässiger geworden ist. Hier ist eigentlich immer noch alles beim alten. Ich habe mein Zimmer- mehr ist es leider wirk-

lich nicht – in Colares, helfe beim Weinbau, nicht dass ich darauf angewiesen wäre, aber es bereitet mir auch Vergnügen. Geld bringt das Übersetzen, ich übersetze Verträge für diejenigen Deutschen hier, die der portugiesischen Sprache nicht mächtig sind und die sich dennoch hier niederlassen wollen. Manchmal besuche ich Otto Eckert, der hier in der Nähe sein Haus hat, oder ich fahre nach Estoril, da sind mehrere Landsleute von uns untergekommen, nicht nur der Baron von Hoyningen-Hüne. Hier gibt es einige Aufregung um das Gold, mit dem für Ölsardinen und Wolfram bezahlt wurde – nicht öffentlich natürlich, aber doch im Geheimen. Die Banco Lisboa e Açores ist aber ein zuverlässiger Partner, sowohl was die deutschen Geschäfte betrifft als auch was die Wahrung des Barthel-Vermögens angeht. Aber damit habe ich nichts zu tun, Deutschland gibt es ja nicht mehr. Und ich habe zwar voriges Jahr für kurze Zeit Hilfe vom Barthel benötigt, aber das ist jetzt auch vorbei. Es ist übrigens ein Segen, dass sich die Leute hier nach dem Zusammenbruch nicht an die Gurgel gegangen sind, unsere Freunde sind wieder aktiv beim Barthel, arbeiten aber gut mit denen zusammen, die nach 1933 dazugekommen sind. Ich hoffe, dass die Entwicklung in Deutschland in eine ähnliche Richtung geht, noch scheint das nicht ganz entschieden zu sein, wenn ich Deinen letzten Brief richtig verstanden habe.

Juni 1947: Liebe Lisa, das war jetzt zwar kein Wunder, aber nahe daran. Ich war Mitte des Monats eingeladen zur Aufnahme des Flugverkehrs der Sata, es geht erst mal nur von Ponta Delgada nach Santa Maria. Ich hätte mir die Reise auf die Azoren niemals leisten können, aber einige dortige Freunde haben zusammengelegt. Und einmal dort habe ich noch einen Besuch in Angra und Praia angehängt, es war wirklich alles wie einst.

Oktober 1947: Liebe Lisa, jetzt geht es doch noch einmal um Geschichte. Ich musste einige Gespräche führen, durfte dafür nach Tarrafal reisen, meinem Gesprächspartner wollte man die umgekehrte Reise nicht erlauben. Warum das ganze stattfand, verstehe ich offen gesagt nicht, aber es scheint eher so zu sein, dass unsere amerikanischen Freunde etwas erfahren wollten. Sie waren dabei, und ich kenne ja meinen Gesprächspartner, so will ich es sagen. Treffender wäre wohl die Formulierung, dass ich ihm zu seiner Reise nach Tarrafal verholfen habe.

November 1947: Liebe Lisa! Gestern saß ich mit einigen Kollegen zusammen, die damals dabei waren, als die Portugiesen die Kohle aus Deutschland herausgepresst haben – anders kann man es wohl nicht nennen, diese Drohung mit der Stilllegung der halben Eisenbahn in Portugal. Sie sind jetzt im Geschäft mit den Polen, die nehmen wohl das Gold, mit dem wir damals Wolfram und Ölsardinen bezahlt haben. Sollte das einmal bekannt werden, dann wird es wohl doch noch zu einem Skandal kommen. Liebe Lisa, es ist ja geradezu unvernünftig, wie unsere Behörden damals gearbeitet haben. Wenn man schon die Goldbarren umschmilzt, dann bewahrt man doch nicht die Listen auf, auf denen das genau verzeichnet ist. Da legen unsere portugiesischen Freunde dann ihre Verzeichnisse vor, alles sollte ja bereits in der Schweiz völlig unkenntlich gewesen sein, und dann haben die Alliierten plötzlich diese Preußischen Listen, auf denen genau verzeichnet ist, welcher belgische Goldbarren wann wie umgeschmolzen wurde. Aber ich will Dich nicht mit solchen Geschichten langweilen, ich selber bekomme jetzt hin und wieder auch einmal „richtige" Aufträge, bei denen es wirklich um Handel geht. Ich hatte Dir ja vor Jahren geschrieben von dem sehr angenehmen Mitarbeiter der Credit Suisse, dem Herrn Soldati, der

arbeitet jetzt für den Schweizerischen Bankverein. Und da ver-
hilft er mir manchmal zu Übersetzungsaufträgen. Ich bin ihm
wirklich sehr dankbar. Mit Deutschland gibt es noch keinen
Handel. Und ich bin inzwischen gar nicht mehr so sicher, ob
es nicht für die einfachen Menschen in unserem Lande gut ist,
wenn sie ein wenig von ihren hohen Ansprüchen befreit wer-
den. Von einem Volkswagen redet sicher niemand mehr Und
KdF oder andere Reiseunternehmen für das einfache Volk
wird es, da bin ich Optimist, in den nächsten 30 Jahren zumin-
dest in Deutschland genau so wenig geben wie in Portugal.

Juni 1948: Liebe Lisa! jetzt hat Otto Eckert es geschafft,
seine Familie nachzuholen, sie leben im Moment hier, er hat
ein recht artiges Dankesschreiben an Salazar geschickt, ich
habe ihm beim Übersetzen geholfen. Meine Verbindungen rei-
chen natürlich nicht, um auch Dich hier nachzuholen, ich
denke aber, dass es bei uns zu Hause auch langsam besser
wird. Otto Eckert überlegt sogar, nach Deutschland zurückzu-
gehen, es scheint jetzt endlich nicht mehr als wirklich verwerf-
lich zu gelten, wenn man seinem Vaterland auch bei der Be-
schaffung von Waren gedient hat. Ein wenig wird es aber wohl
noch dauern, bis es wirklich so weit ist....

Mai 1949: Liebe Lisa, das waren anstrengende, aber auch
erfreuliche Wochen. Ich habe zwar nicht viel verdient, aber
zum ersten Mal seit dem Zusammenbruch habe ich wieder für
einen richtigen Handelsvertrag übersetzt. Es wird wohl jetzt
einiges an Maschinen und Ersatzteilen aus den Westzonen
nach Portugal fließen. Aber auch Fahrzeuge, Hopfen und
Malz werden geliefert. Und so werdet Ihr endlich wieder Öl-
sardinen bekommen. Dass auch Wolfram geliefert wird, er-
zählt uns Wissenden eine Menge, aber wir schweigen darüber.
Ich hatte natürlich schon vorher als Übersetzer an der Vorbe-
reitung des Handelsabkommens mitgewirkt. Und das bedeu-
tet: Ich bin wieder richtig im Geschäft. Jetzt muss nur noch

eine Gesandtschaft kommen, und ich bin überzeugt, dass dann von Hoyningen-Huene Gesandter wird, und ich bin wieder in meiner alten Stellung.

Dezember 1950: Im nächsten Jahr wird also Portugal wieder eine Gesandtschaft in Deutschland eröffnen, in Bonn. Welch eine Schande, Berlin wird eines Tages wieder unsere Hauptstadt sein, da bin ich mir sicher. Und ich hoffe, das auch noch zu erleben.

Juni 1951 ... Unsere Bundesrepublik wird also bald wieder einen Gesandten, Botschafter soll er jetzt heißen, hier in Lissabon haben. Salazar wie auch Carmona machen sich sehr für von Hoyningen-Huene stark. Otto Eckert meinte, dann könnten alle alten Mitarbeiter wieder in Lohn und Brot kommen, wobei ich ehrlich gesagt auf Schröder und seine Leute gerne verzichten kann......

Oktober 1952 Liebe Lisa! Die Enttäuschung wirkt natürlich noch immer nach. Ich hatte so gehofft, dass es von Hoyningen-Huene wird, nun ist es also Wohleb, der sicher ein guter Ministerpräsident von Baden war. Aber meine Arbeit kann ich tun wie vorher, eine feste Stelle in der Botschaft wird es wohl vorläufig nicht werden. Otto Eckert hat seine Landwirtschaft oben bei Sintra aufgegeben, er ist zurückgezogen nach Deutschland, zum Glück sind die Zeiten ja wieder besser. Ich werde mich wohl noch eine Weile hier herumtreiben, aber ich hoffe trotzdem, dass Du eine Wohnung für uns beide findest, oder auch eine Behelfsunterkunft, ich würde gerne wieder in Hamburg leben. Und ich höre, dass der Wiederaufbau der Stadt zügig voranschreitet.

August 1954 Liebe Lisa! Endlich bin ich wieder in Horta. Es ist lange her, eine ganze Ewigkeit. Trotzdem, viele alte Freunde haben sich noch an mich erinnert. Die Verhandlungen hier waren etwas pikant, ich wollte mir unbedingt einen

Ruf verschaffen bei dem Kunden und habe dabei wohl etwas über das Ziel hinausgeschossen. Aber das ließ sich am Ende alles wieder einrenken. Ich werde irgendwo hier her ziehen, wahrscheinlich doch nach Horta. Aber das wird noch eine Weile dauern, es wird mein Alterssitz werden, und, Lisa, vielleicht auch Deiner. Aber jetzt heißt es erst einmal zurückkehren in unser Behelfsheim am Mittleren Landweg.

März 1955 .... Jetzt hat mich während meines Aufenthalts in Frankfurt der Tod Wohlebs überrascht. Ich mag natürlich hoffen, dass sein Nachfolger wieder eine Stelle für mich in Lissabon haben wird, aber andererseits empfinde ich mein jetziges Leben als ein recht angenehmes und will es wohl bis zum Ruhestand fortsetzen, danach kann ich immer noch für die mir noch verbleibenden Tage nach Portugal ziehen, aber das werden immer deutlicher die Azoren werden.

Mai 1962 Liebe Lisa, jetzt wird es also wohl doch Beja. Ich bin hier, endlich darf ich mich wieder einmal mit Flugzeugen beschäftigen, noch dazu mit dem Starfighter, dem Kampfflugzeug überhaupt. Übrigens bringt mir der Umgang mit den Militärs auch manches zur Kenntnis, was ich über die Starfighter noch nicht wusste. In mir reift die Idee, einmal, später, wenn ich mich zur Ruhe gesetzt habe, ein Buch über deutsche Flugzeuge in Portugal zu schreiben, darauf ist bestimmt noch keiner gekommen. Bald werden hier die Bauarbeiten beginnen, und ich habe einiges an Verträgen zu übersetzen, ich fühle mich wohl wie seit Jahren, Jahrzehnten möchte ich sagen, nicht mehr.

Januar 1964: .... Es ist eine Menge Arbeit, die Vorbereitungen zum Anwerbeabkommen mit Portugal. Danach werden endlich nicht mehr nur Italiener und Türken zu uns kommen, ich freue mich darauf.

Oktober 1964: Liebe Lisa, die Eröffnung des neuen Flughafens bei Beja war leider nicht das rauschende Fest, das man sich erhofft hat. Aber wen wundert das? Spanien verweigert die Überflugrechte, man möchte fast meinen, die Legion Condor hat damals, vor fast 30 Jahren, umsonst gekämpft, jedenfalls erweist sich Franco jetzt als undankbarerer Verbündeter. Und dann kommt die neue Natostrategie hinzu, Beja wird also nicht Stationierungs- und Ausbildungsort für die Starfighter werden. Meine Enttäuschung ist unbeschreiblich.

Mai 1966: ... Das Anwerbeabkommen lässt doch einige neue Aufgaben für mich entstehen. Erstaunlich ist der Unterschied der deutschen Unternehmer, die einen wollen vor allem ihren Betrieb schützen, andere machen sich stark für Mitarbeiter, die das, lass es mich so sagen, nach meiner Auffassung nicht rechtfertigen. Aber ich tue meine Arbeit, dafür werde ich schließlich bezahlt. Jetzt bin ich sogar nach Peniche gefahren, mir schlug wirkliche Dankbarkeit entgegen, als ich den jungen Ingenieur dort abholte, damit er wieder seiner Arbeit in Deutschland nachgehen darf. Aber das ist Gott sei Dank die Ausnahme, auch unsere Deutschen Unternehmen halten in ihrer Mehrzahl an den alten Werten fest.

Die Briefe endeten hier, es gab einige Postkarten, oft Fotografien mit einem Eindruck des jeweiligen Fotografen. Aber es gab weitere Unterlagen.

Kapitel 19 **Uhlenhorst 2013**

„Kommen sie herein, sie sind sicher Herr Nottebrook, oder?" Die junge Frau lächelte Nottebrook an der Tür an, der Stimme nach war es dieselbe Dame, mit der er vor 4 Tagen den Termin abgemacht hatte.

„Das ist schön, dass sie das geschafft haben, sonst wäre der arme Herr Kettner heute ganz alleine gewesen, und – ja, das ist gut, dass sie ein Geschenk mitgebracht haben." jetzt wurde sie laut. „Herr Kettner, Besuch für sie, und schauen sie mal, einen wunderbaren Bagaço hat der Herr Nottebrook Ihnen mitgebracht, zu ihrem Geburtstag"

Und während sie in das Wohnzimmer eintrat, sagte sie zu Nottebrook, der hinter ihr ging: „Der Herr Kettner trinkt nämlich gerne noch jeden Tag seinen Trester, wenn er kann, oder auch mal einen Grappa, den bekommt er aus Italien oder noch viel lieber aus dem Tessin – da staunen sie, was? Der Herr Kettner ist ein Feinschmecker."

Jetzt wurde sie wieder laut: „Und weil es doch heute um Portugal geht, da hat Ihnen der Herr Nottebrook einen Bagaço mitgebracht, Herr Kettner, das ist eine Freude zu ihrem Geburtstag, was?"

„Guten Tag, Herr Kettner", sagte Nottebrook, „Guten Tag, Frau?"

„Guten Tag, Herr Nottebrook, " schaltete sich Kettner das erste Mal in das Gespräch ein, „Das ist das Fräulein Nielsen, das immer sehr viel erzählt, wenn Gäste kommen." Kettner sprach genau so laut wie Frau Nielsen, wenn sie sich an Kettner wendete. „Setzen sie sich doch, mögen sie einen Grappa? Einen wunderbaren Grappa Ticinese von Merlot?"

„Gerne", erwiderte Nottebrook, jetzt auch richtig laut.

„Wenn sie uns dann einfach zwei Gläser einschenken und die Flasche auf dem Tisch lassen, ja, und die Bagaço-Flasche von dem Herrn Nottebrook auch, falls wir Lust darauf haben, danke, dann wäre es das für heute, denke ich, bis morgen, auf Wiedersehen, Fräulein Nielsen."

„Auf Wiedersehen, Herr Kettner, auf Wiedersehen, Herr Nottebrook."

„Auf Wiedersehen, Frau Nielsen", aber da klappte schon die Tür.

„So, weiter geht es in normaler Lautstärke, die Nielsen ist penetrant davon überzeugt, alle Menschen über 70 seien schwerhörig, dabei arbeitet sie schon 10 Jahre für den Pflegedienst. Naja, zur Strafe rede ich sie mit Fräulein an. Was ihre soziale Ader angeht, so kann einem auch die auf die Nerven gehen, aber die Idee mit dem Geburtstag hat mir jetzt immerhin einen Bagaço eingebracht. Ein schöner Aguardente velha wäre mir zwar lieber gewesen, aber das erklären sie mal der Nielsen." Kettner lachte.

„Na gut, falls ich noch mal komme, weiß ich es, nehmen sie ihn als kleine Gabe dafür, dass sie sich doch noch zu einigen Auskünften bereit erklärt haben."

„Habe ich das?" Kettner grinste.

„Nicht wirklich, aber wie ich schon sagte, wenn es so interessant wird, dass ich ein zweites Mal kommen muss, dann – mögen sie einen Adega Velha?"

„Ohhh, also, fangen sie einfach an, was wollen sie wissen, Herr Nottebrook."

„Alles, was sie mir über Reuter erzählen können und über seine Arbeit."

„Also, Herr Nottebrook, wie ich ihrer Kollegin Müller schon gesagt habe, die neulich, vor – ja, vor ungefähr 38 Jahren in derselben Angelegenheit bei mir war, ist die Arbeit des Herrn Reuter für mich vollkommen vertraulich. Eine charmante Person übrigens, die Frau Müller, wie geht es ihr heute?" „

„Oh, es geht ihr, soweit ich das beurteilen kann, blendend." Was ging den Kettner das überhaupt an, dachte Nottebrook.

„Ach, das geht mich nichts an, ein wenig hat die Nielsen schon recht, wenn sie meint, dass ich manchmal jemanden zum Reden brauche, zweimal in der Woche Skat spielen und sonntags in die Kirche, das ist es einfach nicht.

Was ich sagen will, vieles von damals ist auch heute noch höchst vertraulich, und der Rest eigentlich auch, nur vielleicht springt ein alter Mann wie ich auch das eine oder andere Mal über seinen Schatten. Nur, allzu oft nun auch wieder nicht, also fragen sie gezielt, was sie wissen wollen, Herr Nottebrook. Denn wenn ich einfach drauf los erzähle, dann ist das Kleingeld schnell verbraucht. Aber erst einmal, posthum, auf den armen Reuter." Nottebrook nippte an seinem Glas, der Grappa war wirklich gut. Kettner hingegen hob sein Glas und schüttete es über seine Schulter nach hinten.

„Gießen sie nach, und diesmal randvoll, Herr Nottebrook."

„Genau so, heben sie ihr Glas, Herr Nottebrook, jetzt trinken wir darauf, dass er tot ist, der Reuter." Kettner kippte das Glas mit einem Zug herunter.

„Bevor sie fragen, das erzähle ich ihnen vielleicht später, vielleicht, mal schauen. Jetzt machen wir ganz normal weiter, also fragen sie."

Nottebrook war immer noch schockiert, er setzte an, um nachzufragen, aber Kettner schüttelte schon den Kopf „Nein, jetzt geht es erst einmal weiter, als wäre nichts geschehen."

„Gut, Herr Kettner, dann fange ich mal an. Und zwar erst einmal ein wenig über Herrn Reuters Persönlichkeit. Er war ja nie verheiratet, wenn ich richtig informiert bin."

Nach kurzem Zögern bequemte sich Kettner zu einem kurzen „stimmt."

„Sie zögern mit der Antwort, heißt es, es gab da doch so etwas wie eine Ehe?"

„Nein, nein, sicher nicht, wissen sie, Herr Nottebrook, der Reuter war, was Frauen anging, kein bisschen forsch. Jedenfalls hier in Hamburg. In Lissabon soll das etwas anders gewesen sein, aber das sind nur Selbstzeugnisse, also, nach meiner Vermutung Prahlereien des Herrn Reuter gewesen – de mortuis nihil nisi bene, aber ich will ihre Arbeit unterstützen."

„Kann es sein, dass Herr Reuter sich eigentlich gar nicht für Frauen interessierte, sondern – wie soll ich sagen?" Nottebrook zögerte.

„Ganz bestimmt nicht, glauben sie mir, ich kann das beurteilen. Schauen sie nicht so fragend, die Idee, mir damals die Frau Müller zu schicken, eine attraktive junge Frau, war vom Grundsatz her gut, aber bei mir hätte ein attraktiver junger Mann vielleicht mehr erreicht." Nach kurzem Zögern fügte er grinsend hinzu: „Naja, deshalb sind sie ja wohl heute da." Kettner grinste, und Nottebrook fühlte sich etwas unwohl.

„Gut, dann wäre das schon mal was. Dann frage ich mal nach dem Unfall, den der Herr Reuter 44 hatte. Falls sie da etwas wissen."

„Offen gesagt, nein, ich weiß da nichts. Manchmal war der Reuter recht redselig, aber zu dem Thema hat er immer geschwiegen, selbst wenn man ihn fragte. Ich bin jedenfalls nicht sicher, ob es diesen Unfall wirklich gab. Und wenn es ihn wirklich gab, bin ich nicht sicher, ob es wirklich ein Unfall war. Aber das ist alles Spekulation eines alten Mannes, nichts wirklich Handfestes. Und ich sag es auch ausdrücklich: Ich habe da nichts zu verheimlichen, ich weiß wirklich nichts. Aber wenn da nicht mehr dahinter steckt, will ich auf meine alten Tage noch einen vollständigen Besen verzehren.

Andererseits, " Kettner schaute nachdenklich, „ein paar Mal hat Reuter von einer Pflegerin erzählt, die sich nach dem Unfall um ihn gekümmert hat. Er deutete an, dass er wohl auch hin und wieder mit ihr intim geworden ist, aber eindeutig war das nicht. Eher so Bemerkungen wie: Sie war jünger als die Frauen, mit denen ich normalerweise Affären hatte."

„Das klingt doch eindeutig?"

„Das klingt wie eine der Bemerkungen Reuters, bei denen ich nie sicher war, ob es eine wirkliche Affäre betraf oder eine Prahlerei ohne sachliche Basis war."

„Na gut, worin bestand denn so ganz grundsätzlich die Tätigkeit des Herrn Reuter für sie, ich meine jetzt gar nicht im Detail, ich möchte eigentlich nur das wissen, was sie jedem potenziellen Kunden erzählt hätten, dem sie den Herrn Reuter empfehlen wollten."

„Herr Nottebrook, es gibt nichts, das ich jedem" dieses Wort betonte Reuter deutlich „Kunden erzählt hätte, denn ich hatte verschiedene Kunden. Aber ich verstehe, worauf sie hinaus wollen.

Gut, der Reuter sprach hervorragend Portugiesisch, verstand es auch, was nicht einfach ist, besonders, wenn man sich dort in der gehobenen Gesellschaftsschicht bewegt. Das einfache Volk prononciert und nuanciert da etwas verständlicher für uns Nichtportugiesen. Dafür hat es dann allerdings manchmal völlig unverständliche Dialekte, wenn sie zum Beispiel an São Miguel denken. Schauen sie nicht so irritiert, das ist die größte Azoreninsel, Ponta Delgada liegt da. Gut, das nur nebenher, das zweite, was den Reuter auszeichnete, war, dass er dort etliche Leute kannte, gut mit den Portugiesen konnte. Naja, das ist natürlich auch Unsinn, aber mit den meisten Portugiesen von denen, auf die es halt ankam.

Das war eine ganze Menge, und ich kann aus heutiger Sicht auch sagen, das war das Hauptgeschäft. Er hat sich da richtig reingekniet, besonders, wenn es auf die Azoren ging, da wollte er hin, so oft es ging.

Ich weiß noch, einer der ersten Aufträge bei uns, das muss 55 gewesen sein, vielleicht auch schon 54, da war er in Horta. In Horta wurde ja fast alles verkauft, was auf Pico, der Nachbarinsel, produziert wurde. Nun kam ein Unternehmen, das sicher auch heute nicht genannt werden will, suchen sie sich aus, ob die Margarine, Seife, Kosmetik oder pharmazeutische Salben produzieren, wie gesagt, heute will keine mehr damit zu tun haben... also ein Unternehmen kam auf uns zu, das Waltran kaufte. Das wurde ja immer seltener produziert, in Deutschland war der Walfang sowieso 1939 eingestellt worden, weil die Schiffe für die Kriegsmarine benötigt wurden. Aber auf Pico, in Lajes, da wurden immer noch Wale gefangen, ganz archaisch, fahren sie einfach mal hin, schauen sie sich an, wie das damals da war. Mit kleinen Booten sind die raus, noch bis in die 80er Jahre des 20. Jahrhunderts, gerudert sind die, setzten jedes Mal ihr Leben aufs Spiel, wenn sie einen Wal zu erlegen versuchten. Das war aufwändig, aber für die Leute dort war es ein Zubrot, sie können sich nicht vorstellen, wie arm die waren, selbst für portugiesische Verhältnisse. Damalige portugiesische Verhältnisse, naja, der Reuter, dem gefiel das, der war ein begeisterter Anhänger von Salazar. Aber darum geht es nicht.

Jedenfalls hatte der Kunde versucht, in Horta Waltran zu ordern, und irgendwie war er mit den dortigen Händlern nicht einig geworden. Der Reuter ist dann selber runter, und der hat das innerhalb weniger Wochen geklärt. Es ging wohl vor allem um den Preis, und die Leute da unten in Horta haben ziemlich gepokert. Reuter ist dann wohl auch nach Lajes rüber, auf Pico, wo die Walfangstation war – habe ich das schon erzählt? Nein? Eine ziemliche Reise, von Horta aus, heute nicht mehr, aber damals. Entweder nahm man ein Fischerboot, oder eines der Frachtschiffe nahm einen mit. Man konnte natürlich auch über den Kanal setzten, von Horta auf Faial nach Madalena auf Pico, und dann per Pferd oder Maultier weiter, einige Stunden. Nein, sie brauchen nicht zu fragen, ich war nie auf den Azoren, aber der Reuter hat so viel erzählt. Das war einfach sein Lieblingsthema, fast möchte ich sagen, die Azoren waren seine einzige wahre Liebe.

Jedenfalls ist er dort hin, und er hat ziemlich genau herausgefunden, was die Leute da für den Tran bekamen. Ich weiß nicht mehr, was es war, aber es war entsetzlich wenig. Danach, er hat mir das alles erzählt, ist er wieder nach Horta, hat dort einen Preis angeboten, der lag um eine anständige Gewinnspanne über dem, was auf Pico bezahlt wurde, und damit deutlich unter dem, was die Leute in Horta damals haben wollten.

Die hatten nämlich mitgekriegt, dass die Hamburger etwas auf dem Schlauch standen, und deshalb war die Antwort erst einmal nein. Es wurde sozusagen hoch gepokert. Der Reuter hat dann in aller Ruhe vorgerechnet, was es kosten würde, wenn sein Hamburger Kunde eine eigene Niederlage in Horta gründen würde und direkt in Lajes einkauft. Die lachten natürlich nur.

Nein, das wissen sie jetzt vielleicht gar nicht, warum die lachten, oder?"

„Nein, erzählen sie es mir?"

„Naja, der Estado Novo war von seinem Charakter her ein richtiger Ständestaat, außerdem war Faial damals die Insel, die den Außenhandel abwickelte. Wer sich mit den Strukturen da anlegte, dem konnte es ziemlich schlecht ergehen. Wissen sie, was die PIDE war?"

„Die Geheimpolizei, die müssen ziemlich rabiat gewesen sein."

„Das ist extrem milde formuliert. Also, dass die lachten, war normal, aber nach einer Woche haben sie dann den Vertrag gemacht. Wobei der Reuter sagte, wenn er da versucht hätte, die Preise zu drücken, das wäre auch nichts geworden, dass er sich das erlauben konnte, war nur möglich, weil die Partner in Horta wirklich versucht hatten, ihn absolut aufs Kreuz zu legen. Sonst wäre es ihm wahrscheinlich schlecht ergangen, und er meinte auch, öfter würde er so einen Ritt über den Bodensee nicht wagen."

„Also war die PIDE doch in Maßen berechenbar, man konnte sich dann sogar etwas erlauben."

Kettner schüttelte den Kopf. „Nein, das war es nicht."

„Sondern?"

„Der Reuter hatte hervorragende Kontakte zur PIDE, und jetzt fragen sie mich nicht, woher er die hatte. Ich weiß es nicht, ich weiß es wirklich nicht."

„Und diese Kontakte hat er dann genutzt, um die wirtschaftlichen Interessen ihrer Klienten durchzukämpfen?"

„Nein, die Sache damals in Horta war eine absolute Ausnahme, das war einfach Sport, vielleicht auch, um sich hier einzuführen, in Hamburg meine ich. Denn Reuter kannte in Portugal ja weitaus mehr Leute als in Hamburg, musste oder wollte seine Kunden aber jetzt in Deutschland finden. Nein, die PIDE-Kontakte hat er da niemals wieder genutzt. Also in Zusammenhang mit den Handelsgeschäften."

„Hm, und in andren Zusammenhängen, hat er sie da genutzt?"

Kettner überlegte eine Weile. Dann wechselte er von der normalen Lautstärke in eine Art Flüsterton. „Sie meinen, ob er seine Kontakte genutzt hat, wenn jemand etwas von der PIDE wissen wollte, oder überhaupt etwas von ihr wollte?"

Nottebrook nickte.

„Nein", sagte Kettner laut, „wer hätte denn auch so etwas von ihm wollen sollen." Und dann fuhr er sehr leise fort: „Und da können sie jetzt nachbohren so viel sie wollen, Herr Nottebrook, da werde ich ihnen keinen unserer Kunden nennen, keinen, der so etwas wollte."

Nottebrook fragte jetzt eben so leise nach: „Firmen?"

Kettner nickte fast unmerklich mit dem Kopf.

„Staatliche Organe?"

Wieder nickte Kettner unmerklich, dann sagte er noch leise als vorher: „Wie ich schon sagte, da bekommen sie von mir keine Antwort."

Dann lachte er plötzlich.

„Noch einen Grappa Ticinese, Herr Nottebrook, einen Aguardente Velha haben wir ja nicht, aber was heute nicht geschieht, kann die Zukunft uns noch schenken." Kettner grinste.

„Wissen sie, es gab da so einen Satz von dem Reuter, den sage ich ihnen jetzt auch noch, auf den Tessin und seinen guten Merlot, Herr Nottebrook."

Die beiden tranken sich kurz zu, Kettner hatte sein Glas neu gefüllt und Nottebrook nachgeschenkt.

„Wissen sie, dieser Satz, der ging so: Eines Tags werden die Deutschen merken, dass sie von den Portugiesen sehr viel lernen können. Er ließ sich dann manchmal darüber aus, wie gierig die Deutschen wären, und dann schimpfte der auf die Nazis. Nicht wegen der Dinge, an die wir beide da denken würden, sondern weil sie so ein unglaubliches Anspruchsdenken gefördert hätten, da würden doch Ansprüche produziert, die die Kultur, die Bescheidenheit zerstört haben, sagte er dann."

Nottebrook saß einen Moment lang schweigend da, dann wechselte er das Thema: „Sagen sie, wie kommen sie eigentlich auf den Grappa Ticinese, ich meine, hat der Herr Reuter da irgendeine Verbindung hergestellt?"

„Wie kommen sie jetzt darauf?"

„Also, zwei Tage vor seinem Tod war der Reuter den ganzen Tag mit einem Tessiner unterwegs, der für uns ein klein wenig verdächtig geworden ist. Und jetzt sind wir auf den Namen – ich sage ausdrücklich nur den Namen – dieses Tessiners in einem alten Brief aus den 40er Jahren gestoßen, den der Reuter an seine Schwester geschickt hat. Das ist immer noch völlig vage, aber wenn sie da eine Verbindung kennen?"

Kettner schüttelte den Kopf „Nein, nichts, Herr Nottebrook. Es sei denn, es ging um das Gold oder ähnliches.

Der Herr Reuter war ja von seiner ganzen Einstellung her – wie soll ich das beschreiben – naja, der Estado Novo, das damalige Regime in Portugal, das hat ihm enorm gefallen. Als das dann 1974 am 25. April wie nichts in sich zusammenfiel, da war er am Boden zerstört. Ich denke auch, deshalb hat er seinen Plan, auf die Azoren zu ziehen, erst einmal aufgegeben. So, lassen sie uns austrinken, und dann soll es genug sein für heute, ich habe Geburtstag und will an andere Dinge denken." Kettner hob sein Glas erneut, leerte es jetzt auf einen Zug. Nottebrook tat es ihm gleich.

„Darf ich morgen wiederkommen, Herr Kettner?"

„Aber selbstverständlich, Herr Nottebrook, 14 Uhr, wenn es Recht ist. Mit einem Gastgeschenk. Sie finden selber raus, ja?"

Kapitel 20 1973, Faial[2] (Korinna Weise)

Der Blick aus dem winzigen Fenster des Flugzeugs ist grandios, fast, so scheint es, streifen die Flügel den Gipfel des Berges Pico auf der gleichnamigen Insel – auf Deutsch heißt das einfach Gipfel, es ist einer der wenigen Tage, an denen der Gipfel nicht in den Wolken liegt. Fast wie ein idealer Kegel erhebt sich der Berg 2351 Meter aus dem Meer. Oben die Wolken, kleine Fumarolen, der Schnee. Und unten das Wasser des Atlantiks und des Kanals, jener Meerenge, die Pico von der kleineren und reicheren Insel Faial trennt und die das kleine Flugzeug mit seinen 48 Sitzplätzen jetzt überquert.

Unter ihnen liegt nun die Stadt Horta, der Hafen. Reuter erinnert sich an seinen Besuch hier im Jahr 1936, für die Gesandtschaft sollte er der Landung einer Lufthansa-Maschine beiwohnen. Am 3. September war er an Bord des Katapultschiffs Schwabenland gegangen, das am 6. September in Ponta Delgada eintraf. Es gab einen ersten Probeflug, dann entschied die Lufthansa, dass Horta wohl als Standort besser geeignet sei. Die ersten Tage nach der Weiterreise von Ponta Delgada nach Horta verbrachte Reuter also mit der Betreuung der Besatzungen eines Katapultschiffes und zweier Wasserflugzeuge, für die „hohen Tiere" wie Lufthansa-Direktor von Gablenz waren andere zuständig.

Bei den weiteren Testflügen war er wieder auf Faial gewesen, 1937 und auch 1938, danach wurden die Versuche eingestellt. Und danach war er regelmäßig zurückgekehrt, er war

---

[2] Die Insel schrieb sich bis 1976 Fayal, ich benutze hier der Einfachheit halber die moderne Schreibweise. K.W.

hier heimisch geworden. Natürlich, die Kabelgesellschaften, die deutschen, waren im Zuge des zweiten Weltkriegs geschlossen worden, auf Betreiben der britischen Regierung. Allerdings wurden die Mitarbeiter – und die anderen Deutschen in Portugal – nicht interniert, wie es während des ersten Weltkriegs der Fall war. Aber es gab andere Freunde, Portugiesen, aber auch einige Deutsche, die sich hier niedergelassen haben. Im Alter, obwohl da die Gegend um Lissabon beliebter war. Er selber hatte ja auch die Jahre nach dem Krieg dort und nicht auf den Azoren verbracht. Trotzdem, er war hier, so oft es ging.

Reuter lässt seinen Blick über die Südküste der Insel schweifen, bis hinauf zur Caldeira. Es ist gerade einmal 20 Jahre her, 1953, da brach der kleine Vulkan Capelinhos aus, Lava floss über das Land, zerstörte Häuser, Gärten und Felder, und floss dann ins Meer. Seither ist die Insel Faial ein klein wenig größer. Reuter ist davon fasziniert, eine Faszination, die wohl aus seiner Kindheit stammte. Damals war die Landgewinnung an der Nordsee für ihn eine der faszinierendsten Angelegenheiten überhaupt, immer wieder bettelte er seine Eltern an, mit ihm zu den Koogen der Nordsee zu fahren, die Küste vor den Deichen, der Schlick, die Buhnen. Und später, Mitte der 20er Jahre war er dann mehrfach mit der Bahn nach Bredstedt gefahren und hatte sich zu Fuß auf den langen Weg zum Sönke-Nissen-Koog gemacht, der damals eingedeicht wurde. Dort ist es flach, unglaublich flach, aber auch dort entstand neues Land aus dem Meer, genau wie hier. Reuter läuft bei dem Gedanken ein Schauer über den Rücken. So ähnlich muss sich der Nationalstolz anfühlen, den er sich damals immer gewünscht hat, für sich, und doch nie so ganz empfinden konnte. Auch wenn er so tat. Jetzt ist er wieder auf den Azoren.

Reuter genießt die Landung, heute herrscht klare Sicht. Manchmal muss das Flugzeug wieder abdrehen, weil Nebel den Flughafen einhüllt. Zwar hat Reuter gestern ein Taxi bestellt, aber Taxis gibt es nicht viele auf Faial, er wird warten müssen, denn andere sind vor ihm dran. Über die Landebahn hinweg schaut er hinaus auf den Atlantik, blau liegt er da. Bisher war er stets in dem Wissen nach Faial gekommen, dass es eine Rückkehr auf Zeit ist. Trotzdem war es für ihn wie ein Zuhause. Hier steht die Zeit still, das liegt an der Einsamkeit, das liegt aber auch am Estado Novo, der dafür sorgt, dass die Bevölkerung Portugals vor den Einflüssen der Moderne geschützt wird – jedenfalls sieht Reuter es so.

Faial tanzt da sogar noch etwas aus der Reihe, auf Pico, gleich nebenan, da geht es anders zu, ruhiger, die Schulen reichen dort nur bis zur 4. Klasse, auch für die wenigen, die überhaupt zur Schule gehen. Wer dann noch mehr Bildung zu brauchen meint, muss nach Faial. Aber Reuter schätzt das durchaus, einmal war er auf São Jorge, dort gab es nur 2 Kraftwagen für eine Insel mit damals in den 50er und 60er Jahren immerhin noch 15.000 Einwohnern, inzwischen sind es ungefähr 10.000.

Nein, auch diesmal ist er nur für kurze Zeit hier, aber es soll der erste Schritt sein auf dem Weg, diese Insel zu seinem Altersruhesitz zu machen. Altersruhesitz, Reuter lässt dieses Wort sich in seinen Gedanken einnisten, bald wird es einer jener Begriffe sein, die zu denken ihn innerlich wärmt.

Der Taxifahrer tippt Reuter auf die Schulter, fordert ihn zum Einsteigen auf. Das Gepäck wird verstaut. Das Taxi ist auch bei dieser Fahrt voll besetzt, die Fahrgäste sitzen eng gedrängt, die Straße ist holprig, es geht zwischen geduckten Häusern hinunter nach Horta, in die Hauptstadt. Manchmal sieht man das Meer, die Landschaft ist grün, Blumen sieht man fast überall. Aber das Bild wird bestimmt von den Hortensien, auch wenn sie teilweise schon verblüht sind. Und vom Pico, der stets aufs Neue ins Blickfeld gerät. Der höchste Berg der Welt, so hieß es bei seiner Entdeckung. Damals kannte man einige Teile der Welt noch nicht, als Europäer, und die Höhe der Berge wurde von ihrem Fuß bis zur Spitze gemessen, nicht vom Meer. Beim Pico war das dasselbe, und so war er tatsächlich der höchste Berg der damals bekannten Welt. Reuter liebt die Technik, mit Worten wie „der majestätische Anblick eines Berges" kann er nichts anfangen, aber das Bild des Pico hat sich fest in sein Gehirn gebrannt, sollte er aufzählen, welches die schönsten Bilder seines Lebens seien, so wird es stets dazugehören.

Reuter wird an seinem Hotel abgesetzt, es ist ein warmer, trockener Tag, wäre es regnerisch, so würde die Feuchtigkeit überall eindringen, in Kleidung, Bücher, was immer in der Lage ist, Nässe aufzunehmen. Deshalb ist Reuter in dieses Hotel gegangen, denn hier wird bei nassem Wetter der Ofen so angeworfen, dass auch die Feuchtigkeit in den Zimmern keine allzu große Chance hat.

Er geht essen, runter zum Café Sport, die Engländer sind verrückt: Weil der Wirt einem gewissen Peter ähnelt, den einer der Segler hier kannte, heißt es jetzt Peter's Café Sport. Aber das war gute Werbung, jetzt ist es eine Institution. Das Publikum ist international, jedenfalls zu den Jahreszeiten, zu denen der Atlantik halbwegs friedlich ist. Seit den 60er Jahren sind immer mehr Segler auf dem Weg über den Ozean, und Horta ist eine der beliebtesten Zwischenstationen. Und es ist ja nicht nur der Name, der Peter's Café Sport berühmt macht. Hier wird Post gelagert, hier finden die Segler Hilfe, wenn es sein muss, es ist eben tatsächlich eine nützliche Institution. Und einer der Gründe, warum gerade Horta sich zum beliebtesten Ankerplatz der Transatlantiksegler entwickelt hat. Der weithin sichtbare Pico hat dazu sicher auch beigetragen. Und die 5 Inseln der Zentralgruppe der Azoren laden eben auch gerade Segler zu einem Aufenthalt ein.

Reuter trifft auch wieder einige deutsche Besatzungsmitglieder von Transatlantikseglern im Café, auch das gibt ihm ein heimatliches Gefühl. Und es ist der wichtigste Grund, warum er sich für Horta entschieden hat, nicht für Praia, wo die Nähe der Basis in Lajes ihm eine bessere Versorgung bei Krankheiten gesichert hätte, auch die Amerikaner sind dort ja immer noch stationiert. Und er hatte seine Wohnung ja auch nicht zufällig in Praia da Vitória. Aber Horta ist halt anders, hier kommen Menschen aus allen Ländern, und zu allen Ländern gehört auch Deutschland.

Er unterhält sich stundenlang mit anderen Gästen, ist Außenseiter und akzeptiert zugleich, Außenseiter, denn er segelt nicht, nicht einmal auf der Alster hatte er ein Boot. Aber er kennt sich hier aus, spricht die Sprache, sogar die lokalen Dialekte. Für die, die nicht nur Proviant bunkern wollen, sondern ein wenig hier bleiben, ist er damit ein erstklassiger Ansprechpartner. Auch für die, die auf besseres Wetter warten, die eine Krankheit auskurieren wollen vor der Weiterfahrt oder die aus ganz anderen Gründen länger an diesem Ort bleiben. Er wird sich hier wohlfühlen.

Nach dem Abendessen schlendert Reuter noch einmal am Hafen entlang, ehe er in sein Hotelzimmer zurückkehrt. Die Stadt gefällt ihm, hat ihm seit seinem allerersten Besuch hier immer gefallen. Der Blick auf Pico, die Insel und den Berg, aber auch die Landschaft hier, die Ruhe, die Hortensien. Und wenn er krank wird, das muss er in seinem Alter schon einkalkulieren, ist er hier allemal besser versorgt als auf der Nachbarinsel, vor allem dann, wenn ein Sturm dazu führt, dass die Schifffahrt über den Kanal eingestellt wird

Immerhin kommt man jetzt leichter über den Kanal nach Madalena, das unterhalb des Vulkans an der Küste Picos liegt, dort haben immer mehr wohlhabende Bürger Hortas sich Ferienhäuser zugelegt, auch auf den Azoren hält die Moderne langsam Einzug. Reuter konstatiert es mit Bedauern. Andererseits ist es normal, die Wasserflugzeuge hier im Hafen, das war auch Moderne, Moderne, die bereits Vergangenheit ist. Änderung wird es immer geben. Wenn nur die Ruhe und die Bescheidenheit des Volkes erhalten bleiben, dann ist Reuter zufrieden

Trotzdem, es muss eine der drei großen Inseln sein, ach, größer als Faial ist Pico allemal, aber eben doch nur eine Kolonie, wenn man das so bezeichnen kann. Sogar die Steuern für die Exporte von Pico bleiben auf Faial. Und Reuter wird alt, er muss ein halbwegs vernünftiges Krankenhaus in der Nähe haben – Casa de Saúde, das heißt nicht Krankenhaus, sondern Gesundheitshaus. Reuter liebt es, über solche Unterschiede zu räsonieren, hier wird er oft die Gelegenheit dazu haben, denn kaum einer der Segler, die man in Horta trifft, spricht Portugiesisch. Reuters Zukunft scheint ihm gesichert, wenn nichts Unvorhergesehenes geschieht. Jetzt merkt er, dass sich seine Gedanken im Kreis drehen. Er versucht sich auf das zu konzentrieren was an seinem Weg liegt, stellt sich vor, er führe gerade einen jener Transatlantiksegler hier entlang, die künftig seine wichtigsten muttersprachlichen Gesprächspartner sein werden.

Jetzt will Reuter vom Hafen weg in die Stadt gehen, das heißt bergauf, hier, auf den Azoren, hier auf Faial. Vielleicht wäre Nordfriesland mit seiner flachen Landschaft für ihn doch besser. Nein, ganz bestimmt nicht. Damals, als er nach Portugal ging, nein, vorher, als er sein Studium begann, hat er sich entschieden, dieses Leben führen zu wollen, das er immer noch führt. Er ist zufrieden. Die alten Häuser der German Submarine Telegraph Co, die das Kabel von Greetsiel nach Faial betrieben hatte, wären für Reuter ein attraktiver Wohnplatz, sie erinnerten ihn mehr als alle andere Architektur auf den Azoren an Deutschland. Er hatte versucht, dort eine Wohnung zu finden, aber daraus ist nichts geworden. Jetzt hat er noch zwei Angebote, eines fast direkt am Hafen, mit direktem Blick auf das Meer und Pico, das andere weiter oben, ebenfalls mit Blick auf den Pico, aber über die Dächer Hortas hinweg.

Reuter steigt hinauf, er wählt den unbequemen Weg über die Treppen, geht an dem Haus vorbei, es ist klein, gerade richtig für ihn alleine. Dann steigt er wieder hinab, erst geht er von hinten zu dem Wohnhaus, in dem er eine Wohnung kaufen könnte, dann von vorne, vom Wasser aus ist der Anblick imposanter. Es ist unüblich, hier eine Eigentumswohnung zu erwerben, aber letztlich stand er jetzt in ernsthaften Verhandlungen. Morgen würde er noch einmal mit den beiden möglichen Geschäftspartnern reden, dann wollte er für einen Tag nach Pico fahren, dort war er sehr lange nicht gewesen. Und dann würde er sich entscheiden. Einmal würde er absagen, einmal würde er das Geschäft mit einem Handschlag besiegeln.

Aber heute Abend wird er sich an einen der kleinen Tische setzen, an denen ein Wirt selbstgebrannten Bagaço ausschenkt. Mit geschlossenen Augen wird er dann dem Rauschen der Wellen lauschen.

Kapitel 21 1973, Pico (Korinna Weise)

Reuter steht unten auf der Mole, dort, wo die Wale an Land gezogen werden, wenn einmal einer gefangen wurde. Er ist jetzt erst zum zweiten Mal hier, das erste Mal war damals, als er nach seiner Rückkehr nach Deutschland, nach Hamburg, seine Tätigkeit für die Hamburger Sozietät aufgenommen hatte. Obwohl, eigentlich hatte er damals auf eigene Rechnung gearbeitet. Egal, bei seinem ersten Auftrag ging es um Walfischtran, und er hatte lange mit den Menschen hier gesprochen. Das mit dem eigenen Geschäft, das hätte wohl nicht unbedingt geklappt, wenn es hart auf hart gegangen wäre. Aber ein wenig hatte er gepokert.

Der Kunde in Deutschland wollte es unbedingt noch mal mit Tran versuchen, obwohl es Ersatzstoffe gab. „Aber wir werden den Leuten Natur verkaufen, das ist immer noch Ideologie, für viele, und es wird auch noch stärker zurückkehren. Dann wird es auch mit dem Walfang wieder bergauf gehen, " hatte ihm sein Kunde erklärt. Und die Deutsche Walfangflotte gab es nicht mehr. Also musste er billig einkaufen, und da es um kleine Mengen ging, schien ihm die Einfuhr von den Azoren angemessen. Greenpeace gab es damals noch nicht, aber der industrielle Walfang hatte schon damals keinen guten Ruf. Die Männer, die unter Einsatz ihres Lebens hinausfuhren, wie hier von Lajes aus, das war etwas anderes, das ließ sich auch in Deutschland verkaufen.

Seit er damals, 1955, in Lajes war, hat sich wenig verändert. Das Leben hier verläuft auch 1973 noch eintönig, es gibt keine Autos, es gibt Handwerk, Landwirtschaft, wie überall auf den Azoren. Der Weinbau auf Pico war einst bedeutend, Wein von Pico wurde sogar am Zarenhof getrunken. Heute ist da nur noch ein Abklatsch des alten Ruhms. Aber selbst in besseren Zeiten lief der Handel über Horta.

Reuters Blick wandert nach oben, weg von dem schmalen Küstenstreifen unten am Meer, auf dem die die Menschen leben. Dahinter geht es hinauf zur Hochebene, 800, 1000 m hoch, dort oben sind Wiesen, dort weidet das Vieh, jedenfalls im Osten der Insel. Im Westen geht es weiter aufwärts, bis zur rauchenden Caldeira des Pico, des Vulkans. Pico ist die jüngste Insel der Azoren, viel jünger als alle anderen. Unten am Hang, da wo der Anstieg langsam beginnt, sieht er die kleinen weißen Türme mit den Ausguckschlitzen. Und genau in dem Augenblick passiert das, worauf Reuter gehofft hat, ein Signal ertönt von oben, und jetzt kommt Leben in die Stadt. Aus allen Häusern laufen Männer in Richtung des Hafens. Reuter tritt zur Seite, er will nicht im Weg stehen. Die Männer stürzen an ihm vorbei, die meisten sind barfuß. 10, 12 von ihnen springen in jedes Boot, dann wird hinausgerudert, in Richtung des Wals. Jetzt kommt es darauf an. Werden sie ihn rechtzeitig erreichen, ehe er sich wieder von der Insel entfernt? Denn ihm nachzujagen, weit hinaus auf die offene See, mit den kleinen Booten, das wäre Selbstmord.

Und wenn sie ihn erreichen, wenn sie ihn harpunieren, wird ihre Kraft tatsächlich ausreichen, ihn an Land zu ziehen?

Reuter bleibt am Ufer stehen, er schaut den Männern hinterher. Damals, als er hier war, hat er sich mächtig aus dem Fenster gehängt, er bewunderte die Männer, nein, er bewundert sie auch heute noch. Für ihn sind sie ein Produkt des Estado Novo, wie sie ihre Kraft einsetzen, das Leben ist natürlich, es ist an traditionellen Werten orientiert. So mag er es. Um solche Männer hervorzubringen braucht man keine Schulen, keine Schreibstuben. Das ist für die anderen, die es auch gibt, und die in der streng geordneten portugiesischen Gesellschaft auch ihren Platz finden.

Langsam entfernen sich die Boote, für Reuter sind es nur noch Punkte draußen zwischen den Wellen, er wendet sich wieder um, schaut nach oben. Die Wolken ziehen immer tiefer, der Pico ist schon den ganzen Tag über unsichtbar, wird es vielleicht bleiben, für Tage, es können auch Wochen werden. Reuter weiß das von seinen Aufenthalten in Horta. Aber jetzt verschwindet auch das Hochland des Ostens in den Wolken, es ist nur noch der Hang zu sehen.

Langsam werden die Boote wieder größer, offenbar ist es nichts geworden mit dem Wal. Reuter bedauert das, aber da ist nichts zu machen. Er ist hier, um eine Schuld zu begleichen.

Damals, 1955, als er mit einigen Wortführern verhandelte, als er ernsthaft mit dem Feuer spielte, da versprach er seinen beiden Verhandlungspartnern, dass er ihnen ein Visum für die USA besorgen werde, wenn die Verhandlungen scheitern. Er hatte damals noch gute Kontakte zur amerikanischen Botschaft, er war optimistisch, dass er sein Versprechen würde halten können. Aber als er dann zurück war in Horta, als es hart auf hart ging, da hatte man ihm bei der PIDE deutlich signalisiert, dass er solche Dinge lassen solle. Auch im Interesse seiner Verhandlungspartner.

Reuter akzeptierte das damals, aber heute, so denkt er, heute könne er den beiden durchaus einen Vertrag anbieten, keine Emigration in die USA, aber immerhin würde er jemanden brauchen für sein Haus in Horta, der dort arbeitet. Er möchte etwas gut machen, ein Versprechen einlösen.

Jetzt legen die Boote an. Für den Rückweg hatten die Männer die Segel gesetzt, jetzt schonen sie ihre Kräfte. Reuter schaut zu, wie die Männer an Land gehen. Niemand kommt auf ihn zu, niemand spricht ihn an. Er wartet eine Weile, dann geht er in die Stadt, will mit den beiden Männern sprechen.

Als er bei ihrem Haus eintrifft, ist die Tür verschlossen. Das ist nicht üblich, hier.

Reuter schaut sich um, er ist alleine, die Straßen sind wieder leer. Er weiß nicht, wohin, dann merkt er, dass jemand hinter ihm steht. Es ist der Fischer, der ihn am Morgen hergefahren hat. „Es ist besser zu gehen", sagt er. Reuter weiß, dass er keine Fragen mehr stellen sollte.

Auf dem Weg zurück, entlang der Südküste von Pico, denkt er nach. Werden die Männer sich rächen wollen an ihm? Oder wollten sie einfach nichts mehr mit ihm zu tun haben. Er schimpft sich selbst einen Idioten, natürlich ist es Quatsch, nach so langer Zeit noch einmal hier aufzutauchen, etwas gutmachen zu wollen. Aber jetzt ist es geschehen.

Und vielleicht sind sie auch gar nicht mehr da, auf andere Weise nach Amerika gelangt. Die Alternative will Reuter nicht denken, und er schafft es auch, das nicht zu tun.

Vielleicht ist es doch keine so gute Idee, nach Horta zu ziehen. Aber Lajes ist weit weg, 40 km, das ist eine lange Reise ohne Auto oder motorisiertes Boot. Außerdem haben die Menschen in Lajes Angst, nach Horta zu kommen, vor allem vor der PIDE, ein wenig auch vor der modernen Welt, das ist das Gute am Estado Novo, das jeder an seinem Platz bleibt.

Und wenn es hart auf hart kommen sollte, hat er hier Freunde genug. Auch seine damaligen Vertragspartner in Horta haben die ganze Affäre ja sportlich genommen. Sie haben inzwischen mehr als einmal zusammengesessen, bei gutem Wein und Essen mit mehreren Gängen. Nein, er wird bei seinem Entschluss bleiben, das Haus in Horta zu kaufen. Aber das Personal dafür holt er besser nicht von Pico. Menschen, die dankbar für eine Arbeit bei ihm wären, gab es auch auf Faial genug.

Kapitel 22 Uhlenhorst 2013

Nottebrook hatte Korinna Weise noch am Abend von seinem Gespräch mit Kettner berichtet, am nächsten Morgen fand er dann ihren kleinen Text zur Insel Pico in seinen Mails. Er hatte seine Zweifel, ob es so gewesen sein könnte. Er rief die junge Frau Weise an, fragte nach.

„Nein, " sagte die, „nach allem, was sie mir erzählt haben, könnte es so gewesen sein, oder so ähnlich denke ich gerade."

Nottebrook zweifelte trotzdem, dass das wirklich realistisch war. Würde Frau Weise vielleicht aus heutiger Sicht argumentieren, die Gefahren übertreiben, denen die beiden Männer aus Lajes sich ausgesetzt hatten?

„Nein, aber da sie heute ohnehin bei Herrn Kettner sind, können sie ja fragen, was er dazu meint. Ich hab ihnen den Text auch deshalb jetzt schon geschickt. Immerhin wäre es ja auch eine Spur. Und versuchen sie, möglichst viel darüber herauszufinden, ob und wenn ja wie eng der Reuter mit der PIDE zusammenarbeitete. Sie scheinen ja gut mit dem Herrn Kettner zu Recht zu kommen."

All das ging Nottebrook noch im Kopf herum, als er nachmittags, pünktlich um 14 Uhr, bei Kettner klingelte.

Frau Nielsen öffnete die Tür. „Na, da hat der Herr Kettner ja richtig einen neuen Freund gefunden", und wieder laut: „Herr Kettner, ihr neuer Freund ist da, ist das nicht eine Freude, und ein Geschenk hat er auch wieder mitgebracht, raten sie mal, was sie heute Schönes bekommen, Herr Kettner." Dann ging es in Nottebrook-Lautstärke weiter: „Legen sie doch ab, Herr Nottebrook, legen sie doch ab, ich geb' nur eben noch den Blumen Wasser, und dann bin ich verschwunden."

Sie überlegte einen Moment, lange genug, damit Notte-brook endlich „Guten Tag, Frau Nielsen", sage konnte.

„Ja, natürlich, guten Tag Herr Nottebrook, wo bleiben meine Manieren?" Demonstrativ streckte ihm Frau Nielsen die Hand entgegen. Nottebrook drückte sie, fest, wahrscheinlich etwas zu fest, denn Frau Nielsen sagte leise: „Oh, einen festen Händedruck haben sie, das fühlt sich an wie ein Mann, der weiß was er will. Aber das müssen sie ja auch sein, als Polizist, oder? Aus dem Kettner kriegt sonst nämlich keiner was her-aus. Also, ich gieß jetzt mal die Blumen, ich habe ihnen Kaffee hingestellt, auch die Gläser, passen sie aber auf, dass der Herr Kettner nicht zu viel trinkt, ja, Herr Nottebrook?"

Und dann laut „So, Herr Kettner, der Herr Nottebrook kommt jetzt zu ihnen herein, der musste nur noch schnell seine Jacke ablegen, das ist eine Freude, jeden Tag Besuch, das ist eine Freude, was, Herr Kettner?"

„Guten Tag, Herr Kettner", Nottebrook hatte keine Lust, zu schauspielern, er sprach in völlig normaler Lautstärke, und Kettner erwiderte seinen Gruß ebenso, und auch hier gab es einen Händedruck, aber ohne Kommentar.

„Herr Kettner, ich weiß nicht, wie viel Zeit sie heute ha-ben?"

„Viel, viel, irgendwann werde ich müde, aber morgen ist ja auch noch ein Tag."

„Dann habe ich eine Bitte, mögen sie einfach ein paar Sei-ten lesen, die eine Mitarbeiterin von mir verfasst hat, und mir sagen, wie realistisch die Vorstellung ist, dass sich das so oder ähnlich zugetragen hat?"

„Dann geben sie mal her, sie können so lange schon mal die Flasche öffnen, die sie doch wohl hoffentlich mitgebracht haben."

Nottebrook gab Kettner die Seiten, die Korinna Weise verfasst hatte, und begab sich in die Küche, wo Frau Nielsen erschrocken zusammenfuhr, als Nottebrook auftauchte.

„Haben sie hier irgendwo zwei Gläser, ich meine Cognacschwenker, oder etwas in der Art?"

Schweigend reichte Frau Nielsen zwei Gläser der erbetenen Art. Dabei fiel Nottebrook auf, dass sie ihn neugierig musterte. „Sie sind wirklich Beamter, Herr Nottebrook?" fragte sie leise, und als Nottebrook bejahte, hakte sie nach „Mit Pensionsanspruch und allem?" Auch hier nickte Nottebrook. „Und sie tragen gar keinen Ehering, wird ihre Freundin da nicht – ich meine, als Beamtenwitwe steht man sich doch bestimmt einmal recht gut, oder?"

Nottebrook war etwas hilflos, wusste nicht zu reagieren. Frau Nielsen war zwar eine attraktive Frau, wesentlich jünger als er, aber das hier ging irgendwie an dem vorbei, von dem er träumte – naja, wenn er ganz ehrlich war, träumte er außerdem ohnehin von einer ganz anderen Frau. Aber da hatte er wohl keine Chance, die wollte ja schon wieder nach Obergriesbach reisen. Egal, er drehte den Warmwasserhahn auf, wartete, bis das Wasser richtig heiß war, und fragte nebenbei „Gibt es hier auch Bierdeckel?"

Frau Nielsen schmollte etwas, nachdem er nicht auf ihre Avancen eingegangen war, und sie antwortete kurz angebunden mit „Nein. Für Cognac braucht man keine Bierdeckel, außerdem verschwenden sie das Wasser, Herr Nottebrook. Das ist hier kein – oh."

Das Wasser war heiß geworden, und Nottebrook füllte beide Gläser bis zum Rand. Danach öffnete er die Flasche, schüttete das Wasser wieder aus, brachte die Gläser und die Flasche ins Wohnzimmer. Kettner, der in der linken Hand die Seiten hielt, die Nottebrook ihm gegeben hatte, streckte die rechte aus, nahm das Glas, nickte zustimmend und holte aus einer Schublade unter dem Tisch zwei Bierdeckel.

Nottebrook schenkte reichlich Aguardente velha in beide Gläser, die Kettner sofort mit den Bierdeckeln abdeckte. Beide saßen einen Moment mit ihren Gläsern in der Hand da, hoben ein oder zwei Mal die Bierdeckel an, um den Geruch des Brandys zu genießen.

„Wollen sie auch einen, Frau Nielsen, zur Feier des Tages und ehe sie gehen, " fragte Kettner die Mitarbeiterin des ambulanten Pflegedienstes, die in der Wohnzimmertür stand.

Die wurde spontan rot, verneinte dann aber hastig und erklärte, sie müsse jetzt los. „Sie sind doch morgen wieder hier, Herr Nottebrook, oder?"

Nottebrook, der sich da keineswegs sicher war, meinte nur „Wenn die Arbeit es erfordert, und das kann durchaus sein."

„Tschüss die Herren."

„Tschüss."

„Tschüss."

Genüsslich probierten beide einen Schluck von dem Aguardente Velha, dann meinte Kettner: „Bis ich ausgelesen habe, können sie uns eine Bica machen, so nennt man den Espresso in Portugal, sie können doch mit dem Siebträger umgehen, oder?"

Und als Nottebrook nickte, fügte er hinzu: „Der Kaffee steht im Schrank über der Spüle."

Nottebrook setzte die Espressomaschine in Gang und als er 10 Minuten später mit den beiden kleinen Tassen zurückkam, hatte Kettner ausgelesen.

„Naja", meinte er, „da ist die Fantasie mit ihrer Mitarbeiterin wohl etwas durchgegangen. Ich selber war ja nicht in Portugal und nie auf den Azoren, aber die Situation dort hat mir der Herr Reuter oft genug und plastisch genug geschildert, und andere auch."

„Also werfe ich es besser weg?"

„Nein, nein, aber lassen sie mich erklären: Erst einmal ist es unwahrscheinlich, dass sich überhaupt jemand in Lajes auf diese Verhandlungen mit Herrn Reuter eingelassen hat. Ich vermute eher – aber das ist jetzt eine Vermutung – dass er jemanden gefunden hat, der ihm einfach ein paar Preise verraten hat. Das ist nicht wirklich gefährlich. Und dann hat Reuter in Horta einfach gepokert."

„Damit wäre dann aber nicht nur die Geschichte, sondern auch diese spannende neue Spur zu den Hintergründen des Mordes hin?"

„Das kann ich ihnen nicht ersparen, Herr Nottebrook. Natürlich kann auch das dem – sagen wir Verräter – Ärger eingebracht haben, aber doch überschaubaren, und außerdem wird sich Reuter dann an Ort und Stelle revanchiert haben, mit einer Einladung zum Essen, was auch immer. Einem Gastgeschenk, das muss ja nichts Aufregendes gewesen sein."

„Was wäre das dann beispielsweise gewesen?"

„Was wohl – Fernseher? Ich glaube nicht, dass es damals, Anfang der 50er Jahre, auf Pico Fernsehempfang gab. Vielleicht ein eigenes Radio? Oder ein Außenbordmotor für ein Boot, das wäre etwas gewesen, was sich kaum jemand leisten konnte, andererseits wäre das eine Sache mit enormen Folgekosten gewesen, für einen Liter Benzin musste ein Azoreaner, jedenfalls ein nicht sehr reicher, damals ziemlich lange arbeiten. Waschmaschine? Ob es damals schon Strom gab? In

Horta sicher, aber auf Pico? Ich weiß es nicht. Außerdem wäre das etwas für Frauen gewesen.

Naja, sie merken schon, in welche Richtung das gegangen wäre. Aber andererseits, was der Reuter da gemacht hat, dieser Poker mit dem eigenen Vertriebsweg, das war ja auch etwas, das jemand mit seinen Portugal-Erfahrungen normalerweise gelassen hätte.

Nehmen wir also an, er hätte tatsächlich so etwas versucht. Um es ernst zu nehmen, hätte er ja bestimmte Mindestanforderungen an seine Partner haben müssen. Zunächst einmal hätte derjenige, welcher, Lesen und Schreiben können müssen. Naja, damit schieden schon einmal 90% der Bevölkerung aus. Möglichst hätte es noch jemand sein müssen, der nicht nur Lesen und Schreiben konnte, sondern noch ein bisschen mehr, der also länger als nur 4 Jahre zur Schule gegangen war. So einer hatte dann aber zwangsläufig einen Teil seiner Schulzeit nicht auf Pico, sondern im Normalfall auf Faial, genauer: in Horta, verbracht. Und er hätte dann zurückgehen müssen nach Lajes. Die Leute, auf die das zutraf, konnte man sicher an den Fingern abzählen. Und sie waren absolute Oberschicht. Man durfte also davon ausgehen, dass die keine wirklichen Probleme mit der PIDE hatten.

Sie müssen ja bedenken, der Estado Novo verstand sich als Ständestaat, da war der Oberschicht vieles erlaubt. Nicht unbedingt radikale Opposition, aber ein bisschen dagegen sein durfte man schon. Wie gesagt, wenn man nicht nur Lesen und Schreiben konnte, sondern noch ein bisschen mehr gelernt hatte, was eben nur auf wenige zutraf. Und wenn man oben und unten – sagen wir akzeptierte.

Wir müssten also davon ausgehen, dass es sich um einen ernstzunehmenden – im Sinne des Estado Novo ernstzunehmenden – Bürger handelte, der noch dazu in Lajes wohnte, obwohl doch die Musik in Horta spielte, und zwar richtig. Sogar die Steuern aus dem Export blieben ja da, aber das wissen sie ja schon. Also wahrscheinlich ein Mensch, den es in Wirklichkeit gar nicht gab, damals.

Sie sehen, es ist wirklich ein schönes Märchen, das sich ihre Autorin da ausgedacht hat. Wenn jemand aus Lajes Opposition machte, dann meinte er es wahrscheinlich ernst, aber er kam eben von unten, und jeder mögliche Vertragspartner wäre von oben gekommen.

Aber gut, nehmen wir an, irgendein Mensch, der gerade mal 4 Jahre die Volksschule besucht hatte, einigermaßen Lesen, Schreiben und Rechnen gelernt hatte, fühlte sich berufen, in Vertragsverhandlungen mit einem deutschen Firmenvertreter – einem, der gut Portugiesisch sprach, in Ordnung – mit einem deutschen Firmenvertreter also, einzutreten. Was hatte der denn zu bieten, dem gehörte doch nicht die Trankocherei, nichts, das wurde doch alles von Horta aus gesteuert.

Und wir können natürlich auch ausschließen, dass da jemand, von Deutschland aus finanziert, wie auch immer, eine zweite Trankocherei und Walfabrik aufmachen wollte. Denn das hätte sich nicht gelohnt, Waltran war damals schon ein Auslaufprodukt, noch nicht ganz, aber an einem damals schon wieder aufblühenden Chemiestandort wie der BRD allemal.

Ansonsten ist das aber eine wunderschöne Geschichte, würde all das, was ich jetzt eingewendet habe, nicht stimmen, dann gäbe das schon ein richtiges Bild von Portugal unter Salazar. Lassen sie es stehen, als Märchen.

Nur, eines ist ja auch klar: Hätte sich da jemand wirklich mit den Mächtigen angelegt, dann wäre es ihm schlecht ergangen. Aber das deutet das Ende der Geschichte ja auch an. Fügen sie einfach noch ein, sie hätten herausgefunden, dass es nicht so war, wie beschrieben, dann können sie es stehen lassen.

Aber eines muss ich ihrer Kollegin, oder wer immer das geschrieben hat, lassen: Sie hat sich wohl ziemlich gut in den Reuter eingefühlt, vor allem in dem Horta-Kapitel beschreibt sie wohl wirklich einen…" - und hier betonte er das Wort „einen" – „…Teil seiner Empfindungen recht zutreffend Er war tatsächlich zur Eindeichung eines Koogs gefahren, welcher das war, weiß ich nicht, aber es war schon damals, in den 20ern. Aber er war nur einmal da, das andere ist Übertreibung. Und noch mehr hat ihn diese Bruderschaft fasziniert, die hat ihm bestimmt noch ganz andere Schauer über den Rücken gejagt als es eine Eindeichung je gekonnt hätte. Aber das aufregendste waren für ihn Flugzeuge, Herr Nottebrook, Flugzeuge, wenn der Reuter von Flugzeugen redete, leuchteten seine Augen jedes Mal.

So, und jetzt mach ich die Gläser noch einmal warm, für einen zweiten Aguardente."

Kettner ging wirklich mühsam, aber Nottebrook hatte das sichere Gefühl dass er ihm jetzt die Gastgeberrolle überlassen musste, wenn er eine ehrliche Gesprächsebene mit ihm finden wollte. Nottebrook bemerkte dieses Gefühl, das sein Handeln im Moment bestimmte, und stellte zufrieden fest, dass er mit Nachdenken zu keinem anderen Ergebnis gekommen wäre, aber dann wurde ihm klar, dass in dieses Gefühl noch andere Faktoren einflossen. Er merkte, dass Kettner schon weiter gesprochen hatte.

„So, dann Wohlsein, Herr Nottebrook, oder Prosit, wie die alten Römer sagten, möge es nützen!"

Sie stießen diesmal mit den Gläsern an, es gab einen vollen Klang.

Kettner lachte. „Wissen sie was, ich erzähl ihnen jetzt einfach mal in aller Ruhe, was für ein Mensch der Reuter war, und dann sehen wir weiter."

„Gut, dann legen sie los."

„Ich schicke mal voraus, dass ich Reuter wirklich erst 1954 kennen gelernt habe, als er bei mir anfing. Ich hab damals meine Sozietät aufgebaut. Oder besser gesagt, ich hatte sie abgebaut, war alleine übrig geblieben, und hatte nur wenige Klienten, das reichte schon zum Leben, aber halt nicht zum Expandieren. Ich hatte außerdem ein wenig angefangen, mich auf Portugal-Geschäfte zu konzentrieren, das war kein großer Markt, damals noch weniger als heute, aber umso weniger wollte sich jemand in die Materie einarbeiten. Also blieb ich dran.

Ein Klient wies mich damals auf Herrn Reuter hin, und so kam der zu mir, als Übersetzer, da habe ich ihm ein kleines Festgehalt ausgesetzt, für einen Tag die Woche, glaube ich, und den Rest konnte er mit zusätzlichen Aufträgen reinbringen. Jedenfalls reichte es zusammen mit dem Einkommen seiner Schwester für die Wohnung in Hamm.

Das war ja nicht einfach damals, da gab es keinen freien Wohnungsmarkt, sondern es gab eine Wohnungszwangsbewirtschaftung. Das kann sich heute niemand mehr vorstellen. Aber irgendwie haben die beiden es geschafft, seine Schwester wohnte ja in dem Behelfsheim, das war keine schlechte Ausgangslage, aber Reuter selbst hatte ja bis dahin im Ausland gelebt, in Wirklichkeit natürlich auch in dem Behelfsheim, aber offiziell immer noch im Ausland. Wie die beiden dann an die Wohnung gekommen sind, also da kann ich nur spekulieren. Er muss jedenfalls wirklich seine Verbindungen gehabt haben.

Na, und diese Verbindungen haben ihm dann ja auch weiter genützt. Aber dazu sage ich gleich mal, die Geschäftskunden, die nenne ich ihnen nicht wegen meiner Verschwiegenheitspflicht, und weil ich mich daran gebunden fühle. Es sei denn, sie wissen, dass es da irgendwo einen ganz konkreten Verdacht gibt. Wenn sie auf so was stoßen, reden wir drüber. Und die anderen, da weiß ich sowieso nicht, wer das nun genau war."

„Und wer waren die anderen ungefähr?"

„Denken sie einfach nach, wer will wissen, was die PIDE so weiß, nein, die hat der Reuter sicher nicht ausspioniert, er hat halt hier oder da Erkundigungen eingezogen über diesen und jenen.

Aber dass er mit der PIDE gut konnte, das war nicht nur Geschäftssinn. Das war bei ihm Überzeugung. Er war wirklich ein begeisterter Anhänger des Estado Novo, das habe ich ja schon angedeutet."

„Also auch ein unverbesserlicher Nazi?"

„Nein, so einfach ist das nicht. Er war gegen die Nazis, und nicht erst seit 45, aber auch nicht unbedingt schon seit 33 oder vorher. Irgendwann passte ihm die Richtung nicht mehr. Das war dann wie – verschmähte Liebe? Nein, aber entfernt. Grundsätzlich stand er der Ideologie ja nahe, gut, mit dem Rassismus, das war bei ihm nicht so ausgeprägt, Juden und Zigeuner sollte man nicht umbringen, eigentlich sah er gar keinen Grund, gegen gebildete Juden vorzugehen.

Verstehen sie mich jetzt nicht falsch, ich beschreibe ihnen jetzt den Reuter, wie er sich ab 1955 selbst dargestellt hat, aber wir haben auch viele persönliche Gespräche geführt, darüber, wie er früher gedacht hat. Von daher weiß ich auch davon vieles, nur eben mit Reuters eigener Brille betrachtet.

Auf der anderen Seite legte er großen Wert auf oben und unten, ich weiß nicht, ob das schon immer bei ihm drin war oder ob das in Portugal erst kam. Er hat ja Carmona sehr bewundert, den damaligen Präsidenten auf Lebenszeit, in Portugal. Gut, die Grunddaten der portugiesischen Geschichte kann ihnen die Frau Weise zusammenstellen, oder wie sie heißt, dafür brauchen sie mich nicht.

Salazar bewunderte er auch, aber nicht ganz so. Aber sie fragten, ob er Nazi war. Das Hauptproblem, das er mit den Nazis hatte, waren Sachen wie das Volkswagensparen, Kraft durch Freude, all diese Versuche, die Leute durch den Sozialstaat an sich zu binden. Das war ja ein Versprechen an die einfachen Arbeiter, dass es ihnen auch besser gehen sollte. Da war er eben begeistert von der portugiesischen Regierung, der solche Dinge eher fremd waren.

Jetzt können sie mir viel erzählen, dass das historisch bedingt war, dass es ja eine starke Arbeiterbewegung in Deutschland gegeben hatte, die bekämpft werden musste, nicht nur mit Unterdrückung, all diese linken Argumente. Aber es gab ja auch ab 1942 für zwei, drei Jahre eine immer wieder aufflammende Streikbewegung in Portugal, also Ansprüche gab es auch dort. Aber das war für Reuter alles das Werk anarchistischer und kommunistischer Agitatoren, in Deutschland sah er das anders.

Ich sah das damals in den 50ern übrigens ähnlich, aber ich war natürlich vor allem damit beschäftigt, meine sexuelle Neigung zu verstecken."

Jedenfalls wollten die Nazis die Gesellschaft radikal umkrempeln, da wurden neue Sozialstandards versprochen, da wurden ganze Bevölkerungsgruppen einfach eliminiert, nicht nur Juden, nicht nur Zigeuner, nicht nur Homosexuelle, nicht nur Behinderte.

Die Schrift wurde geändert, 1941 wurde in Deutschland die Sütterlinschrift abgeschafft, wussten sie das? Sehen sie. Also alles wurde anders, sollte anders werden, jeder konnte das auf eigene Weise bewerten.

Ganz anders der Estado novo, er hat sich wirklich daran orientiert, die alten Strukturen zu erhalten. Anfänglich wurde noch hier und da etwas zurückgedreht, aber dann blieb es dabei.

Analphabetismus war aus Sicht dieses Staates eine gute Sache für die Masse der Bevölkerung. Reisen sollten die Leute nicht, die brauchten kein Auto, solche Dinge. Ich glaube, das Salazar-Regime war da ziemlich radikal in der Richtung, da gehörte deshalb auch eine Abschottung dazu. Eine Entwicklung des Tourismus wie im benachbarten Spanien gab es bis 1974 in Portugal nicht. Und reden sie jetzt nicht von Madeira, Funchal war schon immer Urlaubsort für reiche Briten gewesen, und da alles bleiben sollte, wie es war, sollte auch das bleiben, wie es war. Jaja, nicht nur Briten, auch Sissi. Oder zu Zeiten Francos Juan de Borbón y Battenberg, der spanische Thronfolger. Der lebte in Estoril, keineswegs immer einsam. Da waren viele gekrönte Häupter im Exil. Aber für die war es vorbei, während Battenbergs Sohn Juan Carlos ja heute wieder spanischer König ist."

„Und die Coburger?" Unterbrach Nottebrook.

„Ja, das Haus Bragança-Coburg, zuletzt, warten sie. Ja, genau, Manuel de Saxe-Coburgo-Gotha e Bragança, die ganzen anderen 'Namen habe ich vergessen, nein, die wollten Carmona und Salazar auch nicht zurück. Aber unser Thema heißt Reuter, nicht Coburg.

Reuter liebte das, ihre Frau Weise hat das schon ganz richtig beschrieben, wie er die Situation in Lajes empfand, ich meine das war dritte Welt, in Reinform, das war ja auch innerer Kolonialismus, und Pico mit seinen damals, Anfang der 50er, 20.000 Einwohnern, war ja praktisch eine Kolonie von Faial, das ebenso viele Einwohner hatte, wobei die Macht in Horta konzentriert war. Und Faial war wieder so etwas wie eine Kolonie des portugiesischen Festlandes, oder Lissabons, wenn sie so wollen. Naja, die Ideologie sagte etwas anderes, da sah man sich immer noch als das riesige Portugal, es gab keine Kolonien, höchstens Überseeprovinzen.

Aber es war ja kein Wunder, dass die Azoren 74 auch erst mal unabhängig werden wollten, mit dem Ziel, Teil der USA zu werden. Aber ich schweife schon wieder ab.

Dem Reuter hat das jedenfalls gefallen, alles bleibt wie es war, oben und unten sind klar getrennt, naja.

Und er war ja praktisch von 34 an in Lissabon bei der Gesandtschaft tätig. Von Hoyningen-Huene hat er auch bewundert, er war ebenfalls – nein, der war mit Carmona und Salazar befreundet, recht eng. Deshalb wollte ihn Salazar ja später als deutschen-Botschafter haben. Reuter hat die Herren ja nur bewundert."

„Das heißt, von Hoyningen-Huene hatte eine ähnliche Haltung wie Reuter, was den Estado novo anging? Und war auch nicht so sehr für die Nazis?"

„Fragen sie mich etwas Leichteres. Gerüchte sagen ja, dass er im Verdacht stand, irgendwie mit den Attentätern vom 20. Juni zu tun gehabt zu haben. Aber meine Formulierung zeigt ja: Gerüchte sagen, er stand im Verdacht…... also, viel vager geht es nicht. Aber er ist wohl wirklich vor dem Hintergrund 1944 abgelöst worden."

„Und sein Nachfolger…"

„von Halem, der war ja nur ganz kurz da, nein, der war sicher ein 150%iger Nazi. Aber angeklagt wurde er auch nie wegen nichts, und seine Karriere hat er danach in der BRD auch ungestört gemacht.

Aber von Halem können sie vergessen, als der Gesandter war, war Reuter ja wegen seines Unfalls außer Gefecht gesetzt. Aber ich habe ja schon mal gesagt, ich weiß nicht, ob das wirklich ein Unfall war, da müssten sie in Lissabon recherchieren.

Nach allem, was Reuter mir erzählt hat, war er im Wesentlichen mit Handelsfragen beschäftigt. Worum genau es ging, weiß ich nicht, aber einiges schon. Wolfram und Ölsardinen war sicher dabei."

„Wolfram?"

„Ja, brauchte man für Glühbirnen, können sie sich an die noch erinnern? Ist erst ein paar Jahre her, dass die verboten wurden. Aber das meiste Wolfram wird für die Stahlproduktion benötigt, Wolframstahl ist besonders hart. Und das ist wichtig, in einem Krieg. Es gab zwar Wolframlager in Deutschland, auch in Österreich, natürlich, aber ansonsten war der Weltmarkt wenig zugänglich für die Achsenmächte – also Deutschland und seine Verbündeten im zweiten Weltkrieg, gut, sie wissen das noch. Portugal war da ein wichtiger Lieferant, wenn nicht der wichtigste.

Und das Problem mit den Deutschen Wolframlagern war ja, dass die nicht sehr ergiebig waren, da brauchte man Unmengen von Arbeitskräften, um die auszubeuten, und die hatte man nicht."

„Wieso, es gab doch damals unglaublich viele Zwangsarbeiter?"

„Herr Nottebrook, überlegen sie: Die meisten deutschen Männer waren im Krieg. Und für den Krieg wurden unglaubliche Mengen von Waffen gebraucht, und vieles andere mehr. Und dann waren die Nazis ja – ich weiß nicht, wie ich das formulieren soll: Also, wenn man sehr viele Arbeitskräfte braucht, dann sollte man pfleglich mit denen umgehen, aber die Fabriken wurden damals ja teilweise als Vernichtungslager betrieben, und die meisten Unternehmen beschwerten sich höchstens mal, dass die Arbeiter wegen Unterernährung nur 2 Monate überlebten, wo doch 3 geplant waren – nein, schauen sie nicht so, natürlich war das unmenschlich, das sah ich damals schon so – naja, als Homosexueller war ich da vielleicht auch etwas kritischer. Aber davon abgesehen fehlten die Leute dann eben auch als Arbeitskräfte.

Also musste man einkaufen, Wolfram und Ölsardinen in Portugal. Um ein Beispiel zu nennen. Nur, das musste ja bezahlt werden. Und da nahm man Devisen und Gold.“

„Ja.“ Nottebrook erinnerte sich an einige Dinge, die er gelesen hatte. „Da wurde dann sogar Zahngold...“

„Jaja, nicht nur Zahngold, aber das ist besonders – ekelhaft. Sicher. Aber die Masse des Goldes kam durch das Plündern der Staatskassen der eroberten Länder zusammen. Gold und Devisen. Das waren riesige Mengen, und die mussten dann natürlich unter die Leute gebracht werden.“

„Was heißt riesige Mengen?“

„Ich gebe Ihnen ein Beispiel, das in letzter Zeit ab und zu in der Presse – nicht der Deutschen, aber anderswo – auftaucht: Würde Deutschland die Schulden, die es durch das Plündern der Griechischen Staatskasse eigentlich angehäuft hat, mit niedriger Verzinsung zurückzahlen, dann wären das mehr als 100 Milliarden € - wie gesagt, es geht nur um Griechenland.“

„Wieso, musste Deutschland das denn nicht?"

„Nein. Ich bleibe mal bei dem Gold: Wenn eine Staatsbank nachweisen konnte, woher die Goldbarren stammten, hatte sie ein Anrecht darauf, sonst nicht. Es gab da eine Geschichte, die hat den Reuter wahnsinnig aufgeregt, deshalb hat er sie immer wieder erzählt:

Etliche Goldbarren der Belgischen Staatsbank sind in Deutschland umgeschmolzen worden. Dann ging es über Schweizerische Banken, Credit Suisse zum Beispiel, nach Portugal. In Wirklichkeit war das komplizierter, da fanden umfangreiche Gold- und Währungsgeschäfte statt. Aber letztlich lief es darauf hinaus, meistens war übrigens die Schweizerische Nationalbank als Zwischenhändler dabei.

Gut. Ich erspare Ihnen die Details, das darf Ihnen auch die Frau Weise erklären. Jedenfalls landeten die Goldbarren der Belgischen Nationalbank am Ende in Portugal, wie viele andere auch. Und nach dem Krieg haben die Alliierten dann nachgeforscht, woher das Gold kam, das die Portugiesen im Zuge der Wolfram- und Ölsardinengeschäfte eingesammelt hatten. Weil die belgischen Barren ja bereits in Deutschland umgeschmolzen waren, wähnten sich die Portugiesen hier auf der sicheren Seite und legten genau dar, wie sie daran gekommen waren. Und grinsten sich eins. Aber irgendwelche Superbürokraten in Deutschland hatten dieses Umschmelzen bis ins letzte Detail dokumentiert, und diese Listen hatten die Alliierten längst – das einzige was ihnen noch fehlte waren die portugiesischen Unterlagen. Also, dieses eine Mal musste zurückgezahlt werden.

Aber ansonsten – ich erzähl Ihnen ein kurzes Beispiel: In den Niederlanden waren etliche Portugiesische Staatsanleihen konfisziert worden und anschließend wurden diese Anleihen in Portugal verkauft. Nach dem Krieg erzählte man den ehemaligen Inhabern – wenn sie denn noch lebten – dass ihre Couponbriefe leider bei einem Transport vernichtet wurden. Sie beantragten daher die Ausstellung von Ersatzbriefen in Portugal. Das zog sich sehr lange hin, bis man ihnen endlich erzählte, die Briefe seinen gar nicht zerstört, sondern wieder verkauft worden. Leider war da die Frist zur Rückforderung der Briefe bereits abgelaufen und den Alteigentümern wurde einfach eine lange Nase gedreht."

„Also, wenn ich das jetzt richtig verstehe: Die deutsche Regierung ließ im zweiten Weltkrieg die Nationalbanken und andere Einrichtungen der eroberten feindlichen Länder plündern und anschließend wurde nichts zurückgezahlt?"

„So ungefähr, nicht nur der feindlichen, auch der befreundeten, wenn sich die Gelegenheit ergab. Das war auch allen klar. Nachdem zum Beispiel die Deutschen 1940 Frankreich besetzt hatten, ließen die Portugiesen umgehend den gesamten staatlichen Goldschatz in die USA auslagern. Dort wurde er zwar auch konfisziert, aber am Ende bekamen ihn die Portugiesen wieder zurück. Bei einer deutschen Besetzung – die es ja nicht gab – hätten sie sicher nichts davon wiedergesehen, wenn das Gold in Lissabon geblieben wäre.

Jedenfalls denke ich, dass Reuter mit diesen Geschäften zu tun hatte. Damals hat er ja auch seine Bekanntschaften in die Schweiz entwickelt, die war ja eine Drehscheibe im Goldhandel.

Ich vermute, er hat in seiner Zeit in Portugal auch geholfen, wenn es darum ging, die Herkunft des Goldes zu verschleiern. Und da hat er sich sicher auch Feinde gemacht.

Allerdings, der Tessiner, über den wir geredet haben, nach dem hat einer ihrer Kollegen, fragen sie mich nicht wie er hieß, in einem Anruf gefragt, damals. Ich erinnere mich noch, weil ich da lange nachgedacht habe. Dieser Tessiner war ja beim Schweizerischen Bankverein, die haben auch eigenwillige Geschäfte gemacht, aber bei den Goldtransfers waren sie meines Wissens nicht dabei, das wäre dann schon eher die Credit Suisse gewesen.

Ansonsten muss es in der Zeit etwas gegeben haben, was Reuter ein wenig zu schaffen machte. Damals hat er sich einem Menschen gegenüber nicht loyal verhalten, irgendwas in der Richtung hat er mal angedeutet. Aber ob das jemand in der Gesandtschaft war, ein Gesprächspartner auf portugiesischer Seite, was auch immer, ich weiß es nicht. Es war wie gesagt nur eine Andeutung.

Wahrscheinlich ist es wichtig für ihre Ermittlungen, denn Reuter neigte wirklich nicht zu übertriebener Selbstkritik, um es mal so zu formulieren. Er fand es eigentlich immer in Ordnung, was er machte. Sie kennen solche Menschen sicher. Da baut dann jemand eine Welt um sich herum auf, und dazu passt dann alles auf eine Weise, die ihn selbst als edlen Menschen dastehen lässt, der nie etwas Böses tut.

Ich nehme mal ein Beispiel, das war diese ganze Walfischtran-Geschichte, da haben wir ja drüber geredet. Da hat er ja eigentlich zu Gunsten seiner Einführung in den deutschen Markt ziemlich hoch gepokert, hat dabei auch Leute hintergangen, die ansonsten angeblich seine Freunde waren. Die Händler in Horta, vermutlich auch Leute in Lajes, er hat aus wirtschaftlichen – und nicht aus politischen – Gründen mit der PIDE gekungelt, das entsprach ja eigentlich nicht seinen Idealen. Ganz selten gab er das auch indirekt zu, indem er sagte, so etwas würde er nicht wieder tun. Für seinen Vorteil war es natürlich gut. Aber wenn man darüber sprach, wie er das Trangeschäft damals zu Stande gebracht hat, dann hat er nur Gutes getan:

Seinem Kunden in Deutschland hat er den Tran zu einem angemessenen Preis beschafft.

Seinen Geschäftspartnern in Horta hat er geholfen, sich mit angemessenen Preisen weiter am Weltmarkt zu etablieren.

Den Leuten in Lajes hat er geholfen, ihre angestammte Lebensweise fortzuführen.

Den deutschen Verbrauchern hat er die Möglichkeit gegeben, echte Naturprodukte zu kaufen.

Die NATO hat er auch stabilisiert, durch die Verstärkung der Handelsbeziehungen zwischen ihren Mitgliedern.

Nein, das hat er alles ernsthaft geglaubt. Und einmal hat er mir sogar – ebenfalls ganz ernst gemeint – erzählt, wie gut es doch für die Walfische sei, dass sie nicht mit diesen industrialisierten Fangschiffen zu tun hatten, sondern im ehrlichen Kampf Mann gegen Wal eine ernsthafte Überlebenschance hatten."

„Das war bei der Geschichte so?"

„So war er immer, naja, solche Leute gibt es reihenweise. Wissen sie, Reuter und ich waren ja oft nicht ganz einer politischer Meinung, aber das zeigte ich nur selten. Über mein Liebesleben zum Beispiel wusste er fast nichts, aber er wusste, dass ich homosexuell orientiert war. Irgendwann kurz vor 1968 saßen wir dann mit einem Neffen von mir zusammen bei einem Bier, passte gar nicht, der war so ein APO-Student, also Reuter und der hatten wenig gemein. Aber es gab da irgendeinen Grund für den Kontakt, ich glaube, mein Neffe, oder eher ein Bekannter meines Neffen brauchte Unterstützung für irgendwen, der politische Schwierigkeiten hatte in Portugal. Eigentlich musste da die Botschaft helfen, aber ich hatte vorgeschlagen, dass Reuter mal versuchen sollte, ob er was machen kann. So was machte er schon, wenn es um jemanden ging, der jemanden kannte, der mit jemanden verwandt war, zu dem er in einer Beziehung stand, da sollte auch der erste in dieser Reihe nicht von der PIDE belästigt werden. Die war es in dem Fall aber glaube ich auch gar nicht. Egal. Er hat meinem Neffen dann irgendwann nach dem vierten Glas Bier – und das Bier war nur ein Teil des Verzehrs – jedenfalls hat er ihm da beweisen müssen, dass er im Grunde ein Vorkämpfer für die Freiheit sei, auch im Sinne meines Neffen. Und hat dann ausführlich von einem Schwulen – er hat das Wort damals benutzt – erzählt, von dessen Neigung er wisse, den er eigentlich hätte anzeigen müssen, aber er, ein stolzer Kämpfer für die sexuelle Freiheit, hätte alles was er wisse für sich behalten, und selbst als man ihn einmal bei einer Dienststelle – ja, er hat einfach nur Dienststelle gesagt - gefragt habe, habe er für die Freiheit dieses Schwulen gelogen, trotz der Gefahr, dann wegen Falschaussage ins Gefängnis zu kommen, und wegen Vertuschung einer Straftat.

Spätestens da war er mir absolut unappetitlich, irgendwie tat es mir nach der Nelkenrevolution direkt leid, dass er sich da schon zur Ruhe gesetzt hatte, ich hätte ihn liebend gerne rausgeworfen."

„Sie haben die Nelkenrevolution also begrüßt?"

„Ich – Oh Gott, nein. Aber dieses Salazar-Regime mochte ich auch nicht. Nein, die Nelkenrevolution – mit denen habe ich nichts, aber auch wirklich gar nichts am Hut gehabt, und wenn die sich damals durchgesetzt hätten, dann wäre es schlimm gekommen. Naja, das ist es dann ja auch, wenn ich mir die Portugiesischen Schulden heute anschaue, aber die sind ja auch nur entstanden, weil man die Portugiesen unbedingt überzeugen und nicht zwingen wollte, beim Westen zu bleiben. Aber das ist ein anderes Thema, das mit dem Reuter nichts mehr zu tun hat."

Auf Nottebrooks fragenden Blick hin ergänzte er: „Naja, es wurde ja mit allerlei Maßnahmen die rasche wirtschaftliche Entwicklung in Portugal gefördert. Den Menschen ging es materiell von Jahr zu Jahr besser, und das schätzen sie bitte nicht gering. Und im Grunde war es ja das, was die Menschen unter Sozialismus verstanden, wachsender Wohlstand und politische Freiheit. Deshalb konnten sich ja alle portugiesischen Parteien – fast alle – irgendwie sozialistisch oder sozialdemokratisch nennen. Naja, und jetzt ist es halt vorbei mit dem Sozialismus. Irgendwann wollen die, denen es gehörte und die immer die Geschäfte machten, das Geld zurück, mit Zinsen und Zinseszins. Mir gefällt das, anderen gefällt das nicht, und die meisten hierzulande verfügen noch über den sicheren Restbestand an Rassismus, um das alles als eine Folge der Faulheit der Südländer zu sehen.

Aber um auf damals zurückzukommen: Dass das Caetano-Regime und seine Kolonialkriege keine Zukunft hatten musste man wissen – und die Nelkenrevolution war halt der Preis, den der Westen, wir, bezahlt haben, weil wir dem zu lange zugeschaut haben.

Nur, für Reuter war die Nelkenrevolution ja die Katastrophe überhaupt, er hatte sich bei allen seinen Aktivitäten in Portugal immer auch auf den Schutz der PIDE verlassen, jedenfalls in der Zeit, die er bei mir gearbeitet hat. Und jetzt fürchtete er natürlich, die Zeit der Rache sei gekommen. Gut, das ist es eigentlich, was ich ihnen über Reuter und Portugal erzählen wollte."

„Und irgendwie hat er dann manchmal seine PIDE-Kontakte genutzt, um Leuten zu helfen, die er eigentlich politisch verabscheute, wenn ich es richtig verstanden habe."

„Ja, das war wie gesagt bei ihm eine Frage der persönlichen Loyalität, ich hab die Geschichte mit meinem Neffen erzählt, die anderen Sachen habe ich nicht so mitbekommen, aber einmal hatte ich das Gefühl, da hat er seinem Schweizer Bank-Freund, wenn man ihn denn Freund nennen will, einen ähnlichen Gefallen getan, auch wieder um Ecken herum, er sagte damals sowas wie ‚Jetzt hat der mich doch tatsächlich dazu gebracht, für einen Kommunisten das Fluchtgeld nach Portugal zu schmuggeln. Nur weil dieser Kommunist ein Freund von einem Bekannten von ihm ist.' Aber wie gesagt, genaueres weiß ich da nicht."

„Gut, bevor ich nach Einzelheiten zu seinen Geschäften frage, würde ich gerne noch etwas über sein Hamburger Umfeld erfahren."

„Soso, Einzelheiten wollen sie auch noch wissen."

„Ja."

„Wissen sie was, ich werde müde. Lassen sie uns ein letztes Glas Aguardente trinken, und dann kommen sie morgen – nein, übermorgen wieder. Morgen ist Sonnabend, der Tag ist vergeben. Schließlich bin ich diese Woche 95 geworden.

Und weil sie so großzügig waren, heute, genügt dann eine anständige Flasche Rotwein, ein trockener, aus dem Alentejo, sie werden etwas finden. Jetzt können sie die Gläser warm machen."

Nachdem sie dieses letzte Glas geleert hatten, wollte Nottebrook aufstehen, aber Kettner schüttelte den Kopf.

„Das war jetzt ein Glas zu viel", sagte er, „aber manchmal braucht man das."

Dann blieb er eine Weile schweigend sitzen.

„Manche Dinge will man nicht erzählen, nicht in seinem Umfeld, nicht denen, mit denen man zu tun hat. Auch in meinem Alter noch nicht, und trotzdem müssen sie raus, irgendwann."

Er machte eine weiter lange Pause.

„Also, jetzt erzähle ich etwas, was ich sonst keinem erzählt habe. Ich versichere ihnen, dass es nichts mit dem Mord zu tun hat, jedenfalls was mich betrifft, aber sonst glaube ich auch nicht. Sie werden das vielleicht prüfen wollen, tun sie das, und wenn sie sicher sind, dass es keine Rolle spielt, behalten sie es für sich. Das ist eine Bitte, und ich vertraue ihnen.

Also, ich habe vorhin gesagt, ein Kunde hätte mich auf den Reuter aufmerksam gemacht. Das stimmte aber nicht ganz. Kurz bevor ich den Reuter eingestellt habe bekam ich Besuch von zwei Mitarbeitern einer Behörde. Fragen sie bitte nicht welcher, das haben die mir auch nicht erzählt. Aber ich bin sicher, sie kamen von einem der zahlreichen damals wieder in Deutschland aktiven Geheimdienste, derer auf westlicher Seite. Und sie hatten ein paar Fotos dabei – naja, sie müssen mich bespitzelt haben, man konnte deutlich darauf sehen, dass ich – Sex mit einem Mann hatte. Und man machte mir klar, dass man mich nicht anzeigen würde. Schauen sie nicht so, wäre ich angezeigt worden, dann wäre ich natürlich nicht mehr ins KZ gekommen, wahrscheinlich wäre ich sogar mit einer Bewährungsstrafe davongekommen, aber mit meiner Anwaltskarriere wäre es vorbei gewesen, mit der Vorstrafe und in dem Umfeld. Und sie haben ja nur verlangt, dass ich dem Reuter einen beruflichen Rahmen biete. Bezahlen musste ich ihn nur da, wo er tatsächlich für mich arbeitete."

„Und wozu war das gut, ich meine, dem Reuter ein Büro einrichten hätte man ja überall können."

„Wissen sie, es ging wohl um ein Deckmäntelchen, natürlich musste ich meine Übersetzungen von Reuter anfertigen lassen, und so war man über bestimmte Dinge – und das waren wirklich nur wirtschaftliche Beziehungen – an interessierter Stelle stets wohlinformiert. Außerdem war das, was ich machte, ja immer völlig harmlos, bei Reuter bin ich nicht so sicher – genaueres wusste ich nicht, aber...... naja, wenn wir schon drüber reden: Der Reuter hat schon gesagt, dass da Dinge liefen, die ich wohl nicht gutheißen würde, er kenne mich ja gut genug."

„Aber er hat nicht erzählt, worum es dabei ging?"

„Nein, wissen sie: Dass er das überhaupt erwähnt hat, hing mit seinem unglaublichen – na, ich nenn es mal Nicht-Unrechtsbewusstsein – zusammen. Denn irgendwie war ihm natürlich auch klar, dass die Art und Weise, wie er zu seiner Stelle bei meiner Sozietät gekommen war, jemanden wie mich etwas missmutig stimmen könnte – ja, das war jetzt kein Understatement, schlimmer konnte man das, was er tat, seiner Meinung nach ohnehin nicht bewerten. Jedenfalls spürte er wohl irgendeinen Rechtfertigungsdruck, auch sich selbst gegenüber, so hat er getickt. Und nachdem dann alles klar war, hat er begonnen zu erzählen, wissen sie, das war gespenstisch."

Kettner machte eine Pause. „Irgendwann saßen wir zusammen. Es war eine Kaffeepause, und da sagte er: ,Kettner, ' sagte er, ,sie wissen gar nicht, was ich alles für sie getan habe. ' Dann rückte er ganz nah an mich heran, was er sonst nie tat, und redetet entsetzlich leise weiter. ,Dass meine Arbeit auch Dinge umfasst, die ihnen nicht gefallen würden, ahnen sie ja. Normalerweise müssten sie als mein Arbeitgeber da natürlich voll involviert sein, so war es auch geplant. Aber ich, ' er machte eine Pause, ‚ich hab denen, für die ich arbeite klar gemacht, dass sie sie da raushalten sollen. Weil sie unzuverlässig wären. Erst wollten sie sie zwingen, alles mit zu bearbeiten, sie waren ja in Gefahr, Kettner, in ihrer Situation wären sie sonst ins Kittchen gewandert. Aber ich hab geredet, geredet, geredet, gesagt, ein Unbeteiligter ist ja noch viel überzeugender, wenn er tatsächlich unbeteiligt ist, und für mich wäre es so sogar einfacher, und – ach, ich will sie nicht langweilen, Kettner, aber glauben sie mir, ohne mich wären sie heute in der Hölle ihres Gewissens oder im Kittchen.‘ Dann rückte er wieder weg, ‚aber ich will dafür keine Dankbarkeit, Kettner, ich habe das getan, weil es meiner Vorstellung von Anstand entspricht, und dafür hätte ich mir sogar den Unwillen meiner Auftraggeber zugezogen. Ich war immer ein anständiger Mensch, und will es bleiben. Sie glauben gar nicht, wie sehr ich selber darunter leide, wenn ich einmal etwas Unrechtes gegen einen meiner Mitmenschen getan habe.‘"

„Sie müssen Mühe gehabt haben, nicht zuzuschlagen, oder?"

„Nein, wissen sie, der Reuter war sehr überzeugend in seiner Selbstgerechtigkeit. Wütend war ich auf seine Auftraggeber, aber Reuter war für mich – ja, ich hab sein Selbstbild übernommen. Erst nach seinem Tod hab ich begonnen, ihn anders zu sehen. Er hatte einfach was, damit hat er die Menschen wohl immer wieder überzeugt, auch mich.

Und dann ist es ja auch so: Ich hatte keine Wahl, entweder glaubte ich dem Reuter sein Selbstbild und fand ihn eigentlich ganz sympathisch und als jemanden, der mich vor schlimmerem bewahrte, oder ich würde absolut verbittern. An die dritte Möglichkeit, meine damals ja immer noch auch kriminelle Homosexualität zu offenbaren – meine Güte, damals war die berühmte abendländische Kultur Homosexuelle einsperren, die Moslems oder die Russen wegen homophober Ideologie zu beschimpfen wäre damals niemandem hier in den Sinn gekommen. Das ist erst heute, da hat man schlimmere Feinde entdeckt – jetzt höre ich mich an wie ein Linker, nein, Herr Nottebrook, das bin ich nicht."

Kettner machte eine lange Pause, sein Blick war in die Ferne gerichtet.

„So, jetzt ist es heraus. Ich bin wirklich müde, sagen sie nichts dazu, Herr Nottebrook. wir können ein andermal weiter reden, wenn sie wollen. Lieber wäre mir aber, sie wollen nicht."

Nottebrook holte seine Jacke, er verabschiedete sich noch einmal mit einem lauten Gruß vom Flur aus, ehe er die Wohnungstür hinter sich zuzog. Erst auf der Straße bemerkte er den Brief in der Seitentasche der Jacke.

Kapitel 23 Linie 61 in Hamburg, 2013

„Natürlich ist 62 die klassische Verbindung. Aber erstens ist die an einem schönen Tag wie heute immer voller Fahrgäste, Touristen, natürlich, das ist ja der" (er betonte dieses Wort) „Tipp, und Hamburger, so wie wir, die kannten das schon immer. Und dann herrscht Gedränge, nicht nur auf dem Oberdeck, auf das wir Rollatorfahrer ja sowieso nicht kommen." Verärgert stampfte der alte Weise mit seinem Gehstock auf, den er sicherheitshalber an den Tisch mitgenommen hatte. „Deshalb Linie 61, einmal hin und zurück, das reicht. Und wir sind nur zu dritt." Er verzog das Gesicht „Was ist mit den anderen?"

„Frau Müller ist noch einmal nach Obergriesbach gefahren, um noch mal mit dem Schwab zu sprechen." Nottebrook fühlte, wie die Eifersucht bei ihm wieder hochkam. Aber er bemühte sich, seine Gefühle nicht zu zeigen.

„Und Korinna musste ganz plötzlich zu einem dringenden Termin, Opa, aber wenn ich die Dinge richtig sehe, will sie einfach das Wochenende ganz alleine mit ihrem wunderbaren Geliebten sein."

„Findest du ihn wunderbar?"

„Er muss ja wohl wunderbar sein, immerhin ist es seit mehr als 10 Jahren derselbe. Und als ich Korinna neulich fragte, wie lange das noch so gehen solle, da kriegte sie ganz leuchtende Augen. Ich bin kein Kind mehr, Opa, ich weiß, dass so was nicht normal ist, nach so langer Zeit."

„Wir wollen jetzt nicht vor Herrn Nottebrook unsere Familienangelegenheiten ausbreiten. Also zur Sache, hast du etwas zu Stande gebracht, Laura?"

„Also, zunächst mal habe ich die Flugpläne von Lajes und Horta angeschaut."

„Die heutigen oder die damaligen?"

„Die heutigen, Opa, hier." Sie legte eine Mappe auf den Tisch. „Auch die von den anderen Azorenflughäfen, falls das wichtig ist."

„Ich glaube erst mal nicht, dass das überhaupt wichtig wird, aber da du so fleißig warst, erzähl mal ganz kurz, was du herausgefunden hast."

Laura lachte. „Viel war da nicht herauszufinden. Traditionell gibt es die Flüge, die die Inseln untereinander verbinden, bis heute sind das Turboprop-Maschinen. Und dann gibt es auch schon lange Verbindungen nach Lissabon, auch nach Porto und Madeira kann man fliegen, und schon recht lange gibt es auch Flüge in die USA und nach Kanada."

„New York, nehme ich an, und in Kanada?" Weise bemühte sich, interessiert zu klingen.

„Nein, in den USA Boston und saisonal Oakland, in Kanada Toronto und saisonal Montreal."

Nottebrook war irritiert, irgendetwas passte da nicht, „Oakland, das ist doch in Kalifornien?" Er war sich seiner geografischen Kenntnisse etwas unsicher.

„Ja." Laura schien fasziniert, dass ihre Recherchen doch zu etwas nützlich sein sollten.

„Da kamen glaube ich zwei Hotelgäste her, oder sie waren da geboren, ich werde das noch mal nachrecherchieren, obwohl, was soll das schon zu bedeuten haben."

Weise grinste: „Nichts, Herr Nottebrook. Aber manchmal führen einen auch die bedeutungslosen Dinge weiter, schreiben sie es auf den Notizblock für Dinge, die bei Langeweile zu erledigen sind, denn manchmal lohnt es sich doch."

Laura war noch nicht fertig: „Und außerdem habe ich einiges über Portugal im zweiten Weltkrieg herausgefunden, die waren ja neutral, aber hatten mit beiden Seiten ihre Beziehungen." Sie warf einen Ausdruck auf den Tisch. Nottebrook und Weise begannen zu lesen:

Überschrift Einige Bemerkungen über Lajes Field (verfasst von Korinna und Laura Weise)

Zunächst möchte ich die Leser noch ein wenig mehr mit der Vorgeschichte des Flugverkehrs auf den Azoren vertraut machen. Die begann 1917 mit dem Einsatz einiger amerikanischer Wasserflugzeuge in Ponta Delgada, nachdem im Jahr zuvor Horta von einem deutschen U-Boot aus beschossen worden war.

Während der 1920er und 1930er Jahre konzentrierte sich der Flugverkehr auf den Azoren auf Horta. Dabei handelte es sich um Wasserflugzeuge, vor allem solche, die hier eine Zwischenlandung auf dem Weg zwischen Amerika und Europa machten. Die Lufthansa prüfte hier die Möglichkeiten für eine Transatlantikverbindung, die PanAm[3] landete hier regelmäßig.

---

[3] Pan American World Airways, bis zu ihrer Insolvenz 1991 die größte Fluggesellschaft der USA.

Auch das Portugiesische Militär nutzte den Hafen von Horta für seine Flugzeuge.

Legendär sind die Propagandaflüge von 1931. Damals kam es zum ersten Versuch eines Militäraufstandes gegen den Estado Novo (die sogenannte Azoreanische Revolte). In Horta starteten damals drei Militärflugzeuge, um Flugblätter über Angra abzuwerfen.

Dem Aufstand war kein Erfolg beschieden, aber der Estado Novo sah sich weiter mit linken Militärs konfrontiert, die in Opposition zum Regime standen.

Und damit kommen wir zum landgestützten Flugverkehr auf den Azoren. 1930 landete das erste Flugzeug, ein Doppeldecker, auf Terceira.

Mit Beginn des zweiten Weltkriegs wurde auf der Insel São Miguel – in der Nähe des Ortes Rabo de Peixe an der Nordküste – ein Militärflughafen eingerichtet, allerdings war der recht klein. Sein Name lautete Base Aérea N° 4. Wir dürfen uns darunter keine Einrichtung wie unsere modernen Flughäfen vorstellen, selbst Regionalflughäfen der heutigen Zeit wirken dagegen riesig. Es gab eine Start- und Landebahn, die nicht asphaltiert war. Und hinzu kamen einige wenige Servicegebäude. Die Nutzung war in erster Linie militärisch. Bald erwies sich der Flugplatz bei Rabo de Peixe als zu klein, deshalb erfolgte ein Umzug nach Achada, ebenfalls an der Nordküste von São Miguel, aber weiter östlich gelegen.

Über die nächsten Ereignisse gehen die Berichte auseinander. Unstrittig ist, dass die portugiesische Regierung den britischen Streitkräften ab 1941 die Nutzung eines Flugplatzes auf den Azoren erlaubte.

Schon die leicht zugänglichen Berichte schildern die Hintergründe recht unterschiedlich. Klar ist jedenfalls, dass es eine portugiesisch-britische Arbeitsgruppe gab, in der die portugiesische Luftwaffe durch Humberto Delgado vertreten war. Eindeutig ist, dass Delgado sich dafür einsetzte, den Alliierten die Nutzung eines der beiden Azorenflughäfen (das waren inzwischen Lajes Field und der Flughafen von Santa Maria) zu erlauben. Die Entscheidung fiel positiv aus, und zwar zu Gunsten von Lajes.

Relativ einig sind sich die verschiedenen Quellen, die ich verwendet habe, dass Delgado hier die Rückendeckung von Carmona hatte, manche sagen, dass Carmona sich in dieser Frage gegen Salazar durchgesetzt hat.

Es gibt auch seriöse Quellen, die davon ausgehen, dass Carmona sich in diesem Zusammenhang nicht nur der Unterstützung Delgados, sondern auch anderer, wesentlich weiter links stehender Militärs bediente und deren Einfluss als Drohpotenzial gegen Salazar nutzte.

Recht sicher ist jedenfalls die Existenz dieser Militärs, recht sicher ist auch, dass sich das Verhältnis Carmonas zu diesen Gruppen nach der Entscheidung deutlich abkühlte. Nicht ganz klar ist die Rolle Delgados.

Bis zum Ende des zweiten Weltkriegs wurde Lajes Field von den Amerikanern und Briten in Eigenregie betrieben. Die Start- und Landebahn war damals mit 10.000 Fuß, also mit gut 3.300 m, die längste Start- und Landebahn der Welt.

Ein zweiter Flughafen wurde auf Santa Maria errichtet, er wurde aber erst nach dem Ende des Weltkriegs fertig und dann bis 1947 von den USA militärisch genutzt, danach wurde er wichtiger Landeplatz für Transatlantikflüge, bis dann die Marktreife der Düsenflugzeuge Nonstopflüge zwischen Europa und der US-Ostküste erlaubte.

1949 war Portugal Gründungsmitglied der Nato. Die Be-
ziehungen zwischen den USA und dem Portugal des Estado
Novo blieben intensiv und eng, Lajes Field spielte weiter eine
zentrale Rolle für die Aktionen der Amerikaner im Kalten
Krieg, insbesondere als Zwischenstopp zwischen den USA und
Europa. Dies gilt nicht nur für Flugzeuge, sondern auch für
Menschen.

„Und wer ist jetzt dieser Humberto Delgado?" fragte Weise

„Opa, jetzt darfst du auf deine alten Tage noch mal was lernen."

Laura stand auf, stützte sich mit beiden Armen auf den Tisch, an dem Weise und Nottebrook saßen und begann von oben herab zu dozieren. Sie redete schnell, fast klang es wie auswendig gelernt, aber wirklich nur fast. Am Anfang stand ein sehr gedehntes nasaliertes u, offenbar hatte Laura geübt.

„Humberto Delgado war einer der Offiziere, die 1926 mit ihrem Putsch den Estado Novo etablierten. Er war zunächst weiter für die Luftwaffe tätig, 1944 wechselte er in das staatliche Sekretariat für die zivile Luftfahrt und gründete in dieser Funktion die Fluggesellschaft TAP. Dann ging er zurück zum Militär, wurde 1952 Militärattaché in Washington und General der Luftwaffe." Laura stockte, dann wiederholte sie „Also, er wurde General der Luftwaffe, und zwar der jüngste. Aber dann machte er etwas Wichtiges: Bei den Präsidentschaftswahlen von 1958 kandidierte er. Und zwar als Oppositionskandidat, das hat sonst keiner gemacht im Estado Novo, nicht vorher, nicht nachher. Also ein wirklich mutiger Mann. Der etwas riskierte für seine Überzeugung."

Der Blick, den Laura ihrem Großvater jetzt zuwarf, war alles andere als bewundernd.

„Ob er die Wahl tatsächlich verlor, also der Humberto Delgado, oder ob die Wahl manipuliert war, ist nicht sicher, jedenfalls für die offizielle Geschichtsschreibung, auf die sich Polizeibeamten sicher gerne verlassen.

Delgado wurde daraufhin aus dem Militärdienst entlassen, er flüchtete ins Brasilianische Exil. 1965 wurde er von der PIDE in einen Hinterhalt gelockt und ermordet. Ja wirklich, das ist jetzt nicht mehr umstritten oder fragwürdig. Seit 1974 ruht sein Leichnam im Nationalen Pantheon in Lissabon."

Laura ließ den Tisch los und drehte eine Pirouette.

„Hm, " Nottebrook wirkte nachdenklich, „kann Reuter auch mit Delgado Kontakt gepflegt haben?"

„Möglich" sagte Weise.

„Also, wenn ihr die Briefe gelesen habt, und Korinna und ich haben das…" Laura schwieg bedeutsam, jetzt setze sie sich auf die Tischkante, schaute wieder von oben herab. „Also, in den Briefen steht ja, wie viel er mit den Leuten von Lajes Field geredet hat, und dass die technisch genial waren, aber nicht solche Nazis wie dieser Reuter. Das war dann doch eindeutig Humberto Delgado." Offenbar genoss Laura weiter das nasalierte U.

„Naja, da wird es auch noch andere gegeben haben, und Reuter war ein Aufschneider, der tat sich wichtig, aber ob wirklich wichtige Leute mit dem geredet haben?" Weise war skeptisch.

„Andererseits – so viel Auswahl an Gesprächspartnern, die Lesen und Schreiben konnten, hatte man auf den Azoren damals auch nicht, wer weiß", meinte Nottebrook.

Laura war jetzt aufgestanden. „Natürlich hat Humberto Delgado mit Reuter gesprochen, schon weil er wissen musste was los war. Schließlich wollte er den Faschismus bekämpfen." Laura war einen Moment lang überzeugt, dann kippte ihre Stimmung offenbar.

„Also, ich finde das schon eine komische Sache, erst macht der mit bei den Faschisten, und dann kämpft er gegen sie. Und zwar – also ich meine, die hatten ja keinen Krieg verloren oder standen kurz davor, der war ja richtig dagegen. Wieso – also war der nun gut oder böse?" Laura schaute ratlos.

„Ja", meinte der alte Weise, „wenn ich etwas im Leben gelernt habe, dann, dass alle Guten auch einmal Böse sind." Er schaute sinnend, dann fügte er hinzu: „Umgekehrt könnte man das auch denken, aber ich glaube das nicht."

Plötzlich wechselte Weises Stimme vom nachdenklichen zum liebevollen Tonfall. Und sein Grinsen wich einem Gesichtsausdruck, den Nottebrook das letzte Mal bei einem Freund in einem Jazzkonzert erlebt hatte, das ihm, Nottebrook, gar nichts, dem Freund aber offenbar sehr viel bedeutet hatte.

„Jetzt sind wir gleich an der Köhlbrandbrücke, da geht es dann vorher einmal hin und einmal her über den Köhlbrand und dann wieder zurück. Früher fuhren die Schiffe nach Altenwerder, und noch früher, vor 50 Jahren oder so, sogar bis nach Harburg." Plötzlich stützte der alte Weise die Ellenbogen auf den Tisch, die Unterarme nach oben gerichtet. Und seinen Kopf – genauer: sein Gesicht – bettete er in seine Hände. Als er den Kopf wieder hob, legte er die Hände ineinander, schaute nachdenklich zu seiner Enkelin, dann zu Nottebrook. „Was für ein Leben, und warum genieße ich nicht einfach die Schiffsfahrt, sondern kümmere mich um Dinge, die mich eigentlich nichts angehen. Mit beinahe 90 Jahren."

Einen Moment lang herrschte Schweigen am Tisch. Dann meinte Weise „So bin ich wohl, außerdem nagt diese Geschichte an mir, das war das einzige Mal, dass ich ein schlechtes Gewissen hatte. Also dauerhaft – nachhaltig schlecht, wie man heute wohl sagt. Währenddessen, hinterher hatte ich oft eines, man macht halt Fehler. Aber in diesem Fall war es eben schon vorher da, ich wusste, ich hätte die Müller da nicht auflaufen lassen dürfen, hätte Wolfgang stoppen müssen, hätte den Chef stoppen müssen. Aber ich glaube, ich habe auch Spaß dabei, jetzt, bei dem, was wir hier tun." Weise lachte, dann fragte er „also, was war das jetzt für ein Brief, Herr Nottebrook? Ein derart dringender Brief, dass sie mich unbedingt sofort sprechen wollten."

Nottebrook schaut zu Laura, „ist es nicht besser?"

„Laura ist alt genug, die kann das gerne mithören."

Nottebrook zog den Brief aus der Jacke, den er gestern nach dem Besuch bei Kettner dort gefunden hatte, und reichte ihn wortlos weiter an Weise. Der las gespannt, während Laura aufgestanden war, ihm über die Schulter schaute.

Lieber Fritz,

ich habe dir damals den Gefallen getan, um den du mich gebeten hast. Ich habe dafür gesorgt, dass die gesamte „Causa Reuteria", wie du immer sagtest, bei den ungelösten Fällen landete. Ich habe dir damals geglaubt, dass es dabei nicht darum ging, einen deiner Klienten vor einem Mordverdacht zu schützen, sondern darum, Reuters Ruf nicht nach seinem Tode zu beschmutzen „De mortuis nihil nisi bene", darum ginge es dir, auch das habe ich noch geglaubt.

Gezweifelt habe ich an deiner These, es ginge darum, wenige Jahre nach der Entschärfung des 175 keine neue Hetzjagd gegen Homosexuelle in Gang zu setzen. Mir war schon damals klar, dass Reuters Tod damit nichts zu tun hatte. Heute kann ich dir sagen, dass ich diesen Missbrauch ehrenwerter gesellschaftspolitischer Ziele für persönliche Interessen verwerflich finde, deshalb, und nur deshalb, hat sich unser Verhältnis danach abgekühlt.

Inzwischen liegt Reuters Tod fast 40 Jahre zurück, und mich bedrückt der damalige Vorgang immer noch. Ich war sicher das, was Böswillige einen Opportunisten, Gutwillige einen Pragmatiker nennen, aber einen Mord habe ich nie wieder beiseitegeschoben. Und ich möchte heute wissen, was geschehen ist, damals. Deshalb verlange ich von dir, dass du Nottebrook bei seinen Recherchen unterstützt, so gut es dir möglich ist.

Ich weiß auch, dass bestimmte Dinge nicht in der Öffentlichkeit verhandelt werden sollen, vertrau mir, der Nottebrook weiß sehr wohl, dass es eher Freundlichkeit ist, dass er jetzt im Archiv und an keinem schlimmeren Ort seine Brötchen verdient, wenn also die Hintergründe nicht derart skandalös sind, dass ein Moralist wie Klaus Nottebrook nicht anders kann, dann wird er die Hintergründe ausreichend verschleiern. Und sonst bin ich auch noch da.

Mit lieben Grüßen, und wir sehen uns Sonnabend zu deinem Ehrentag,

Wolfgang.

Weise legte den Brief beiseite.

„Fritz heißt der Kettner also. Und wie sind sie an den Brief gekommen?"

„Ich gehe davon aus, dass Kettners Haushaltshilfe den in meine Jacke geschoben hat. Die hat schon vorher versucht, sich an mich ranzumachen, und versuchte es dann wohl auf diese Weise weiter. Der Brief war da schon so zerknittert, Kettner muss ihn also weggeworfen haben."

„Vielleicht, vielleicht verfolgt die Dame auch eigene Interessen in diesem Spiel. Jedenfalls werde ich mir Wolfgang mal zur Brust nehmen. Keine Angst, ich habe jahrelange Erfahrungen damit, Leute so auszufragen, dass sie nicht merken, woher meine Informationen stammen. Ich war gut in meinem Beruf. Was haben sie als nächstes vor, Herr Nottebrook?"

„Erst mal die letzten Briefe von dem Reuter durchsehen, die, die damals gar nicht mehr ausgewertet wurden, weil ja alles klar war, angeblich. Und danach habe ich eine Verabredung mit dem Kollegen Rodrigues aus Lissabon, dem, den die Frau Müller so heftig beleidigt hat, in ihrer Ahnungslosigkeit. Ihre Nichte hat das völlig richtig eingeschätzt, und der Senhor Rodrigues hat damals selber sogar noch ein wenig weiterrecherchiert, wollte dann aber – ach, das ist eine andere, lange Geschichte, die ich auch nur in Andeutungen kenne. Wenn ich aus Lissabon zurück bin, werde ich sie erzählen, und zwar wenn alle dabei sind. Aber was mache ich jetzt mit diesem Brief, der mir indiskreter Weise zugespielt wurde?"

„Ich denke, das müssen sie wissen, Herr Nottebrook. Wenn sie den Herrn Kettner für jemanden halten, den sie hinter seinem Rücken ausforschen sollten – und das wäre dann durchaus legitim -, dann behalten sie ihn einfach und halten den Mund. Wenn nicht, sollten sie ihn wohl vor seiner Haushaltshilfe warnen."

Laura war etwas unruhig geworden. „Sagt mal, wie ist das nun, wann wurde das eigentlich legal, mit der Homosexualität, ich dachte immer, das war vorbei, als die Nazis weg waren."

„Nein, nein," antwortete ihr Großvater, „das ging weiter, 1974 wurde der 175 dann etwas entschärft, aber die Überwachung gerade hier in Hamburg – Herr Nottebrook, wann haben sie das letzte Mal hinter den Spiegeln gesessen?"

„Das war 1980, mussten sie da eigentlich auch hin?"

Weise schüttelte den Kopf. „Nein, ich hab mich die ersten Male bei diesen Einsätzen krank gemeldet, danach musste ich nicht mehr."

„Was meint Ihr mit hinter den Spiegeln?" Laura schaute verständnislos.

„Erzählen sie einfach mal, Herr Nottebrook." Weise grinste auf eine Art, die man bei ihm nicht vermutet hätte, gemein, ausgesprochen gemein.

„Das ist mir jetzt wirklich peinlich."

„Ich will das jetzt wissen." Laura wurde ärgerlich. „Also, Herr Nottebrook, jetzt erzählen sie, sonst frage ich nachher Opa."

„Ja, fragen sie den."

„Na, nun mal los, Herr Nottebrook, einmal müssen sie ja darüber reden."

„Na gut." Plötzlich fand Nottebrook es auch richtig, das noch einmal zu erzählen.

„Ein beliebter Treffpunkt für Homosexuelle waren ja die öffentlichen Toiletten, und um die Homosexuellen nun zu entlarven wurden auf den Herrentoiletten Spiegel eingebaut, also Einwegspiegel. Also Spiegel von der einen Seite, von der anderen konnte man durchsehen."

„Ja, ich weiß schon, was sie meinen – und da haben sie gearbeitet, Herr Nottebrook?"

„Ja, da wurden regelmäßig Kriminalbeamte hingesetzt, die dann schauten."

„Also sie haben", Laura zögerte „sie haben den Schwulen beim Pinkeln auf den Schwanz geschaut, oder wie, Herr Nottebrook?"

„Den Besuchern, Laura, ob die schwul waren, sollten wir ja erst noch rausfinden."

„Also nein." Laura war ernsthaft empört, „das war aber nicht 1980?"

„Das ging bis 1980."

„Und so was haben sie gemacht, Herr Nottebrook?"

„Zu so was wurde man als Hamburger Kripobeamter verpflichtet."

„Und hätten sie sich nicht krank melden können wie Opa?"

„Naja, der hatte schon immer eine gewisse Narrenfreiheit, frag mich nicht, wieso."

Hier schaltete sich Weise in das Gespräch ein: „So, und das sind die Landungsbrücken, dann wollen wir mal. Einen schönen Tag noch, Herr Nottebrook, " er wartete, bis Nottebrook sich verabschiedet und auf den Weg gemacht hatte, dann fuhr er fort.

Laura hatte sich immer noch nicht beruhigt. „Stimmt das wirklich, mit den Einwegspiegeln, und dass das bis 1980 ging?"

„Ja."

„Aber war da der – 175, jetzt weiß ich das ja – nicht längst abgeschafft?"

„Nein, in abgeschwächter Form galt er bis 1994 – dann wurde er abgeschafft, eine der wenigen Dinge, hier, in der DDR galt er schon länger nicht mehr, das war dann auch die Begründung – dass auch die DDR-Gesetzte mal an einer Stelle zum Zuge kommen sollten."

Kapitel 24 Praia Grande 2013

Nottebrook war schon frühmorgens um 3 Uhr aufgestanden. Pünktlich um 6 startete sein Flugzeug in Fuhlsbüttel, verschwand fast sofort in den tiefhängenden Wolken und tauchte aus selbigen oben in die gleißende Sonne, die bereits über den Horizont gezogen war.

Nottebrook schloss die Augen, schlief ein und wachte pünktlich über dem kantabrischen Randgebirge wieder auf. Jetzt war er so weit, aus dem Fenster – wenn man diese winzigen Gucklöcher in einem Flugzeug denn so nennen mochte – hinauszuschauen. Er genoss die Gebirgslandschaft, die wenigen Dörfer in Spanien, dann die dichtere Besiedlung in Portugal, er entdeckte, da er auf der linken Seite saß, erst in einer kurzen Rechtskurve, die sein Flugzeug nahm, den Atlantik in der Ferne, und dann lag links unter ihm der Tejo, der vor Lissabon die Ausmaße eines großen Sees erreichte, ehe er bei Belém noch einmal zu jenem normalen Strom zusammenschrumpfte, der er eigentlich war. Die Ponte de Vasco da Gama zog sich als weißes Band über den breiten Tejo, weiter abwärts entdeckte er die Ponte 25 de Abril, die Brücke des 25. April. Zwischen beiden Brücken überquerten Fähren den Fluss, nach Cacilhas, Seixal, Barreiro und Montijo. Das Flugzeug verlor rasch an Höhe, es flog über dichtbesiedeltes Stadtgebiet, noch extremer als in Fuhlsbüttel, ehe es auf dem Lissabonner Flughafen Portela aufsetzte.

Rodrigues erwartete ihn am Flughafen, er hatte einen Dienstwagen organisiert. Er half Nottebrook mit dem Gepäck. Bevor sie in den Wagen stiegen, fragte er Nottebrook, ob es ihn störe, wenn er während der Fahrt rauche, dann würde er jetzt noch eine Zigarette genießen. Als Nottebrook verneinte, stiegen sie in den Wagen und fuhren los. Rodrigues begab sich direkt auf die 2. Circular, eine Art Stadtautobahn, und fuhr durch den Norden Lissabons Richtung Sintra.

Nottebrook hatte noch einmal in den alten Akten gestöbert. Rodrigues war wahrlich kein seltener Name in Portugal, auch der Vorname João war keineswegs ungewöhnlich. Ein Mann dieses Namens, der schon 1975 im Polizeidienst war und der recht gut Deutsch sprach war jedoch offensichtlich einmalig, und Nottebrook war schnell mit ihm verbunden worden. Er hatte zunächst befürchtet, sofort abgewiesen zu werden. Tatsächlich erinnerte sich Rodrigues nicht nur an Müller. Er hatte sogar später vermutet, dass die ganzen Bemerkungen über Tarrafal, Peniche und das sichere Fahren auf einer massiven Ahnungslosigkeit Müllers beruhten, was die Verhältnisse in Portugal anging.

Soviel hatte er am Telefon gesagt, dann hatten Nottebrook und Rodrigues ihre Adressen getauscht und wenig später bekam Nottebrook eine mail, in der Rodrigues ihm mitteilte, er habe einige interessante Nachforschungen angestellt, die könne er Nottebrook zusenden oder vor Ort erläutern, allerdings dann entweder in den nächsten 5 Tagen, also vor seinem Urlaub, oder erst im Herbst, nach seinem Urlaub.

Nottebrook wollte nicht warten, und so war er an Rodrigues' vorletztem Arbeitstag in Lissabon eingetroffen. Während der Fahrt erzählte Rodrigues, wie er damals alte Akten gewälzt hatte, sogar Unterlagen über den Unfall gefunden hatte, der Reuter damals angeblich für mehrere Monate ins Krankenhaus gebracht hatte.

„Wissen sie, das kann alles so nicht gewesen sein, sie werden es sehen, wenn wir dort sind. Es sieht heute zwar ganz anders aus, dort an der Praia Pequena, aber trotzdem. Eigentlich hätte ich ihnen das schreiben sollen, aber Ihre Anfrage war so kurios, dass ich dachte, ich erkläre das lieber vor Ort."

„Kurios, was war daran so kurios?" Nottebrook war irritiert.

„Curioso, wie sagt man auf Deutsch? In Englisch ist es curious."

Nottebrook versuchte sich an sein Schulenglisch zu erinnern, dann fiel ihm das richtige Wort ein, „neugierig."

„Neugierig, stimmt, ich habe es einmal gelernt, verzeihen sie mir. Jedenfalls war ihre Anfrage so kurios, also so neugierig, dass ich das Gefühl hatte, sie wollen es wirklich wissen. Und wissen kann man am besten, wenn man gesehen hat. Wie die Vögel, die Menschen sind wie die Vögel, sie erkennen mit den Augen. Die Hunde, die erkennen mit der Nase, mit den Ohren, fast alle Säugetiere erkennen mit der Nase und den Ohren, denken sie an die Fledermäuse und den Ultraschall. Nur der Mensch, und die Affen, die erkennen mit den Augen, wie die Vögel. Eigentlich müssten wir fliegen können."

Links der Autobahn tauchten Hochhäuser auf, Trabantenstädte, hintereinander. Rechts waren Wald, Wiesen, Landwirtschaft. Was in Hamburg auf dem Papier stand, das Achsenkonzept, gab es hier auch, Nottebrook hatte inzwischen den Verdacht, dass die meisten Siedlungen meist einfach entlang den Hauptverkehrswegen entstanden – egal, ob es dafür ein Konzept gab oder nicht.

An einem Wegweiser Richtung Sintra verließen sie die Autobahn. „Eine der schönsten Städte Portugals. Wenn sie Lissabon kennengelernt haben, so nach einem oder zwei Monaten, sollten sie sich Sintra anschauen, Senhor Nottebrook. Sind sie eigentlich verwandt mit Joseph Nottebrook?"

„Nein, also davon ist mir zumindest nichts bekannt, obwohl ja eine Theorie besagt, dass in Europa alle Menschen miteinander verwandt oder bekannt sind, wenn man um mindestens fünf Ecken geht."

Rodrigues lachte, sie fuhren an einem Bahnhof vorbei, um zwei Straßenecken, dann waren sie schon wieder außerhalb von Sintra, aber neben der Straße lagen jetzt Gleise, „Die alte Eléctrico[4]," erläuterte Rodrigues. „Hier ist das noch das schöne alte Wort, Elektrische, klingt doch besser als Straßenbahn, oder finden sie nicht, Herr Nottebrook."

„Ach, selbst Straßenbahn ist nicht mehr auf der Höhe der Zeit, Stadtbahn muss man heute sagen – nein, Elektrische klingt besser, Eléctrico, ich werde es mir merken. Mein erstes portugiesisches Wort, naja, beinahe mein erstes."

Rodrigues lachte und meinte, Stadtbahn sage man im Portugiesischen nicht, stattdessen hießen die Systeme einfach Metro. „Aber eine Zeitlang wurden neue Straßenbahnen in Deutschland, wenn sie denn den Stadtbahnstandards entsprachen, auch Metro genannt." Und im Portugiesischen sei die Eléctrico wie auch die Metro übrigens männlichen Geschlechts, er wisse gar nicht, welchen Artikel man da im Deutschen wählen solle.

Die Straße führte bergab, teilweise in leichten Serpentinen, durch kleine Dörfer, die einen eher wohlhabenden Eindruck hinterließen, dann ging es nach rechts, weiter an den Gleisen der Straßenbahn entlang, bis sie plötzlich links in eine kleinere

---

[4] Nach der neuen Rechtschreibung (der portugiesischen) müsste hier „elétrico" stehen, aber auch auf dem Winterfahrplan 2016 lautet die Bezeichnung noch Eléctrico de Sintra.

Nebenstraße einbogen. Wenige 100 Meter weiter lag der Atlantik vor ihnen.

„Links die Praia Grande, rechts die Praia Pequena, der große und der kleine Strand auf Deutsch" sagte Rodrigues und steuerte einen Parkplatz an. „Und jetzt müssen wir zu Fuß gehen, oder sollte ich sagen, wir dürfen zu Fuß gehen?" Die Sonne schien, und Nottebrook war eindeutig der Meinung, es ginge ums Dürfen. Der Weg, breit genug für Pkw, führte hoch über der Küste entlang, unter ihnen lag die Praia Pequena, ein Sandstrand, der von hier oben dank seiner fast unzugänglichen Lage einen beinahe einsamen Eindruck machte, obwohl er gut besucht war. Vor allem Surfer schienen sich hier wohl zu fühlen. „Bodyboard," sagte Rodrigues, „das ist kürzer als ein Surfbrett und wird vor allem im Liegen gefahren."

„Schauen sie, Senhor Nottebrook, wer hier herunterstürzt, in einem Auto, der überlebt nicht. Nicht heute in einem modernen Auto mit – wie sagt man? Überrollenbügeln?"

„Überrollbügeln"

„Also in einem modernen Auto mit Überrollbügeln und angeschnallt und Luftsack, da überleben sie das nicht, wenn sie da runterstürzen, oder wenn sie es überleben, dann macht sie das auch nicht glücklich. Aber in einem alten Auto, so einem wie in dem Jahr 1944, da sind sie sofort mausetot, wenn sie da hinunterfallen. Da vorne führt ein Weg hinab, wollen sie einmal schauen, wie es unten aussieht?"

Nottebrook reizte es, hinunterzusteigen bis zum Meer, er zögerte noch etwas, ob er den Aufstieg hinterher dazu in Kauf nehmen sollte. Dann antwortete er „Ja."

„Lassen sie uns vorher hier herumschauen, sie sehen ja den Weg hier, dass sich da zwei Autos mit hoher Geschwindigkeit begegnen, so dass eines ausweichen muss, das ist kaum zu glauben, und nun denken sie erst einmal, wir sind nicht heute, wir sind 1944, da gab es hier keine Autos. Weiter hinten, hinter der Praia das Maçãs, da führte auch damals die Straße dicht am Meer entlang. Da hätte das passieren können, zwischen der Praia das Maçãs und Azenhas. Aber hier, niemals, das Auto muss regelrecht durch die Felder geschoben worden sein, um dort ans Steilufer zu kommen. Gut, Fußwege hat es auch damals gegeben, wahrscheinlich sogar breit genug für einen Pkw. Die Praia das Maçãs war ein wichtiger Urlaubsort für wohlhabende Lissabonner, haben sie einmal ein Buch von Antunes gelesen? Der hat da als Kind oft seine Ferien verbracht, seine Eltern hatten dort ein Haus. Deshalb wurde dahin ja auch die Straßenbahn gebaut, die anfänglich länger war, auch Azenhas do Mar bediente, und am anderen Ende das Zentrum von Sintra. Und da werden sicher auch einige Fahrgäste unten ausgestiegen sein und hier hochgelaufen zur Praia Grande, naja, hoch und dann wieder runter."

Nottebrook, der an portugiesischen Schriftstellern gerade einmal Pessoa und Saramago kannte, beschloss, seine Unkenntnis sogleich einzugestehen, woraufhin er einen langen Vortrag von Rodrigues über portugiesische Literatur über sich ergehen lassen musste, anfänglich, später gelang es Rodrigues sogar, seine Neugier zu wecken.

Sie waren während des Gesprächs oben an der Steilküste weitergelaufen, der nächste Strand lag geschützt in einer Bucht, dahinter, auf der Landseite, ein Dorf mit mehrgeschossigen Gebäuden, einige älter, viele neu gebaut.

„Die Praia das Maçãs," sagte Rodrigues, „die ist wie gesagt ein traditioneller Ferienort, insofern gab es hier oben an der Praia Pequena auch einige Wege, irgendwie war mit dem Auto schon dahin zu kommen. Aber als Reuter seinen Unfall hatte, da war Winter. Er war hier also mit Sicherheit allein. Nehmen wir das Wunder an, er sei mit dem Auto abgestürzt und hätte irgendwie überlebt: Es hätte ihn doch mit ziemlicher Sicherheit niemand entdeckt, ehe er tot war, es sei denn ein Fischer, der zufällig – und das wäre ein sehr großer Zufall gewesen – dort vorbeifuhr. Oder, nicht ganz so unwahrscheinlich, ein Angler, die gibt es hier auch heute noch. Aber davon war nirgends die Rede, es ging immer um das entgegenkommende Fahrzeug. Und dessen Fahrer, der ganz alleine unterwegs war, hat den Reuter aus seinem Fahrzeug gerettet und sofort nach Sintra gefahren, ins Krankenhaus. Danach hat dieser Fahrer sich entfernt und war nimmer mehr gesehen."

Rodrigues lachte.

„Wenn sie das glauben, Herr Nottebrook, dann dürfen sie mich nachher einfach mal von der Praia Pequena rauftragen. Nicht, dass sie es nicht schaffen würden, aber nach dem Absturz würde ich diesen Weg nicht überleben. So, da drüben, das ist wie gesagt die Praia das Maçãs, Apfelstrand würde es auf Deutsch heißen. Dort hat nicht nur Antunes Urlaub gemacht, sondern, ich habe ja erzählt, dass ich nachgeforscht habe, auch Reuter war oft übers Wochenende da, in einer kleinen Pension. Das begann bald, nachdem er an die deutsche Gesandtschaft in Lissabon gekommen war, und das endete erst mit seinem Unfall.

Danach mag er auch noch öfter hier gewesen sein, aber er war ja nach Angra gezogen – war es Angra oder Praia? – Nach Angra. Und als er 1946 aufs Festland zurückkam, da zog er nach Amadora, also in die heute zweitgrößte Stadt Portugals, da war es gar nicht so weit nach Colares. Ja, das ist hier die Gemeinde, zu der alle diese Strände gehören.

So, kommen sie, Senhor Nottebrook, hier geht es jetzt hinunter."

Schweigend stiegen die beiden Männer zur Praia Pequena hinab.

„Wir wissen nicht, ob Reuter es einfach nur schön fand hier, oder ob er jemanden kannte. Und ich sehe auch keine Möglichkeit mehr, es herauszufinden. So, schauen sie sich um, Senhor Nottebrook."

Rodrigues setzte sich auf einen Stein. Nottebrook lief den Strand hinauf und hinunter. Zweimal. Innerlich wurde er fast wieder zum Kind. Dann stand Rodrigues plötzlich hinter ihm. „Mögen sie weitergehen, Senhor Nottebrook?"

„Ja." Nottebrook klang nicht sehr mutig. Damals, vor fast 40 Jahren, hätte der Weg von der Praia Pequena auf die Steilküste ihm gar nichts ausgemacht, heute war es auch kein wirkliches Problem, nur würde er einfach zeigen, dass seine Kondition nicht mehr so gut war wie die eines jungen Mannes. Andererseits musste auch Rodrigues inzwischen über 60 sein, was sollte es also. „Ja," wiederholte Nottebrook, diesmal mit Überzeugung.

„Der Weg dort hinauf ist nicht einfach für uns Männer der terçeira idade, drittes Alter sagt man in Portugal, in Deutschland hat man andere Euphemismen, aber machen sie sich keine Sorgen, Senhor Nottebrook, es herrscht Ebbe – man sagt doch, dass Ebbe herrscht, oder nicht? sagt man, sie besteht?"

„Nein, herrscht ist richtig, die wenigsten Deutschen wissen das, schon weil sie weiter vom Meer entfernt leben."

„Jedenfalls herrscht Ebbe, und das ist das Glück, das uns alten Männern hold ist – da bin ich sicher, das Glück ist hold. Es ist uns also hold, wenn es ihnen nichts ausmacht, wenn ihre Füße ein wenig nass werden, Senhor Nottebrook."

Rodrigues begann, seine Schuhe auszuziehen. Nottebrook tat es ihm gleich.

„Das Wort Euphemismus habe ich in meinem Germanistikstudium übrigens nicht gelernt, das kam erst bei einer Fortbildung hinzu, sie sehen, ich bin eifrig. Vorsichtig, immer dicht an den Steinen entlang."

Die Felsen links von ihnen waren nicht sehr hoch, aber oben stand eine Mauer, die senkrecht aufragte. Nicht unmittelbar am Meer, aber auch nicht hoch oben. Bei Sturm müssten die Wellen dagegen schlagen, dachte Nottebrook „Was ist dort?"

„Ein Hotel, direkt am Meer. Der Besitzer sagte einmal zu mir, so ein Hotel direkt am Meer, das sei wie ein Schiff. Zweimal war das Hotel schon von Wellen und Sturm stark beschädigt, beide Male wurde es in Stand gesetzt. Es stammt aus den 1960er Jahren. So, das ist jetzt die Praia Grande, viel größer, voller, direkt von der Straße erschlossen, wollen sie auch an diesem Strand entlanglaufen, Senhor Nottebrook, oder haben sie Lust auf ein Almoço, so nennt der Portugiese das, was ihre Landsleute Mittagessen nennen. Es gibt auch ein Pequeno Almoço, das ist das Frühstück. Sie merken, es ist alles noch in der Frühe, wie bei ihren Nachbarn, die Dänen, die sagen Frokost zum Mittagessen. Nur die Deutschen stehen ganz früh auf. Gerne, meine ich. Nichts, ich sage ihnen, nichts fand ich schlimmer an den Deutschen als dieses unglaublich frühe Aufstehen, also wie sieht es aus, almoço?"

„Sim" versuchte Nottebrook ein Ja, auch wenn das Nasalieren ihm nicht perfekt gelang. Rodrigues lachte, sie liefen quer über den Strand, dann eine kleine Treppe hinauf, links war ein Eingang, eine Kasse, dahinter ein Freibad.

„Das größte Meerwasserschwimmbad Europas, angeblich, es gehört zu dem Hotel." 5 Stockwerke hoch war das Gebäude, das von der Steilküste dahinter überragt wurde. In der dritten

Etage waren die Bar und das Restaurant und ein Balkon, dorthin gingen sie – „Drinnen herrscht inzwischen auch in Portugal Rauchverbot" meinte Rodrigues. „Aber nicht überall, gegenüber, schräg gegenüber die Bar, da darf man noch. Aber das Essen ist dort eher mittelmäßig. Aber Kaffee oder Bier bei schlechtem Wetter, die trinke ich immer dort, wenn ich hier bin."

Rodrigues empfahl Nottebrook Morcela mit Bacalhau, und Nottebrook, der zwar wusste, dass Bacalhau Stockfisch war, aber keine Vorstellung von Morcela hatte, bestellte blind.

Rodrigues begann nun, Nottebrook auszufragen, nach den Hintergründen der Wiederaufnahme der Untersuchung zum Fall Reuter, nach seiner persönlichen Motivation. Nottebrook berichtete ausführlich, warum er die ganze Angelegenheit wieder ins Rollen gebracht hatte, auch von Weise, der sich so unkonventionell eingemischt hatte. Schließlich kam Nottebrook auf die damaligen Ermittlungen zu sprechen, als im Jahr 75 die völlig überforderte Christiane den Fall bearbeitet hatte. Er berichtete von deren Gefühl, für irgendwelche Interessen benutzt worden zu sein, von von Soest, vielleicht auch vom Chef persönlich. Plötzlich bemerkte er, dass er Rodrigues Dinge über sein Leben – sein Leben als Polizeibeamter – erzählte, die er so noch nie auf den Tisch gelegt hatte. Ob dies an der Stimmung lag, hier, direkt am Atlantik, oder an den Badegästen im Schwimmbad, das sich zwischen ihrem Tisch und dem Meer erstreckte, oder einfach daran, dass er so weit weg war von zu Hause, das wusste er nicht.

Während dieses Moments des Nachdenkens kam das Essen, die Morcela erwies sich als eine Blutwurst, entfernt erinnerte sie Nottebrook an eine Grützwurst. Die beiden Männer aßen schweigend.

Je länger er hier saß, desto mehr beschlich Nottebrook das Gefühl, hier schon einmal gewesen zu sein. Nachdem sein Teller leer war, erzählte er Rodrigues von diesem Gefühl, der lächelte, während er die letzten Happen verzehrte.

Dann meinte er leise „Vielleicht waren sie schon einmal hier, Senhor Nottebrook."

„Ich war noch nie in Portugal, heute ist das erste Mal."

„Vielleicht in einem anderen Leben."

Nottebrook, dem Rodrigues bisher äußerst sympathisch war, vermutete jetzt spontan esoterisches Gedankengut, sein „Ja, vielleicht" klang entsprechend skeptisch, obwohl er es nicht beabsichtigt hatte.

„Doch, doch, Senhor Nottebrook, wir alle führen viele verschiedene Leben. Nicht nur, dass wir bei der Arbeit oft ganz andere Menschen sind als bei der Familie, um ein Beispiel zu nennen. Wir träumen auch, und in unseren Träumen führen wir ganz andere Leben als hier, und wissen wir, was die Wirklichkeit ist, unsere Träume oder dass wir hier sitzen? Natürlich, jetzt, während wir hier sitzen ist dies die Wirklichkeit, aber in unseren Träumen sehen wir es oft anders. In den nächtlichen Träumen, während des Schlafes. Aber selbst am Tage gehen wir manches Mal völlig in unseren Träumen auf, oder in den Träumen, die uns geschenkt werden, als Roman, als Film, wie auch immer. Nein, das meine ich nicht im Sinne der Esoteriker, Senhor Nottebrook, ich sehe wohl ihr Unbehagen, aber es ist einfach so, dass alle diese Leben eine Rolle spielen, zum Bespiel Filme, sehen sie gelegentlich Filme, Senhor Nottebrook? Im Fernsehen, oder heute auf einem riesigen LED-Screen, oder sogar im Kino? Ja, nicht wahr?"

Nottebrook nickte, war unsicher, wohin dieses Gespräch laufen sollte. Rodrigues antwortete mit einem Lächeln.

„Und manchmal schauen sie zum Beispiel auch einen Film von Wim Wenders an, um nur ein Beispiel zu nehmen."

„Ja." Jetzt war Nottebrook völlig verwirrt.

„Erinnern sie sich noch an den Film ‚Der Stand der Dinge'?"

„Nein, ich bin nicht mal sicher, ob ich den Film überhaupt gesehen habe."

„Doch doch, das haben sie, Senhor Nottebrook, und ein wenig erinnern sie sich auch daran."

Plötzlich klickte es bei Nottebrook: „Natürlich, ein Schwarz-Weiß-Film, und der spielte zum größten Teil hier, genau in diesem Hotel. Aber da war alles kaputt, eine regelrechte Ruine war das."

„Ja, das war das Meer, ich habe schon davon erzählt, und damals haben sie nach dem Film, oder während des Films davon geträumt, hier zu sein."

Nottebrook dachte nach, dann meinte er: „Ich glaube schon."

„Sehen sie, Senhor Nottebrook, so ist das Leben, so sind unsere Leben, und manchmal treten unsere Träume, die nur einem Film entsprungen sind, ganz unverhofft in unsere Leben, nur, weil ein Mann ermordet wurde, der an einem Strand einen schweren Unfall vorgetäuscht hat. Wer die Welt erklären will, muss solche Dinge wissen. Wenn sie wollen, können wir uns Duzen, Senhor Nottebrook, aber ich bin nicht beleidigt, wenn sie es nicht wollen. Aber sie scheinen mir ein angenehmer Mensch zu sein und haben noch nicht gefragt, woher ich so gut Deutsch kann. Das ist von Vorteil."

„Ich wollte es aber gerade fragen. Ansonsten – ja, ich bin angenehm überrascht, unsere Begegnung scheint unter einem guten Stern zu stehen."

Rodrigues grinste „So seid Ihr Deutschen, erst geht ihr auf Abwehrhaltung, weil ihr einem esoterischen Gesprächspartner gegenüberzusitzen meint, und dann behauptet Ihr, dass die Sterne den Erfolg einer Begegnung bestimmen. Ich heiße João. Und wir verbinden das mit keinerlei Ritual."

„Ich heiße Klaus."

„Ich werde dir nicht erzählen, wo ich Deutsch gelernt habe – das wäre eine lange Geschichte. Ich bin eigentlich von Land zu Land gegangen, habe fast überall studiert. Die meiste Zeit in Åhus, da war ich bis zur Nelkenrevolution. Aber damals, nach der Nelkenrevolution, ging ich zurück nach Portugal, und ich erfüllte die Voraussetzungen, um in den Polizeidienst zu gehen, damals war ich sehr überzeugt von allem, was die Polizei damals tat. Später änderte sich alles langsam, darüber werde ich dir ein andermal erzählen, und ich war unzufrieden, aber immerhin durfte ich im Polizeidienst bleiben, bis heute, bis nächstes Jahr, glaube ich jetzt, dann gehe ich in den wohlverdienten Ruhestand.

Darf ich noch etwas Unverblümtes sagen, Klaus? Unverblümt finde ich übrigens ein schönes Wort in der deutschen Sprache, nur fehlt leider das Wort verblümt, wie ich irgendwann erfahren musste."

„Ja."

„Du siehst schlecht aus. Du solltest nicht nach Lissabon zurückkehren, selbst eine wunderschöne Stadt wie Lissabon ist anstrengend, sondern dich hier ein paar Tage erholen. Aber das musst du wissen."

„Vielleicht wäre es wirklich eine Idee." Nottebrook erinnerte sich an das Gespräch über Träume, das sie gerade geführt hatten. „Jetzt fällt es mir ein, es gibt in dem Film eine Szene, in der eine Frau weinend auf einem Stein sitzt und dann von ihren Kindern gefragt wird, warum sie weine. Sie antwortet, weil es hier so schön ist. Wo hat sie gesessen?"

„Es war kein Stein, aber so ähnlich, dort oben." Rodrigues wies mit der Hand zu den Felsen am anderen Ende der Praia Grande.

„Wenn ich hier bleibe – wie machen wir es dann morgen, ich meine, sie haben – du hast doch geschrieben, dass wir noch eine Verabredung in Lissabon haben."

„Als Portugiese sage ich, ich hole dich ab, als Deutscher sagst du, du schaffst es alleine, nach Lissabon zu kommen. Wir unterhalten uns die ganze Zeit auf Deutsch, also wirst du den Bus nach Sintra nehmen, Portela ist die Endstation des Busses, da sind wir vorhin vorbeigefahren. Und dann fährst du mit der S-Bahn zum Rossio, dort hole ich dich dann ab, du hast ja meine Handy-Nummer, oder?"

Nottebrook bejahte, fragte dann aber „Worum geht es eigentlich bei dieser Verabredung?"

„Das sollte eigentlich eine Überraschung werden. Aber ich habe damals nach Eurer Anfrage ziemlich recherchiert, und dabei bin ich auf eine Frau gestoßen, die nach dem Unfall ziemlich viel mit Reuter zu tun hatte. Mach dich auf eine – wie sagt man im Deutschen? – verkommene Geschichte – nein, verkommen sind die Menschen in solchen Geschichten, ich weiß das Wort nicht, aber du wirst schockiert sein – genau, schockierende Geschichte gefasst. Andererseits – du wirst eine wichtige Zeugin kennenlernen, und ich denke, du solltest einmal recherchieren, ob deine Dienststelle vielleicht ein paar – wenige – 100 € zur Zeugenbetreuung bereitstellen kann."

„Das wird sicher nichts", meinte Nottebrook und es herrschte Schweigen.

Plötzlich hatte er eine Idee: „Aber es gibt eine Stiftung, frag nicht was und wie, das ist eine Sache im Graubereich, die unsere Arbeit unterstützt, ich werde fragen, ob da etwas zu holen ist."

Rodrigues schaute skeptisch. „Ich weiß nicht, was das für eine Stiftung ist, wer dahinter steckt, mit sowas bin ich vorsichtig."

„Dahinter steckt ein älterer Kollege – der hat ein paar Gelder zu Gunsten dieser Untersuchung umgeleitet, nicht viel, und ich kenne ihn gut genug, um für ihn die Hand ins Feuer zu legen."

„Immer legt ihr eure Hände ins Feuer, ein Wunder, dass ihr nicht längst ganz und gar verbrannt seid, aber es ist egal, wenn du dir da sicher bist, versuch das Geld zu bekommen."

Danach konzentrierte sich Rodrigues weiter auf das Thema Reuter. „Übrigens, nachdem Reuter wieder nach Hamburgo gezogen war, liebte er es offenbar, bei seinen Besuchen in Lissabon ein paar Tage hier zu entspannen, erst noch an der Praia das Maças, danach, als dies Hotel gebaut war, kam er offenbar gerne hierher. Vielleicht hast du ja eine Inspiration, wenn du hier bleibst" Dann fragte er den Kellner, der die Teller aufräumte, etwas auf Portugiesisch, wenig später kam der zurück, und dann erfuhr Nottebrook, dass für die nächsten vier Nächte hier ein Zimmer für ihn bereitstehen würde.

„Ich weiß nicht, wie naiv du heute noch bist, was die Zeit des Estado Novo, der Salazar-Diktatur, wie man besser sagt, angeht. Also sage ich dir an dieser Stelle, dass dieser fingierte Unfall ohne die Mitwirkung oder zumindest stillschweigende

Unterstützung der PIDE – die damals übrigens noch PVDE hieß - nicht hätte stattfinden können."

„Ja, allmählich ist mir das klar. Seit wir die Ermittlungen im Fall Reuter wieder aufgenommen haben, habe ich einiges über Portugal gelernt. Vielleicht auch über Deutschland, aber das weiß ich nicht genau."

„Gut, und da Reuter einmal in Tarrafal und mehrmals in Peniche war, ist wohl sicher, dass er nicht nur Kontakt zur PIDE hatte, sondern auch in deren besonders grausamen Gefängnissen ein- und ausging – naja, ein und aus vielleicht nicht, aber er tauchte dort gelegentlich auf. Weißt du, mich interessiert das, ich will wissen, ob er eine Rolle spielte, in der portugiesischen Politik, und wenn ja welche. Und was dahinter steckte. Und wessen Interessen er vertrat, wenn er später von Deutschland hierher kam und Tarrafal oder Peniche besuchte.

Du weißt wahrscheinlich, dass Salazar sich ziemlich dafür eingesetzt hat, dass von Hoyningen-Huene Botschafter der BRD in Portugal werden soll – du weißt, wer von Hoyningen-Huene ist?"

„Ja, also im Prinzip, aber wo er politisch genau stand, in dem ganzen Spannungsfeld zwischen dem portugiesischen und dem deutschen Faschismus, zwischen Canaris, den 20.-Juli-Leuten, den Nazis, das weiß ich nicht, das weiß glaube ich niemand ganz genau."

„Eben, und wir werden es wohl auch kaum herausfinden. Aber wenn wir Reuters Rolle genauer bestimmen können, dann hilft das ja vielleicht schon."

„Hm, ja, aber wenn da etwas wirklich Aufregendes rauskommt….."

„Du meinst, dann werdet ihr schweigen müssen?"

„Du nicht."

Rodrigues antwortete mit einem Achselzucken, das aber eher Unsicherheit als Resignation auszudrücken schien.

„Molotow?" fragte Rodrigues.

„Du meinst, Reuter hatte Beziehungen zur Sowjetunion, sogar zum Außenministerium?" Nottebrook war überrascht.

„Nein, ob du einen Molotow willst, sehr süß, sehr gehaltvoll, aber ich mag ihn." Erst jetzt bemerkte Nottebrook den Kellner, der neben ihnen stand.

„Ja."

„Dois." Rodrigues wandte sich wieder Nottebrook zu. „Also, egal, was ihr erzählen dürft, mir musst du alles erzählen. Deshalb habe ich dir das Du angeboten." Er lachte, war dann aber offensichtlich unsicher, ob Nottebrook tatsächlich verstanden hatte. „also, das war jetzt ein Witz, zu mindestens 80%. Damals habt Ihr mich auf die Spur gebracht, und dann habt Ihr mich sitzen lassen. Naja, ich merke schon, ich bin ungeschickt. Im Moment. Ungeschickt ist nicht das beste Wort, Taktlos sagt man im Deutschen, oder?"

„Ja, also ich meine, das sagt man, aber so schlimm ist es nicht, ungeschickt trifft es tatsächlich eher."

Plötzlich lachten beide, die Stimmung entspannte sich wieder. Bis die beiden Molotow kamen, saßen sie sich schweigend gegenüber.

Es dauerte noch eine Weile, bis sie auch ihre bicas getrunken hatten, ihre Espressos, da wussten sie schon, dass sie beide geheiratet hatten, beide einen Sohn und eine Tochter hatten, die längst aus dem Haus waren, beide bald in den Ruhestand gehen würden und beide das Meer liebten. Nur war Nottebrook inzwischen geschieden, während Rodrigues immer noch sehr glücklich verheiratet war.

„Können wir noch eine Frage besprechen?" Nottebrook erinnerte sich wieder, weshalb er eigentlich hier war.

„Schieß los", sagte Rodrigues, „so sagt ihr doch, schieß los, als wäre jedes Gespräch ein Duell."

„Der Reuter hat ja stets mit den Handelsbeziehungen hier zu tun gehabt, hat da auch mit Schweizerischen Bankhäusern zu tun gehabt. Kann das eine Rolle gespielt haben?"

„Ja, durchaus. Deutschland brauchte ja im Krieg unbedingt Wolfram und Ölsardinen, die es aus Portugal bezogen hat."

„Wolfram für Waffen, das weiß ich wohl, aber warum Ölsardinen?"

„Naja, das waren extrem gute Konserven, für die Truppe. Haltbar, nahrhaft, fast unüberbietbar. Also kaufte Deutschland Ölsardinen. Meistens direkt, es gab wohl auch Käufe, die verschleiert waren. Dann stieg der Ölsardinenimport der Schweiz plötzlich auf geheimnisvolle Weise an. Aber wichtiger ist wohl die Frage nach dem Gold, das war ja Raubgold. Das aus dem KZ, aber vor allem solches, das aus allen möglichen Staatsbanken geklaut war. Geklaut, sagt man doch in so einem Fall, oder? Jedenfalls sollte das nicht auffliegen, ist es manchmal, dann war es schlecht für den jeweiligen aktuellen Besitzer des Goldes.

Und Reuter wusste natürlich als Übersetzer einiges über den Fluss des Goldes, außerdem war er mit einem Tessiner Banker, einem gewissen Ettore Soldati, eng befreundet, der während des Weltkriegs für die Credit Suisse Goldtransporte begleitete. Wenn also jemand Angst hatte, dass da etwas auffliegt, was noch nicht bekannt war – ich sage mal, dann ging es jedenfalls um eine Menge Geld."

„Also, wo genau lag nun das Problem mit dem Gold?"

„Naja, das Gold, mit dem die deutsche Regierung im zweiten Weltkrieg bezahlte, war ja geklaut. Nur, die deutsche Regierung musste das nicht zurückzahlen, später, nach dem Krieg. Sondern man hielt sich an die, die dieses Gold angenommen haben. Welche Rechtsfigur dahinter steht, kann ich dir auch nicht erklären, aber jedenfalls lief es so. Da gerieten dann vor allem die im Krieg neutralen Länder, also Schweden, Schweiz und Portugal, immer wieder unter Druck und in Beweisnöte, was die Herkunft des Goldes anging. Andererseits: Auch die Alliierten hatten da große Beweisnot. Wenn da also jemand genau wusste, wie das Gold geflossen war, konnte er Millionen, was sage ich, Milliarden von Euro verschieben."

Nottebrook schüttelte unwillig den Kopf. „Millionen, Milliarden, das ist so unvorstellbar viel, da kann ich mir den Unterschied sowieso nicht vorstellen."

„Klaus, stell dir einfach vor, du sitzt im Gefängnis und musst das Geld zählen, für jeden Euro brauchst du eine Sekunde, so als wenn man versucht, die Zeit abzuzählen. Wenn du eine Million Euro zählen musst, darfst du das Gefängnis nach 11 ½ Tagen wieder verlassen. Wenn es aber eine Milliarde ist, dann bleibst du mehr als 30 Jahre drin. Das ist durchaus ein Unterschied.

Aber wie dem auch sei, wenn jemand da irgendwie an nennenswerte Beträge rankommen konnte, dann lohnte ein Mord sich schon.

Aber das halte ich offen gestanden für Spekulation, lebt denn der Soldati noch?"

„Ja, die Kollegin Müller versucht gerade, noch einmal Kontakt mit ihm aufzunehmen."

„Dann werden wir ja bald klüger sein."

Eine Weile saßen die beiden schweigend da, lauschten dem Rauschen der Wellen, beobachteten, wie einzelne Brecher quer zur eigentlichen Brandung weiterliefen, eigentümliche Muster auf der Wasseroberfläche formten, die schnell wieder verschwanden. Dann löste Rodrigues sich von dem Anblick. „Ich muss langsam los. Bis morgen, Klaus."

„Até amanhã, João." Nottebrook hob kurz den Kopf. Rodrigues wies mit einer Hand aufs Meer, ohne noch etwas zu sagen, dann verschwand er durch die Tür der Hotelbar.

Kapitel 25

Caslano 2013

„Sie sind gar nicht mehr bei der Polizei, hat mir der Herr Nottebrook erzählt?" Herr Aldeghi klang eher neugierig als skeptisch. Und ehe Christiane Müller antworten konnte, fuhr er fort: „Aber das besprechen wir später, jetzt möchte ich erst einmal wissen, ob sie eine angenehme Reise hatten."

„Ja." Sie war noch immer ganz begeistert. „Ein Kollege hatte mir den Tipp mit dem Panoramawagen gegeben, das hat sich gelohnt, ich meine, wann kommen wir Hamburger schon mal in die Alpen."

„Schön, über den Gotthard, das ist natürlich aufregend, ja, wenn man von ihnen kommt. Obwohl irgendjemand hat mir mal erzählt, dass Hamburg gar nicht am Meer liegt?"

„Nein, nicht wirklich, 80 km von der Ostsee und noch mehr von der Nordsee." Christiane Müller lächelte.

„Das kann man sich gar nicht vorstellen, und trotzdem kommen die Seeschiffe bis nach Hamburg? Vielleicht ist es ein Fehler, immer nach Italien zu fahren, aber da verstehe ich die Sprache besser."

Sie war etwas irritiert, sein Deutsch schien ihr perfekt, bis auf den leichten schweizerischen Akzent. „Sie sprechen doch perfekt Hochdeutsch, ich dachte, in der Schweiz sprechen alle Schweizerdeutsch – nein, hier spricht man Italienisch, ich weiß."

„Ja. So, wollen sie erst einmal einen Kaffee trinken, irgendwo, wir können auch hinabgehen zum See, wenn sie wollen. Sonst gehen wir zu meiner Dienststelle, das ist die entgegengesetzte Richtung. Dort würde ich ihnen selber einen Kaffee machen."

„Das ist ein Angebot, das ich nicht ausschlagen kann." Nach dem Wochenende mit Schwab in Kassel schien ihr Aldeghi wirklich ein sehr angenehmer und kultivierter Mann zu sein, auch wenn sie Schwab genossen hatte. Und vielleicht tat sie ihm ja auch Unrecht, sie hatte ja nur diese etwas eigenwillige Seite an ihm kennengelernt – nein, jetzt war sie hier. Es war wärmer, man merkte, dass man auf der Südseite der Alpen war. Von der kleinen S-Bahn aus, die sie von Lugano nach Magliaso gebracht hatte – Magliaso Paese, darauf hatte Aldeghi sie mehrmals hingewiesen -, konnte sie mehrere Blicke auf den See werfen. Jetzt war er wohl ein Stück weg, sie sah ihn jedenfalls nicht.

Aldeghi war jung, von Christiane Müller aus betrachtet jedenfalls, Ende 20, schätzte sie. Er war blond, und er trug einen Schnurrbart, aber einen sehr kurzen. Sein Deutsch war zwar schweizerisch eingefärbt, aber ohne italienischen Akzent. Sie fragte sich, welcher Sprachgruppe er zuzuordnen sei, hier in der Schweiz, vielleicht war der Name Aldeghi ja irgendwann durch Eheschließung in seine Familie geraten und er stammte eigentlich aus dem deutschsprachigen Teil des Landes – obwohl so genau wusste sie jetzt nicht, wie weit eigentlich alle oder fast alle Schweizer Deutsch sprächen.

Im Aufenthaltsraum des Personals der Polizia Cantonale bereitete Herr Aldeghi erst einmal zwei Espresso, dann meinte er: „Wissen sie, wenn ich es richtig verstehe, ich habe da erst später darüber nachgedacht. Also ich habe heute Morgen noch einmal mit dem Herrn Nottebrook telefoniert. Sie haben ja nicht einmal einen Auftrag von der Hamburger Polizei, sie sind sozusagen ganz privat hier."

Sie nickte, sagte dann „Ja, das heißt?"

„Das heißt, dass ich gar nichts für sie tun kann, Frau Müller, also gar nichts in dem Sinne, in dem sie es jetzt meinen.

Natürlich darf ich ihnen den Weg über die Straße weisen, wenn sie das wünschen, aber den Weg zu dem Herrn Soldati darf ich ihnen nicht weisen. Ich meine, wie machen wir das jetzt? Haben sie da eine Idee?"

„Oh je, und wenn sie Herrn Nottebrook – also ich meine, sie könnten mit Herrn Nottebrook sprechen, und was der mir dann erzählt, das betrifft sie ja nicht."

„Sie meinen, ich agiere ein wenig am Rande der Legalität, Frau Müller, und was dann passiert muss mich ja nicht interessieren?"

„Ja, so ähnlich, das hat dann ja der Herr Nottebrook zu vertreten."

„Ja, Frau Müller, aber wir sind hier in der Schweiz, da verschließen wir nicht einfach die Augen. Schauen sie, bei ihnen in Hamburg oder auch zwei Bahnstationen weiter in Ponte Tresa, da sind sie dann in der EU, da ist das anders, aber hier nicht." Er schaute sie ernsthaft an. Sie wurde tatsächlich rot.

„Ich will nicht nationalistisch erscheinen, es gibt auch bei uns eigenartige Vorkommnisse. Aber das soll nicht sein, und ich bin nicht der, der sie herbeiführt."

Christiane Müller war unsicher, dann verriet sie doch, was sie erfahren hatte. „Und dieser Portugiese, der Herr Pereira, von dem Herr Nottebrook mir erzählt hat, meinen sie, ich darf den suchen, einfach so?"

„Also, wenn ich ehrlich bin, es würde einen sehr schlechten Eindruck bei mir hinterlassen, weniger in Bezug auf sie als in Bezug auf die Deutschen Kollegen, zumindest den Herrn Nottebrook. Aber ich sehe, sie sind unzufrieden, ich werde mich trotzdem bemühen, ihnen zu helfen, Frau Müller. Wenn sie mich jetzt einen Augenblick entschuldigen wollen."

Er wartete, bis sie mit einem „Ja" antwortete, dann verschwand er in einem benachbarten Zimmer. Nach wenigen Minuten kam er zurück, sagte zu ihr: „Es ist ein Herr für sie am Telefon, Frau Müller."

Sie war erstaunt, vor allem, weil sie bisher den Eindruck gewonnen hatte, die Schweizer würden alle Wörter auf der ersten Silbe betonen, jedenfalls im Schweizerdeutsch. Deshalb verstand sie das anders betonte Wort Teléfon im ersten Moment gar nicht, dann überlegte sie, wer da wohl dran sein könnte. Sie folgte Aldeghi, nahm den Hörer, den er ihr reichte, und vernahm dort Worte, die sie entfernt an das Italienisch erinnerten, das sie seit der Durchquerung des Gotthardtunnels zu hören bekam. Sie verstand also kein Wort, dann sah sie Aldeghi grinsen, nicht gemein oder schadenfroh, sondern wie über einen gelungenen Witz. „Ich darf natürlich für sie übersetzen, Frau Müller, wenn sie weder italienisch noch portugiesisch verstehen." Er streckte die Hand aus. Sie reichte ihm den Hörer.

Nachdem er ein wenig zugehört hatte, antwortete er auf Italienisch, es ging eine Weile hin und her. Danach richtete er das Wort an Christiane Müller: „Schauen sie, der Herr Soldati, der ist alt, müde vom Leben, es ist ihm zu schwer, er ist extra hinuntergezogen nach Caslano, weil es ihm zu mühsam war, immer auf und ab zu gehen, das muss man nämlich in Novaggio. Hier unten am See, da ist es gemächlich zu gehen. Deshalb lebt er jetzt hier, im Hause des Herrn Pereira. Der Herr Pereira will sich aber in ihre Angelegenheiten nicht einmischen. Er hat dennoch mit dem Herrn Soldati gesprochen, und der wird nun unten am See in der Osteria Batello sein Abendessen einnehmen. Herr Pereira hat sich sehr darüber gefreut, dass sie versprochen haben, den Herrn Soldati einzuladen, er findet das sehr großzügig und hat es ihm auch schon erzählt, ehe er hier angerufen hat. Er musste ja hier anrufen, weil er nicht wusste, wo sonst er sie erreichen könnte. Jetzt fragt der Herr Pereira, ob es ihnen Recht wäre, um 19 Uhr zum Abendessen unten in besagter Osteria zu sein, wegen des Essens."

Sie bejahte. Aber Aldeghi sprach nicht weiter, schaute sie fragend an. Sie schaute ebenso fragend zurück, hatte keine Vorstellung davon, was er wollte.

Aldeghi sagte plötzlich „Dann sage ich dem Herrn Pereira also, dass sie den Herrn Soldati heute um 19 Uhr in der Osteria erwarten und dass der Herr Pereira selbstverständlich zusammen mit seiner Frau ebenfalls eingeladen ist?"

Sie nickte mit dem Kopf. Dann konnte sie es sich nicht verkneifen, hinzuzufügen „und seine Kinder selbstverständlich auch."

Aldeghi sprach jetzt wieder auf Italienisch, dann meinte er „Den jüngeren Buben wird der Herr Pereira dann mitbringen, der lebt ja noch zu Hause, der ältere und die Tochter sind ja längst fort von den Eltern. Naja, die Tochter könnte auch mitkommen, vermute ich."

Christiane Müller beschlich das Gefühl, etwas Wichtiges übersehen zu haben, sie grübelte, dann fiel es ihr ein. „Ich darf sie dann sicher auch heute Abend mit einladen?"

„Das kann ich jetzt nicht annehmen, sehen sie, ich habe ja nur den Kontakt hergestellt, einfach so. Aber heute Abend, warum sollten sie mich einladen, der Herr Soldati spricht selber sehr gut Deutsch, da bleibt mir ja gar nichts zum Übersetzen, höchstens, wenn sie von dem Herrn Pereira oder seiner Familie etwas erfahren wollen, das wäre etwas anderes, dann müssten sie mich auch einladen."

Müller schaute Aldeghi einen Moment schweigend an, dann sagte sie lächelnd: „Wissen sie, ich bleibe mal einfach kulturell eine Ausländerin in der Schweiz. Also: Wenn sie mögen, kommen sie einfach. Und wenn nicht, kann ich es auch nicht ändern."

Sie blickte auf ihre Uhr, es war vier Uhr nachmittags. Zwar bot Aldeghi ihr an, sie zu bringen, aber sie wollte sich alleine auf den Weg machen, meinte aber, sie müsse noch irgendwie in Lugano ein Zimmer für sich auftreiben. „Das können sie auch von der Osteria aus machen, fragen sie den Wirt und berufen sie sich dabei auf mich, er wird ihnen helfen.

Als sie nach ungefähr einer halben Stunde Fußweg dort ankam, sah sie gerade noch das Schiff nach Lugano vor dem kleinen Platz mit den alten Kastanien ablegen und fühlte sich plötzlich wie im Urlaub – und da war sie ja eigentlich auch.

Als sie unter Berufung auf Aldeghi fragte, ob man ihr ein Zimmer in Lugano reservieren lassen könne, lautete die Antwort „No, no, no, signora." Und dann wurde sie in ein kleines Zimmer mit Seeblick geführt, das ihr sofort gefiel, Weitaus weniger gefiel ihr jedoch die Art, auf die hier offenbar alles über ihren Kopf hinweg entschieden wurde.

Als Aldeghi bereits um kurz nach 6 eintraf, sich ungefragt zu ihr setzte, war ihr schon alles Recht. „Vielleicht sollte ich mich entschuldigen, aber meine bevormundende Art war auch ein wenig eine Rache an Herrn Nottebrook, der sie mir als Polizistin avisiert hat. Ich werde ihn morgen anrufen und ihm sagen, dass er ihre Rechnung zu übernehmen hat."

„No, no, no." Er fuchtelte mit den Händen, als sie widersprechen wollte, und sein Gesichtsausdruck war eindeutig. Christiane Müller fühlte sich plötzlich wohl bei seiner Entscheidungsfreude, genau wie sie sich bei der entgegengesetzten Leidenschaft Schwabs gestern wohl gefühlt hatte. Einen Moment überlegte sie.... „Eigentlich hätte ich ja auch ihre

Frau mit einladen sollen, das möchte ich jetzt eigentlich nachholen, sonst fühlen sie sich noch benachteiligt gegenüber dem Herrn Pereira."

„Nein, nein, so weit sind wir nicht, ich bin verlobt, mehr nicht." Er lächelte. „Obwohl, das ist nicht mehr wirklich zeitgemäß, verlobt, nicht wahr, hier nicht, bei ihnen in Deutschland wohl auch nicht, wenn ich ihr Land richtig verstehe."

Als der Kellner vorbei kam, konnte sich Christiane Müller überzeugen, dass Aldeghi zumindest so flüssig italienisch sprach, dass sie mit ihrer weitreichenden Unkenntnis dieser Sprache ihn für einen Muttersprachler zu halten geneigt war.

Sie verließen den Gastraum der Osteria und setzten sich auf der gegenüberliegenden Straßenseite unter den Kastanien an einen Tisch mit Blick auf den See. Aldeghi erwies sich als ein unterhaltsamer Mensch, er erzählte ihr einiges über den Malcantone, die Dörfer oben, einst sehr arm, jetzt angesagte Adressen für wohlhabende Großstädter. Die Dorfbilder seien immer noch sehr ursprünglich, wenn man bei der Ursprünglichkeit auf das Ärmliche zu verzichten bereit sei. Hier unten sei es natürlich anders, die kleine Altstadt von Caslano sei da eher die Ausnahme, aber sie habe ja den Rest des Ortes gesehen, Einzelhäuser wie in allen wohlhabenden Gegenden Mitteleuropas.

Christiane Müller meinte, sie habe auch etliche Apartmenthäuser gesehen, „Ja, das stimmt, viele Wohnungen, auch einige Ferienwohnungen. Aber trotzdem, die Schweiz hat im Gegensatz zu ihrem Land viele Altstädte, mit alten Häusern, wissen sie, woran das liegt?"

Christiane Müller kam nicht auf das Naheliegende, rätselte um Denkmalschutz und derlei Dinge, bis Aldeghi sie unterbrach „Nein, nein, der Krieg. Das hat die Schweiz mit Portugal gemeinsam, wie der Herr Pereira ihnen nachher erläutern kann, beide Länder haben sich nicht beteiligt am zweiten Weltkrieg. Aber wir haben mehr dabei verdient als die Portugiesen, auch kein Krieg kann ein Geschäft sein."

Er schaute auf „Hamburg muss ziemlich zerstört worden sein, oder habe ich das falsch gehört?"

„Doch, aber das war natürlich vor meiner Geburt."

„Ich hätte nichts anderes vermutet", meinte Aldeghi. Christiane Müller verstand nicht gleich, war dann unsicher, ob sie dies als Unverschämtheit oder als Kompliment nehmen sollte.

Sie wurde des Nachdenkens darüber enthoben, als eine kleine Gruppe, bestehend aus einem recht alten Mann im Rollstuhl, einem Paar etwas jünger als sie selber und zwei junge Leute, ein Mann, wohl noch ein Jüngling, dachte sie, und eine junge Frau von Anfang 20 eintrafen. Aldeghi stand auf, stellte vor: „Der Herr Soldati, Herr und Frau Pereira, der minderjährige Sohn – der volljährige hat keine Zeit heute – und die Tochter, meine angehende Gattin." Er gab ihr einen Kuss.

Es dauerte eine Weile bis alle saßen, dann wurde das Essen bestellt, die Getränke, dabei wurden ständig Gedanken ausgetauscht, auf Deutsch, auf Italienisch, auf Portugiesisch. Christiane Müller kam zu dem Ergebnis, dass alle außer Soldati und ihr selbst Italienisch und Portugiesisch sprachen, während nur Soldati, Aldeghi und sie selber des Deutschen mächtig waren. Gelegentlich schienen allerdings Soldati und Pereira auch Französisch miteinander zu sprechen.

„Vielleicht sollten wir vor dem Essen noch ein wenig zum Thema kommen, die Frau Müller ist, das habe ich heute erfahren, keine Polizistin mehr, aber sie arbeitet freundschaftlich mit der Hamburger Polizei oder doch zumindest mit einem oder zweien ihrer Mitarbeiter zusammen und ermittelt jetzt." Dann wiederholte er das Ganze auf Italienisch, und Müller hatte den Eindruck, dass er dabei einiges mehr erzählte. Im weiteren Verlauf des Abends sprach er dann mit Pereira und Soldati portugiesisch oder italienisch, mit Müller und Soldati deutsch. Dabei entwickelte er fast die sprachliche Virtuosität eines Simultanübersetzers.

„Eigentlich wollte ich wissen, ob sie…" Müller wandte sich jetzt an Soldati „… sich eigentlich noch an das Wochenende mit dem Herrn Reuter erinnern können, also das ist das erste."

Soldati lächelte. „Es wäre doch ein Wunder, wenn ich das vergessen hätte. Wann wird man schon einmal Beteiligter an einem Mord, selbst in meinem Alter gehört das zu den ungewöhnlichen Erinnerungen. Ich habe ja damals viel erzählt, aber wenn ich den Herrn Aldeghi recht verstanden habe, hat der Beamte, der die meiste Zeit mit mir geredet hat, das Protokoll wohl nicht auf die Art geführt, auf die deutsche Beamte nach einem internationalen Vorurteil das zu tun pflegen."

Müller war etwas überrascht, nickte trotzdem.

„Wir hatten also den einen Tag miteinander verbracht. Ich kannte Herrn Reuter flüchtig, wir hatten in Lissabon hin und wieder im selben Hotel übernachtet, und da spricht man – sprach man miteinander, wenn man der deutschen Sprache mächtig war, über dies und jenes, beiläufiges, er hatte mir seine Karte überlassen, und als ich dann nach Hamburg reiste, schrieb ich ihm, denn er hatte mir eine Stadtführung angeboten. Seine Antwort kam prompt, und ich erfuhr, das er mittlerweile in Kiel lebte, einer Stadt, in der, wie er schrieb, zu leben ihm ein Notbehelf zu sein schien. Jedenfalls trafen wir uns dann in dem neuen Hotel in dem neuen Büroviertel am Stadtpark, Geschäftsstadt Nord stand an den Bussen. Und von dort machten wir den Ausflug, bei dem das Ehepaar Brum sich anschloss."

Dann wechselte Soldati ins Italienische, er erzählte eine ganze Menge, danach gab es ein Zwiegespräch zwischen ihm und Vater Pereira, in das sich irgendwann auch Frau Pereira und Aldeghi einschalteten. Christiane Müller wartete ab, bis Aldeghi sich an sie wandte.

„Der Herr Soldati hat gerade beschlossen, ihnen noch eine wichtige Information zu geben, Frau Müller. Er hat sich nämlich aus ganz speziellen Gründen mit dem Reuter in Hamburg verabredet."

„Ja." Jetzt sprach Soldati wieder Deutsch. „Wissen sie, Frau Müller, da kam erst einmal so vieles zusammen. Einmal muss ich sagen, dass ich den Herrn Reuter in Lissabon kennengelernt hatte, aber im Grunde nicht gut kannte. Unsere einzigen Gemeinsamkeiten waren, wie sich bald herausstellte, unsere häufigen Besuche in Lissabon und unsere Liebe zur Geschichte des interkontinentalen Flugverkehrs. Ein Hobby, das verbindet, auch uns, aber mehr war da nicht. Bis auf eine Angelegenheit, aber – da denke ich noch nach, was sie davon wissen müssen. Als wir uns mehrmals in Lissabon trafen, stellte sich doch eine große Entfernung in politischen, moralischen, literarischen, musikalischen Angelegenheiten heraus, und wohl auch in anderen Fragen, das haben wir nicht mehr herausgefunden, wollte ich auch nicht mehr herausfinden."

Soldati wechselte ins Italienische, und jetzt begann Aldeghi fast simultan zu übersetzen.

„Der Herr Soldati erzählte, dass er auch zwei oder dreimal mit dem Herrn Reuter geschäftlich zusammengesessen ist, da ging es um Protokolle bei Handelsgeschäften. Der Herr Soldati hat als junger Mann für Credit Suisse gearbeitet, und da hat er Goldtransporte begleitet. Meist auf schweizerische Rechnung, manchmal auch auf deutsche, was aber nicht immer ganz legal war."

„Die Schweiz hat Handel mit Portugal getrieben, damals, in großem Umfang?" Müller war überrascht.

„Ja aber sicher, denken sie, Frau Müller, ganz Europa war von den Achsenmächten besetzt, Lissabon war neutral, war damals also der Hauptein- und -ausfuhrhafen für die Schweiz. Der Herr Soldati meint nun, dass er in Lissabon auch häufiger mit Flüchtlingen aus Deutschland zu tun hatte, die jetzt versuchten, Europa zu verlassen. Darunter waren auch solche, die noch ein Konto in der Schweiz hatten. Und das war dann manchmal eben ein Konto bei der Credit Suisse, eigentlich war es nicht sein Geschäft, aber manchmal wurde da auch etwas transportiert, es gab ja auch Schließfächer.

Ich komme noch mal auf die Hamburger Ereignisse zurück. Soldati meint, er habe zunächst überlegt, ob er den Brums Schwierigkeiten bereiten könnte, wenn er das alles erzählt. Als er dann mit ihrem unzuverlässigen Kollegen sprach – von Soest, glaube ich, sagte Herr Nottebrook, also mit diesem Soest hat er gesprochen, und einiges davon erzählt, was genau und was genau nicht, das ist auf die Entfernung in der Zeit nicht mehr auszumachen, da hat der recht ablehnend reagiert. In etwa hat er wohl gefragt, ob der Herr Soldati ihm denn sein Ehrenwort geben könne, nichts damit zu tun zu haben, und als der Herr Soldati das etwas verwundert getan hat – der Herr Soldati erinnert sich übrigens nicht an den Namen Soest – also da hat der Soest gesagt, dann solle man hier nicht zu tief einsteigen, das würde ja auch internationale Verwicklungen bringen, und er wolle doch hier keinen Schweizer unter – noch dazu falschem – Mordverdacht festsetzen, und da kommt jetzt unser Essen, aber wir sind wohl auch fertig."

Es wurde ein angenehmer Abend. Es kam allerdings zu einem kleinen Zwischenfall, als Müller sich zu einem Grappa eine Zigarette ansteckte – sie hatte schon lange um Erlaubnis gebeten und diese von allen Anwesenden erhalten, dabei festgestellt, dass auch Pereira rauchte. Als sie nun diese Zigarette zu einem Grappa ansteckte, fragte Soldati plötzlich, ob sie ihm eine anbieten möge. Daraufhin kam es zu einigen Diskussionen auf Italienisch, die sie nicht verstand, schließlich hatte Soldati seine Zigarette geraucht und erklärte auf Deutsch, er habe nun vor 26 Jahren mit dem Rauchen aufgehört und der Geschmack einer Zigarette sei etwas wunderbares. Er würde heute damit beginnen, dieses Laster wieder zu betreiben, bis an sein Lebensende. Die darauf erneut losbrechenden italienischen Diskussionen stoppte er mit einer zittrigen und doch irgendwie energischen Handbewegung und fragte, ob die Frau Wachtmeister ihm wohl eine Schachtel von ihren Zigaretten überlassen könne, da er sonst zunächst einmal ein Raucher ohne Zigaretten wäre – was nach seiner Erinnerung ein sehr bedrückender Zustand sei. Müller holte daraufhin die drei Schachteln, die sie noch in ihrem Gepäck hatte.

Es war völlig dunkel geworden, ehe Aldeghi zum Aufbruch mahnte. „Ich muss morgen wieder sehr früh mit der Arbeit anfangen, die Gendarmerie ist immer im Dienste der kantonalen Bevölkerung im Einsatz." Pereira wollte aufstehen, da legte Soldati ihm eine Hand auf den Unterarm, fragte dann etwas auf Portugiesisch. Es ging ein wenig hin und her, sie schienen etwas abzuwägen, dann redete Pereira etwas länger, machte eine Geste, die, so schien es Müller, sagte, Soldati solle da selber entscheiden. Und der ergriff dann noch einmal das Wort.

„Natürlich habe ich den Reuter nicht nur zufällig getroffen. Aber was genau dahinter steckte, das möchte ich nicht erzählen. Eigentlich. Geben sie mir Bedenkzeit bis morgen, sie sind ja noch hier. Wissen sie, ich erzähl noch eine Geschichte über den Reuter.

Die Inquisition hat im 16. Jahrhundert die Juden, fast alle, aus Portugal vertrieben. Viele von ihnen wanderten in die Niederlande aus. 1944 bot die deutsche Regierung Salazar dann an, einige 100 Nachfahren dieser Juden nach Portugal ausreisen zu lassen, gegen die Lieferung von Wolfram. Das Geschäft kam nicht zu Stande, es scheiterte an der portugiesischen Seite, angeblich auf Druck der Alliierten, was ich allerdings eher für ein Gerücht halte. Die waren zwar allgemein gegen die Wolframlieferungen nach Deutschland, aber es ging nie um dieses besondere Geschäft. Genau weiß ich es natürlich auch nicht. Jedenfalls behauptete Reuter 1946, als ich ihn das erste Mal nach dem Krieg wieder sah, er habe sich vehement für dieses Geschäft eingesetzt, und dann legte er sehr überzeugend dar, er habe dabei niemals und nimmer an die deutsche Waffenproduktion gedacht, sondern stets nur ,diesen armen Menschen' das Leben retten wollen. Aber im Krieg sei Humanismus ja die Angelegenheit einiger weniger, sehr weniger Menschen, und so habe er keinen Erfolg gehabt. Ich hab das damals noch geglaubt, später war mir klar, was davon zu halten war."

Müller bedankte sich, fragte, ob sie sich dann morgen wieder treffen sollten.

„Nun, ich möchte schon mit den Pereiras noch darüber sprechen, die sind da auch ein wenig betroffen, indirekt, das will ich alles nicht verheimlichen. Aber ich möchte die Geschichte sowieso für mich abschließen, wenn ich sie ihnen nicht erzähle, werde ich sie aufschreiben, sie werden sie also bekommen, bevor ich sterbe." Er lächelte.

Christiane Müller schluckte, wusste nicht, wie sie reagieren sollte. Sie stotterte ein wenig herum, dann verstummte sie, wollte noch ein wenig mit den Nachfragen warten.

„Ja, ich merke schon, sie würden gerne wissen wann das ist? Also wann ich sterbe? Und sie trauen sich nicht zu fragen?" Soldati schaute sie auffordernd an.

Jetzt wurde Christiane Müller tatsächlich rot, hilfesuchend schaute sie zu Aldeghi, der fast unmerklich nickte. „Ja" sagte sie.

„Ende nächsten Monats. Und jetzt können wir gehen."

Christiane Müller verbrachte noch einen weiteren Tag im Malcantone, nachdem der junge Pereira sich als Fremdenführer angeboten hatte. Offenbar kam er sich wichtig vor, bei einem 17jährigen, so dachte Müller, eher atypisch, aber sie lernte die Gegend ein wenig kennen, ehe sie am Abend noch einmal bei der Gendarmerie vorbeischaute.

Aldeghi war gerade am Gehen. „Frau Müller, schön, sie noch einmal zu sehen." Er lächelte ihr zu.

„Ich wollte mich einfach noch einmal für ihre Unterstützung bedanken. Und dann - nein, erst einmal wollte ich mich bedanken. Sie haben mir sehr geholfen." Sie drückte Aldeghi die Hand.

„Und sagen sie, haben sie eine Idee, ich meine, der Herr Soldati wollte da ja etwas schreiben, ich meine...."

„Jajajaja, ich weiß, was sie fragen wollen. Wir sind hier in der Schweiz, da dürfen die Menschen manche Dinge selber entscheiden, die sie in Deutschland nicht selbst entscheiden dürfen. Und der Herr Soldati ist sehr krank, er redet nicht drüber, manchmal hat er entsetzliche Schmerzen. Wenn er irgendwo hin aufbrechen will, geht es nur noch im Rollstuhl, und es wird nicht mehr besser werden. Sondern täglich schlimmer. Sterbehilfe ist bei uns erlaubt, deshalb konnte er so genau sagen, wann das sein wird, nach seinem Tod. Ich glaube, er will diese Geschichte noch einmal loswerden, meine Verlobte hat mir erzählt, dass mein künftiger Schwiegervater ihr berichtet hat, der Soldati habe gestern Nachmittag, also bevor wir uns trafen, noch sehr eindringlich davon gesprochen, dass ihm die alte Geschichte auf der Seele liege, dass er sie loswerden wolle. Er wird wohl mit meinem Suocero, meinem Schwiegervater, sprechen, und dann entscheiden, was jeder wissen darf und was nicht. Aber wie genau das dann aussehen wird, weiß ich nicht. Jedenfalls – meine Frau sagte, mein Schwiegervater hatte den Eindruck, da wäre etwas, was Herr Soldati unbedingt noch abschließen will, ehe er stirbt. Aber sie werden da einfach abwarten müssen. Bleiben sie morgen noch, dann werden wir wissen, ob der alte Soldati erzählen will oder schreiben. Was wohl dann eher diktieren bedeuten würde."

Kapitel 26 Lissabon 2013

Die S-Bahn fuhr zwar bis zum Rossio, Nottebrook stieg aber nach einem Anruf Rodrigues' in Cacém um in eine S-Bahn Richtung Oriente. Er fuhr bis Roma-Areeiro, dort wartete Rodrigues schon auf ihn.

Sie hatten noch einen Fußweg von etwa 20 Minuten vor sich, teilweise durch kleine Straßen, teilweise überquerten sie breite Hauptverkehrsachsen. Auf dem Weg fragte Rodrigues, ob es mit den Spesen geklappt habe, Nottebrook bejahte das. Tatsächlich hatte er bei Weise einen kleinen Betrag locker gemacht. Später würde er bedauern, dass er so bescheiden geplant hatte.

Dann betraten sie ein angejahrtes Mietshaus. Im zweiten Stock empfing sie eine ältere Dame, nein, eine sehr alte Dame, korrigierte sich Nottebrook in Gedanken. Nach der Begrüßung bot sie ihnen Plätze an, dann bereitete sie in aller Ruhe drei Bicas zu. „Açúcar?" „Sim."

Schweigend tranken sie ihren Kaffee. Alles geschah mit einer Selbstverständlichkeit, als sei dies ein seit Jahren oder Jahrzehnten eingeübtes Ritual – und vielleicht war es das ja auch. Die Frau war klein, sehr klein, ihre Kleidung schwarz, die Möbel in der Wohnung schienen aus ihrer Jugend zu stammen, oder waren es sogar Erbstücke? Irgendwann in den 30er oder 40er Jahren könnten sie getischlert worden sein, vermutete Nottebrook, war sich aber nicht sicher – das war er ja sogar in Deutschland bei Möbeln oft nicht. Auch das Geschirr, die Tassen wirkten alt, aber da kannte sich Nottebrook nun gar nicht aus. Ihm wurde plötzlich klar, dass er ihren Namen nicht wusste, aber das wäre wohl egal, dachte er, João würde ohnehin übersetzen müssen.

Endlich hatten sie ihre Tassen geleert, einen kurzen Moment herrschte noch Schweigen, dann fing die alte Dame an zu reden. Zu Nottebrooks Überraschung sprach sie Deutsch. Und sie sprach es schnell und wurde beim Reden immer schneller. Anfangs konnte man noch die Kommas in ihrer Rede ahnen, aber irgendwann reihte sie die Wörter ohne Unterbrechung aneinander.

„Ja, der Herr Reuter, ich erinnere mich daran, zwei Herren haben ihn im Mercedes gebracht. Sie haben sich nicht vorgestellt, aber bei ihrem Auftreten wussten wir ohnehin, woher sie kamen, da sagten wir dann lieber gar nichts, gehorchten nur, mit uns haben sie ohnehin nicht geredet, der Herr Doktor bekam ein paar Anweisungen, dann wurde der Herr Reuter in Gips gelegt, aber das war kein richtiger Gips, das wäre ihm zu lästig gewesen, der ließ sich abnehmen, nur an den Armen, unter der Decke natürlich nicht, und ein Verband um den Kopf, aber der Herr Reuter sah dann aus wie ein Mensch mit vielen Knochenbrüchen wenn er so dalag im Bett, und da lag er wenn jemand kam, jedenfalls wenn das jemand war, der angemeldet war, wenn dann niemand angemeldet war verließ er das Bett und ging in einen anderen Raum, so hatte er hier zwei Räume, ein Krankenzimmer ganz für sich alleine und einen Raum, in dem er sich aufhielt, wenn er nicht den Kranken spielte, da stand auch sein Krankenbett, wenn er nicht im Krankenzimmer war, wenn dann jemand kam, der nicht angemeldet war, dann legte er sich ins Krankenbett und wurde zurechtgemacht und dann in dem Bett in sein Krankenzimmer geschoben und der unangemeldete Besucher bekam die Information, dass der Herr Reuter gerade zum Röntgen sei oder zu einer anderen Untersuchung, meistens haben wir nur Untersuchung gesagt, das kam ja nicht drauf an, das wollten die unangemeldeten Besucher sowieso nicht wissen, wenn es gar nicht passte konnten wir sie auch wegschicken, denn wir hatten damals unsere Besuchszeiten, da konnte nicht jeder kommen wann er wollte, nur die Angehörigen, wenn sie das Essen brachten, zu den Essenszeiten, aber der Herr Reuter hatte keine Angehörigen hier dem brachte keiner das Essen, wegen dem allen hat der Herr Doktor gesagt ich soll mich jetzt einfach nur um den Herrn Reuter kümmern und ich musste ihn zurecht machen für das Krankenbett dass er aussieht wie ein sehr verletzter Mensch und ich musste ihm auch das Essen holen und alles andere und dann kamen auch die Herren immer wieder wenn die kamen dann ist der Herr Reuter nicht in das Krankenbett gegangen sondern blieb in dem anderen Zimmer wo er sie empfing und mit ihnen redete und ich musste dann rausgehen ich hatte ja Deutsch gelernt von meiner Mutter die hier in Portugal gelebt hatte aber schon tot war mein Vater war Portugiese und hat nie Deutsch gelernt aber mit dem Herrn Reuter musste ich Deutsch sprechen und dann kamen die Herren mit denen hat er wohl Portugiesisch gesprochen aber da musste ich immer rausgehen und der Herr Reuter hat mich hinausgeschickt und ich sollte nichts hören und hinterher haben die Herren mich gewarnt wenn ich irgendwem erzählen würde dass der Herr Reuter gar nicht so verletzt sei oder auch sonst etwas täte was dem Herrn Reuter schaden würde dann käme ich wohl nach Tarrafal und das wollte ich natürlich nicht und ich hatte viel Angst und deshalb habe ich niemandem etwas gesagt noch lange sogar nach 1974 habe ich niemandem etwas gesagt und wenn ich etwas gesagt habe und auch jetzt dann habe ich immer noch Angst obwohl ich doch weiß dass es dafür keinen Grund gibt und der Herr Reuter war zuerst sehr höflich aber nachdem er einige Wochen da war sagte er er sei auch nur ein Mann ich wollte aber nicht aber er hat gesagt dann wäre er nicht zufrieden und dann habe ich an Tarrafal gedacht und ich wusste gar nicht ob da auch Frauen hingeschickt werden und ich habe eigentlich gedacht dass die Herren das so gar

nicht gemeint hatten dass ich nichts tun soll womit der Herr
Reuter unzufrieden ist aber ich wollte das dann doch lieber
nicht ausprobieren also eigentlich hätte ich das lieber auspro-
biert aber ich hatte zu viel Angst und da habe ich mich nicht
gewehrt und so musste ich dann jede Nacht oder nicht jede
aber viele Nächte zu dem Herrn Reuter ins Bett und manchmal
auch am Tag und da Essen holen aber mit ihm Essen durfte ich
nicht nur wenn ich bei ihm liegen musste ich war damals ja
gerade 17 dann hat er so getan als wäre das ganz normal und
hat sich mit mir unterhalten also er hat sich nicht unterhalten
er hat einfach erzählt und ich habe nichts gesagt aber so wollte
er das wohl auch und er hat erzählt wie schwer er es hat und
dass er Angst hat dass er nach Dachau kommt wenn das hier
nicht klappt und ich wusste schon dass Dachau so etwas ist
wie Tarrafal aber er hat mir trotzdem mit Tarrafal gedroht und
ich habe gedacht von mir aus kann er gerne nach Dachau kommen aber dann habe ich gedacht wenn der Herr Reuter nach
Dachau kommt dann schicken die Herren mich sowieso nach
Tarrafal wenn die da überhaupt Frauen hinschicken und ich
hab dann dagelegen und das alles mit mir machen lassen und
das Kind hat der Herr Doktor weggemacht da hat der das erst
mitbekommen und hat dem Herrn Reuter ins Gewissen geredet und dass das nicht ginge und dann waren am nächsten Tag
die Herren da und die haben mit ihm geredet nicht lange und
sie haben ihn nicht mitgenommen und da war er froh und ich
war auch froh weil der Herr Doktor hat sich um mich gekümmert wenn ich geweint habe und nicht wie andere Männer versucht sich auch an mir zu vergehen und er hat mir geholfen
und es tat ihm so leid und wenn er das geahnt hätte hätte er ja
nie gesagt dass ich mich um den Herrn Reuter kümmern soll
und dann musste ich mich wieder um den Herrn Reuter kümmern und der hat mir erzählt wie mutig er ist dass er jetzt gegen den Hitler sei und obwohl er dafür doch nach Dachau
kommen würde und ich habe ihn einmal gefragt warum nach

Dachau das sei doch in Bayern und er komme doch aus Hamburg und da hat er mich geschlagen aber sonst hat er mich nicht geschlagen und ich habe gedacht in Tarrafal wird man viel schlimmer geschlagen und dann habe ich ihm auch nicht mehr widersprochen und er hat gesagt wie mutig er ist und ich habe gedacht das ist also mutig wenn einer gegen den Hitler ist wenn er weiß dass der Krieg verloren ist und der Hitler bald weg ist aber das habe ich nicht gesagt damit er mich nicht wieder schlägt und dann hat er irgendwann erzählt dass er das alles tut und so mutig ist auch für mich dass ich nicht dem Hitler in die Hände falle und ich habe gedacht dass das alles egal ist der Herr Hitler oder der Herr Reuter oder der Herr Salazar aber das habe ich natürlich nicht gesagt denn dann hätten mich die Herren bestimmt geholt und ich hatte solche Angst und ich habe immer geweint wenn ich alleine war und manchmal hat der Herr Doktor mich in die Arme genommen und ich habe gemerkt dass er fast ganz krank war und der Herr Doktor hat mich nie bedrängt und nie etwas von mir gewollt und er hat mir geholfen auch hinterher und hat sogar dafür gesorgt dass ich ehrenhaft heiraten konnte das war aber viel später und wenn er nicht gewesen wäre wäre ich wohl tot weil ich dann gar nicht mehr hätte leben wollen aber das war alles später als der Krieg vorbei war und der Herr Reuter weg war."

Abrupt riss ihr Redestrom ab. Sie saß da, starrte aus dem Fenster, aber sie sah anscheinend nirgendwo hin.

Fast 5 Minuten herrschte Schweigen, und diese Minuten schienen Nottebrook endlos zu sein.

Plötzlich stand sie auf, normal, ihr Blick wurde im selben Moment lebendig wie vorher bei der Begrüßung uns sie sagte: „Ich mache uns noch drei Bicas."

Nottebrook nickte, dann meinte er: „ich würde gerne noch etwas fragen:" Rodrigues schüttelte deutlich erkennbar den Kopf. „Ja?" fragte sie.

„Haben sie zu der Bica etwas Milch?"

„Einen Chinesa nennt man das auf Madeira, Pingo in Porto, hier sagt man Pingado, aber sie können gerne etwas haben."

Nottebrook schämte sich, fast hätte er tatsächlich alles weiter aufgewühlt, was sie erzählt hatte.

Während sie ihre Bicas tranken berichtete sie begeistert davon, wie wunderschön das neue Aquarium in Oriente sei, und am Ende zogen sie zu dritt dorthin. Am liebsten hätte Nottebrook ihr eine Jahreskarte gekauft, denn den Eintritt würde sie sich nicht oft leisten können. Aber es gab keine.

Am Anfang des Rundgangs wechselten sie noch das eine oder andere Wort über die Fische und Tiere, die sie sahen, vor allem die Pinguine hatten es Nottebrook angetan, aber auch der Frau, deren Namen er immer noch nicht wusste. Er würde sie fragen.

Aber dann überlegte er es sich anders. „Ich heiße Klaus, Klaus Nottebrook"

„Klaus Nottebrook" sagte sie, es klang wie Nottebrocki, „ich werde dich Nottebrocki nennen, so würde ein Portugiese das sprechen, auf Deutsch klingt das niedlich. Ich heiße Madalena. Madalena Hinze Soares, aber nenn mich einfach Madalena, Nottebrocki."

Sie lächelte, wandte sich um, ging zielstrebig ein Stück zurück. Vor einer der vier riesigen Scheiben im Untergeschoss, die Einblick in das riesige Zentralbecken des Aquariums boten, ließ sie sich vorsichtig auf dem Fußboden nieder. Die beiden Männer folgten ihr, sie waren nicht die einzige Gruppe, die hier saß, die meisten schwiegen, schauten den Fischen zu. Vor allem der Mondfisch schien die Besucher zu faszinieren.

Nach einer Weile sagte Madalena: „Manche haben gesagt, ich sei verrückt. Ich bin damals auch fast verrückt geworden. Später war ich im Krankenhaus, nach dem 25.April. Aber viel hat das nicht geholfen, ich habe halt gelernt, damit umzugehen. Meistens hat es mich losgelassen, nur manchmal, dann muss ich darüber reden, muss es jemandem erzählen. Aber ich kann mich nicht selbst belügen, wenn ich es einem Psychiater erzähle, oder einem Sozialarbeiter, oder auch einem Bekannten, der die Geschichte schon lange kennt, dann hilft es mir nicht, weil es sie ja nicht wirklich interessiert. Deshalb war es ein großes Glück, dass João dich angekündigt hat, mitgebracht hat, Nottebrocki. So konnte ich die Geschichte noch einmal einem erzählen, der sie noch nicht kannte. Und der sie sogar wirklich wissen wollte."

Sie schwieg eine Weile. „João hat mir erzählt, du schreibst ein Buch über den Herrn Reuter?"

„Naja, ich versuche es, recherchiere hier und da, frage Leute aus." Nottebrook wirkte jetzt etwas verlegen, das war halb ehrlich, halb Koketterie. Dann erinnerte er sich wieder an die Geschichte, die Madalena ihm erzählt hatte, und er wurde ernst. „Ich werde über das, was du mir erzählt hast, nichts schreiben, wenn du es nicht willst, entschuldige."

Sie schwiegen, während der Mondfisch langsam an ihnen vorbeizog.

„Nein, ich möchte nicht, dass du darüber so schreibst, wie ich es eben erzählt habe. Auch kein anderer soll das." Ihr Gesicht war jetzt der Glasscheibe zugewandt. Sie wirkte nachdenklich. „Aber ich werde versuchen, es dir noch einmal zu erzählen, Nottebrocki, wenn du Zeit hast. Die hast du doch, oder?"

João sagte leise „Sim, Madalena, sim. Und er hat ein wenig Geld von seiner Behörde bekommen, um dich für zwei Tage an die Praia Grande einladen zu können. Du kannst das annehmen, es ist in Ordnung. Wenn du willst, bringe ich dich morgen hin."

„Morgen ist gut. Aber ich fahre mit der S-Bahn nach Sintra, Nottebrocki soll mich dort abholen, am Bahnhof in Sintra."

Madalena schaute dem Mondfisch hinterher, der sich langsam zur entgegengesetzten Seite des Aquariums entfernte, ihnen jetzt die Rückseite zu wandte, schmal aussah statt rund.

Plötzlich begann sie, Portugiesisch mit João zu reden, zwischendurch meinte sie auf Deutsch: „Das ist jetzt unhöflich, ich weiß, aber João hat ab morgen Urlaub – und danach wird er nur noch einmal zehn Monate arbeiten, sich verabschieden, sozusagen. Darüber reden wir." Dann wechselte sie wieder ins Portugiesische.

Vom Aquarium gingen sie noch einmal ein paar Schritte hinüber zum Tejo, Madalena ging ganz bis zur Ufermauer, Nottebrook und Rodrigues blieben ein wenig zurück.

Viel später, als sie Madalena nach Hause gebracht hatten, führte João ihn in ein winziges Restaurant, es gab zweierlei Fisch und ein Fleischgericht, keine große Auswahl, wenig Publikum, nach dem Essen wollten sie noch reden.

Nottebrook erinnerte sich, dass es einmal geheißen habe, der Kollege von der Lissabonner Polizei sei ein Chinese, jetzt fragte er nach, ob Rodrigues wisse, was es damit auf sich habe.

Der lachte. „Stimmt, ich bin in Macao geboren, das war damals portugiesisches Pachtgebiet, inzwischen ist es an China zurückgefallen. Aber meine Eltern sind schon in meinem ersten Lebensjahr nach Lissabon gezogen, hatten genug davon, in der Welt herumzuleben – sagt man das so?"

„Nein, aber man versteht es, ich jedenfalls, sie haben also nicht nur in Macao gelebt?"

„Nein, während des zweiten Weltkriegs zum Beispiel waren sie in Osttimor. Falls du davon schon mal gehört hast."

„Ein bisschen, eine ehemalige Kolonie, langer Unabhängigkeitskrieg, von Portugal, aber wohl nicht nur, oder?"

„Nein, danach wurde es von Indonesien besetzt, es dauerte ziemlich lange bis zur Unabhängigkeit."

„Ja, wobei ich nicht weiß, ob es nicht – also, wenn es keine Kolonie gewesen wäre, hätte es dann nicht sowieso zu Indonesien gehört?"

„Ach, Klaus, Ihr seht die Welt immer so wohlgeordnet. Ich erzähl dir, wie es war, in Osttimor, im zweiten Weltkrieg. Das ist lehrreich und interessant, vor allem aber hat es vielleicht, ganz vielleicht, auch etwas mit Reuter zu tun, wenn auch indirekt, wegen der Basen."

Rodrigues bestellte noch zwei Bier, dann fuhr er fort: „Die Ausgangslage für Osttimor ist recht klar: Die portugiesische Regierung vertrat die Auffassung, dass sie (trotz der Bereitstellung von Lajes Field) im zweiten Weltkrieg neutral sei. Dies wurde aber von den Achsenmächten (also der Kriegspartei, der auch Deutschland angehörte) anders gesehen, entsprechend besetzte Japan 1942 Osttimor. Offizielle Bezeichnung war damals Portugiesisch Timor."

„Wie verhielt sich damals Indonesien, wenn Westtimor schon zu Indonesien gehörte?"

„Indonesien gab es nicht, das war damals Niederländisch-Indien. Und dazu gehörte auch Westtimor, und erst einmal erwartete man dort eine japanische Invasion. Komisch, wenn ich in Deutschland war, habe ich immer gemerkt, dass Ihr längst vergessen habt, dass Ihr damals Kriegsverbündete mit Japan wart. Italien, da könnt Ihr Euch gerade mal noch dran erinnern. Aber auch nicht so genau.

Gut. Im Dezember 1941 traf eine australische Armeeeinheit zur Unterstützung der Königlich Niederländisch-Indischen Armee in Westtimor ein. Portugal – nein, die Salazar-Regierung - lehnte eine Zusammenarbeit mit den Alliierten ab und plante die Verstärkung der eigenen Truppen in Osttimor zum Schutz gegen eine mögliche japanische Invasion. 400 australische und niederländische Soldaten besetzen daraufhin Osttimor, der Gouverneur erklärte sich unmittelbar danach zum Gefangenen und Salazar protestierte offiziell gegen die Besetzung. Inoffiziell kooperierten die portugiesischen Behörden in Osttimor mit den Alliierten. Naja, möglicherweise wurde das sogar von ganz oben gedeckt, und der Protest war eher fürs Fenster.

Im Februar 1942 besetzte Japan erst Ost-, dann Westtimor. Ende 1942 zogen die letzten alliierten Truppen ab. Die meisten Portugiesen in Osttimor sympathisierten mit den Alliierten und viele kämpften aktiv militärisch gegen die Japaner, erwähnenswert sind „internationalen Brigaden", die Bezeichnung stammt wohl von australischen Militärs: Zu diesen Einheiten gehörten portugiesische Kommunisten, Sozialisten und Liberale, die nach Timor deportiert worden waren, aber auch Armeeoffiziere. Naja, für dich als Deutschen muss ich wohl darauf hinweisen, dass es auch in dieser Phase der Salazar-Diktatur eine linke Opposition innerhalb der portugiesischen Militärhierarchie gab."

„Ich kann jetzt nicht ganz folgen, was machte man damals in Portugal mit der linken Opposition? Kam sie nach Tarrafal und Peniche, oder wurde sie auf entlegene Inseln wie Osttimor deportiert, oder war sie beim Militär?"

„Je nachdem, und es gab sogar linke Offiziere, die ganze Zeit, Klaus, das war alles nicht so eindeutig wie bei Euch, obwohl es ja sogar bei Euch Opposition im System gab, aber ich denke, das waren oft Leute, die vom Glauben abfielen, als sie merkten, dass Deutschland den Krieg verliert. Naja, und vielleicht einige echte Oppositionelle, die sich gut versteckt hatten. Aber das ist nur die unmaßgebliche Meinung eines Ausländers."

Rodrigues schaute auf:

„Zurück zum Thema: Im Gegensatz zu Westtimor, das die Japanischen Streitkräfte auch dank der Unterstützung durch die einheimische Bevölkerung bald fest unter ihrer Kontrolle hatten, kam es in Osttimor zu fortgesetzten Auseinandersetzungen. Die einheimische Bevölkerung war dabei gespalten.

Aber spannend ist vor allem, was nach dem Ende des Kriegs passierte: Vor der Rückgabe Osttimors an Portugal zum Ende des zweiten Weltkriegs gab es – wie soll ich es sagen - einige diplomatische Unstimmigkeiten zwischen Portugal einerseits und Australien und den USA andererseits. Was genau da ablief, weiß keiner – naja, der Liebe Gott und die amerikanischen Geheimdienste werden es schon wissen. Aber während an ersteren viele nicht glauben, glaubt fast niemand den letzteren.

Gerüchte besagen jedenfalls, dass vor allem die USA die Frage der Rückgabe Osttimors an Portugal als Druckmittel für eine weitere Nutzung von Lajes Field und dem Flughafen auf Santa Maria nutzten – und zwar erfolgreich. Und da ist ja vielleicht auch ein Berührungspunkt zu deinem Reuter."

Das Gespräch ging dann noch eine Weile um das herumleben, Nottebrook erfuhr bei der Gelegenheit, dass der Name Rodrigues keineswegs so ursprünglich iberisch war, wie er immer glaube, „Der kommt von dem Westgotenkönig Roderich," sage Rodrigues, „die Westgoten haben im Süden Spaniens und Portugals gelebt, das weißt Du sicher."

Als sie sich verabschiedeten, wussten sie beide, dass sie sich wiedertreffen wollten. Jetzt war nur noch die Frage, ob einer von beiden irgendwann die Initiative aufbrachte, den nächsten Schritt zu tun. Nottebrook bekam gerade noch die letzte S-Bahn nach Sintra, von dort nahm er ein Taxi, danach gelang es ihm tatsächlich, drei Tage lang am Meer zu entspannen, ehe er nach Hamburg zurückflog.

Kapitel 27 Corrida à Corda (Korinna Weise)

Vor allem auf den Inseln São Jorge und Terceira ist die Corrida à Corda bis heute ein wichtiges Ereignis. Das geht mitunter tagelang, jeden Tag eine neue Corrida. Die Stiere werden dabei die Straße entlanggejagt, an einem Strick, der von mehreren Männern gehalten wird, meist weißgekleidet. Mutige Zuschauer wagen es, vor dem Stier her zu laufen oder auch hinter ihm her. Die mutigsten greifen ihn direkt an, manchmal mit „Waffen" wie Geschirrhandtüchern oder Regenschirmen, manchmal provozieren sie den Stier durch ihre bloße Anwesenheit. Das gelingt nicht zwangsläufig, ich habe es oft erlebt, dass ein Stier in aller Ruhe die Straße hinaufspazierte, nur gelegentlich ein wenig stehen blieb, dann ging es ebenso gemütlich zurück. Leicht verdientes Futter, dachte ich dann jedes Mal.

Aber nicht alle Stiere sind so abgeklärt, manche lassen sich durchaus provozieren. Dann geht es los, der Stier stürmt auf eine Zuschauergruppe zu, die Männer (meist sind es immer noch Männer, und ich bin nicht sicher, ob das nicht wirklich mehr mit dem Charakter als mit den Geschlechterrollen zu tun hat), die Männer also flüchten. Wir saßen hoch genug, um die Beine auch dann noch herunterbaumeln zu lassen, wenn unten der Stier wutentbrannt angeschnaubt kam. Die fliehenden Männer erreichten mit den Händen gerade die Oberkante der Mauer, die Kraft reichte dennoch für einen derartigen Klimmzug. Angst macht eben nicht nur Beine, sondern auch Arme. Wir, die wir die ganze Zeit ruhig hier oben saßen, brauchten jedenfalls nicht zu helfen.

Manchmal ist einer der Zuschauer besonders mutig und stellt sich dem Stier, dann bleiben andere Zuschauer stehen und sehen zu. Es gibt etwas zu sehen, manchmal erwischt der Stier den Zuschauer, das kann zumindest schmerzhaft sein, manchmal mehr, allerdings – es ist eine Corrida à Corda, kräftige weiß gekleidete Männer ziehen den Stier im Notfall von seinem Opfer weg.

Abenteuerlich ist es, wenn der Stier sich an einer Gartenpforte zu schaffen macht, und manchmal springt er sogar über eine Mauer, dorthin, wo die Zuschauer stehen. Die Wahrheit ist aber auch hier, dass man vorher weiß, wo das sein wird. Das heißt: Die örtliche Bevölkerung weiß es, und wenn man sich nicht zu schlecht benimmt verrät sie es einem.

Zwischen den Läufen der einzelnen Stiere ist es dann ruhiger, die Straße wird zum Spazierweg, man redet miteinander, in aller Ruhe, trifft Bekannte, es ist ein gesellschaftliches Ereignis. Abends geht es für die Stiere zurück auf die Weide, die Männer gehen in die Kneipe und die Frauen und Kinder gehen nach Hause. Bei den Stieren ist es eindeutig, bei den Männern und Frauen und Kinder ändert es sich allmählich.

Einmal war es übrigens ernst mit den Stieren. Nachdem die Habsburger Portugal annektiert hatten, segelte ihre Flotte auch gegen die Azoren. Zwischen Angra und Praia gingen die schwerbewaffneten Truppen an Land, hielten Ausschau nach bewaffneten Azoreanern. Aber die kamen nicht selbst, sondern schickten ihre Stiere. Und diese Stiere haben gegen die Habsburger eindeutig gewonnen. Ergebnis war, dass die Azoren noch ein paar Jahre unabhängig von Spanien blieben, mit Angra als Hauptstadt.

Wer ein wenig Fantasie hat, ahnt bereits, dass es fast unmöglich ist, zuzuhören, wenn sich zwei Menschen bei so einer Corrida unterhalten. Nicht während des Spaziergangs, da hat der Lauscher eine Chance. Aber wenn alle vor dem Stier fortlaufen ist wirklich nichts zu machen. Dass das nicht im Sinne der PIDE war, kann man sich leicht vorstellen, sie versuchte deshalb, die Corrida à Corda zu verbieten, irgendwie scheiterte das, schließlich wurde sie aufs Wochenende begrenzt, aber auf Terceira geht sie immer noch 4 Tage lang.

Geheimnisse, die weitergetragen werden sollten, wurden also gerne bei der Corrida ausgetauscht. Wir dürfen uns aber nicht vorstellen, dass auch Reuter hier seine Informationen bekam, das wäre bei ihm als Mitarbeiter der Deutschen Gesandtschaft doch ein wenig zu auffällig gewesen – wenn er denn hier Informationen bekam oder bekommen sollte oder wollte.

Handschriftich hatte Korinna Weise folgende Sätze angehängt: Jetzt weiß ich endlich, durch einen Zufall, dass die Hotelgäste aus Massachusetts Brum hießen und in New Bedford lebten. Geboren waren sie in Santa Cruz und Santa Barbara. Nun ist es folgendermaßen: Die drei Hauptwohnorte der Azoreaner (der Größe nach) sind Ponta Delgada auf São Miguel und Fall River und New Bedford in Massachusetts. Der Name Brum ist seit der Einwanderung zahlreicher Niederländer in der ersten Zeit nach der Entdeckung der Inseln einer der häufigeren auf den Azoren. Santa Barbara ist ein Dorf auf der Insel Terceira, Santa Cruz die Hauptstadt der Insel Graciosa. Die Auswanderer nach Massachusetts halten meist weiter an ihren Azoreanischen Wurzeln fest, viele kehren auf die Inseln zurück. Es ist also recht wahrscheinlich, dass sich die Brums und Reuter von den Azoren her kannten.

Kapitel 28 Praia Grande 2013

Nottebrook hatte versprochen, Madalena am nächsten Tag von der S-Bahn abzuholen. Sein Angebot, Ihr eine Taxifahrt von Lissabon zur Praia Grande zu bezahlen, hatte sie abgelehnt. „Ich habe ja nur Gepäck für zwei Nächte."

Madalena wollte gegen Mittag kommen, deshalb nutzte er den späten Vormittag für einen kleinen Rundgang durch die Altstadt von Sintra.

Der Stadtpalast, die engen Gassen, aber auch die etwas weiteren Plätze (die heute vor allem dem Verkehr dienten), gefielen ihm, oben, zum Pena-Palast würde er nicht fahren, genau so wenig wie zu den anderen Sehenswürdigkeiten. Aber ein paar kleine Treppen stieg er hinauf, blieb vor einem Souvenirladen stehen, sah die Postkarten. Er beschloss, seinen Kindern zu schreiben. Die Postkarten boten teilweise die üblichen Motive, es gab auch einige historische Ansichten. Plötzlich hielt er eine Karte in der Hand, die ihn faszinierte, sie erinnerte an das Abkommen von Windsor von 1386. Er schaute noch einmal hin, könnte es nicht 1986 oder 1886 sein? Nein, offenbar nicht, da hatten sich Portugal und England ihrer unverbrüchlichen Treue auf Dauer versichert. Und wann war das aufgehoben worden? Er erinnerte sich jetzt, eigentlich nie. Richtig, das Abkommen war ja die Basis für die britischen Aktivitäten auf Lajes Field, noch vor dem Kriegseintritt der USA.

Nottebrook kaufte die Karte. Er würde sie einem Nachbarn schicken, der Historiker mit dem Forschungsschwerpunkt Mittelalter war. Dass dessen Tätigkeit jetzt seine Polizeiarbeit berührte, wenn auch nur entfernt, war doch eine hübsche Anekdote.

Nun erinnerte er sich auch wieder an eines der Gespräche mit Weise und Laura. Laura hatte ihnen über das Abkommen erzählt, hatte erzählt, dass auf Grund des Abkommens ein Großteil der Bevölkerung Gibraltars, 2000 Menschen, im Juli 1940 nach Portugal evakuiert worden war. Zwar misstrauten sich damals alle Regierungen Europas, aber Franco galt als besonders unsicher. Und Deutschland plante die Eroberung Gibraltars („Operation Felix, das müssen sie doch wissen, Herr Nottebrook. Bei Opa habe ich es ja aufgegeben.") Und Weise hatte geantwortet „Jetzt hör auf mit deiner Ungezogenheit zu kokettieren." Darauf wurde Laura mucksch und verstummte, erzählte Nottebrook aber, als Weise die Toilette aufsuchte, vom Iberischen Pakt von 1939 und 1940, in dem Portugal und Spanien die Neutralität für den zweiten Weltkrieg vereinbarten. „Aber Salazar war misstrauisch, Herr Nottebrook, der ganze portugiesische Staatsschatz wurde sicherheitshalber nach Fort Knox ausgelagert." „Wirklich?" „Ja, jedenfalls irgendwo in die USA."

Er merkte, dass er zum Bahnhof zurückmusste, die Straße zur Neustadt zog sich am Hang entlang, man konnte in der Ferne das Meer sehen, die Praia Grande war aber hinter einer kleinen Anhöhe versteckt.

Als er am Bahnhof ankam, war die S-Bahn, mit der Madalena kommen wollte, schon eingetroffen. Sie kam gerade aus dem Nebenausgang, zum Glück war der Zug auf dem hinteren Gleis angekommen, sonst wäre sie am Hauptausgang gelandet, der noch weiter weg war von Nottebrook, der jetzt heftig winkte, bis Madalena ihn entdeckte. Als er sie erreicht hatte, meinte sie nur „So pünktlich wie früher seid Ihr auch nicht mehr, Ihr Deutschen."

Nach der Taxifahrt zur Praia Grande wollte sie erst einmal alleine auf ihrem Balkon sitzen, das Meeresrauschen genießen. „In meinem Alter weiß man ja nie, ob es nicht das letzte Mal ist."

Zuerst wollte Nottebrook es ihr gleichtun, dann beschloss er, auf die Felsen am Südende des Strandes zu steigen. Der direkte Fußweg war schon lange gesperrt, deshalb wählte er den Weg an der Autostraße entlang und dann oberhalb der Felsen bis zur Spitze. Dort saß er eine Weile und schaute auf den Strand, dessen Licht der bekannte Regisseur in Schwarz-Weiß aufgenommen hatte, während der bekannte Schriftsteller den Sonnenaufgang dort in Farbe beschrieben hatte.

Kapitel 29 **Caslano 2013**

Erst am Abend tauchte Soldati wieder vor der Osteria auf. Er wollte wieder am See sitzen, unter den Kastanien, es war noch hell. Und er forderte Müller auf, ihr Notebook mitzubringen.

Dann diktierte er, ruhig und langsam:

„Als junger Mann war ich natürlich ausgesprochen aufgeregt, als es darum ging, Goldtransporte durch das halbe Europa von der Schweiz bis nach Lissabon zu begleiten. Heute hört sich das einfach an, aber es ging damals zunächst durch Vichy-Frankreich, ein halb besetztes Land also, dann nach Spanien, der Bürgerkrieg war noch nicht lange vorbei, und der Zustand der Verkehrsinfrastruktur war katastrophal. Natürlich benutzen wir Kraftwagen, mit der Bahn wären wir gewiss verloren gegangen. In Portugal anzukommen war dann fast so etwas wie die Rückkehr in die Zivilisation. Außerdem war Portugal neutral, wie die Schweiz, das war schon fast anheimelnd.

Allerdings waren die Verhältnisse auch in Portugal wesentlich undemokratischer als wir es aus der Schweiz kannten, die Unzufriedenheit der Arbeiter wuchs noch schneller als bei uns, es gab Streiks, aber alles in allem war es doch ruhig, anders als im Kriegs-Europa, wie ich es einmal nennen will.

Trotzdem, das Land, vor allem Lissabon, war voller Flüchtlinge aus allen Teilen Europas, die von hier aus verzweifelt versuchten, das Land zu verlassen. Die meisten waren arm, schon immer gewesen oder auf ihrer Flucht geworden. Aber einige hatten noch Geld, vor allem, wenn sie es in der Schweiz angelegt hatten.

Nun sehen schweizerische Bankiers es zwar gerne, wenn die Inhaber anonymer Nummernkonten sterben, ohne ihre Kontonummer weitergegeben zu haben, aber Diebe sind sie nicht, also bekamen diese Menschen ihr Geld selbstverständlich, wenn sie es benötigten. Meistens ging es ja darum, eine Schiffspassage zu bezahlen. Wenn das Geld dann direkt an die Reederei ging, dann war es kein Problem, dann konnte das Geld einfach in der Schweiz transferiert werden. Anders aber, wenn Menschen eingeschaltet waren, die je nach politischer Opportunität als Fluchthelfer, Schleuser, Schlepperbanden oder mit noch anderen Worten bezeichnet werden. Dann musste das Geld irgendwie nach Portugal kommen, und das war eine hübsche kleine Nebenbeschäftigung.

Ganz gerne wurde das nicht gesehen, von der Schweizerischen Regierung, die wollte eigentlich den Franken beschränken auf die Funktion, Schweizerische Waren zu bezahlen. Einen Devisenmarkt wie heute, auf dem das Geld problemlos konvertiert wird, gab es ja nicht. Wer also in der Schweiz einkaufen wollte, musste entweder mit Schweizer Franken bezahlen, oder mit einer Währung, mit der die Schweiz – sei es die Eidgenossenschaft selbst oder sei es ein hier ansässiges Unternehmen – später anderswo bezahlen wollte. Wenn also die Schweiz Ölsardinen kaufen wollte, nahm sie gerne Portugiesische Escudos, um sich irgendwelche beliebigen Lieferungen nach Portugal bezahlen zu lassen. Mit diesen Escudos konnte sie dann wiederum die Ölsardinen bezahlen. Natürlich hatte die Schweiz keinen drängenden Bedarf an Ölsardinen, aber ein paar wurden hier schon gegessen, und einmal stieg der schweizer Ölsardinenkonsum sogar für ein Jahr ins Unermessliche, aber jeder wusste, da wurden jetzt Ölsardinen illegal nach Deutschland verkauft. Illegal deshalb, weil die Ölsardinen mit gestohlenem Gold oder gestohlenen Devisen bezahlt wurden.

Gut, der Schweizerische Bundesrat war darauf bedacht, dass nicht zu viele Schweizer Franken in Umlauf kamen, damit nicht zu viele Waren bei uns eingekauft wurden. Andererseits funktionierte der Finanzplatz Schweiz natürlich auch deshalb, weil die Anleger ihr Geld dort in Sicherheit wussten oder zumindest wähnten.

Jedenfalls transportierten wir mit dem Gold hin und wieder auch Devisen. Bei der Übergabe des Goldes führte der Reuter manchmal für die Deutsche Gesandtschaft Protokoll, so lernte ich ihn kennen. Wir gingen ein paar Mal zusammen essen, er kannte sich ja aus in Lissabon, ich nicht, und da spricht man über dieses und jenes. Er bekam dann mit, dass ich, auch wenn ich bei den Goldtransporten dabei war, doch kein Freund des NS-Regimes sei – das war ja damals in der Schweiz nicht selbstverständlich. Also fragte er mich irgendwann, ob ich nicht helfen wolle, Geld nach Lissabon zu transferieren, das Flüchtlinge versteckt hätten, die hier gestrandet waren. Ich dachte zunächst an Geld, das in der Schweiz lag, aber er sagte dann, es ginge um Geld aus Deutschland oder den besetzten Ländern, auch aus Italien, das wäre ja leichter in die Schweiz zu bringen als direkt nach Portugal. Ich schlug erst einmal vor, das Geld direkt in der Schweiz auf ein Konto einzuzahlen, aber da meinte er, das wäre schon das übliche Verfahren, aber manchmal habe man doch Angst, dass die Geldtransporteure dann auffliegen könnten. Er deutete an, einige Mitarbeiter Schweizerischer Geldhäuser neigten dazu, den deutschen Behörden gegen ein angemessenes Honorar Informationen zu liefern, deren Lieferung eigentlich mit dem Schweizerischen Bankgeheimnis nicht ganz verträglich wäre.

Ich wusste nicht Recht, ob ich dem Reuter da glauben sollte, einerseits waren wir Schweizer beim Bankgeheimnis stets sehr streng, andererseits kannte ich einige meiner Landsleute, die aus ihrer unbedingten Sympathie für das NS-Regime keinen Hehl machten. Und diese ersten Begegnungen fanden ja zu einer Zeit statt, als noch alles nach einem schnellen Sieg der Achsenmächte in Europa aussah.

Nun, ich ließ mich schließlich dazu überreden, dieses Geld zu transportieren, aber ich war misstrauisch gegenüber allen Vertretern des Deutschen Staates. Der Reuter schien mir zwar ein durch und durch integrer Mann zu sein (ich war jung und unerfahren, und der Reuter stets sehr überzeugend). Trotzdem bestand ich darauf, das Geld direkt an die Empfänger zu übergeben.

Ich stellte dann einige Fragen, mit deren Hilfe ich herauszufinden versuchte, ob es sich tatsächlich um die angeblichen Flüchtlinge handelte. Ich hatte ja auch in der Schweiz das eine oder andere Gespräch mit den Überbringern, aber letztlich überzeugte mich ein Gespräch mit einer Frau, der ich genügend Geld übergab, um ihr die baldige Flucht nach Argentinien zu ermöglichen. Von ihr erfuhr ich, was der Reuter und seine Gewährsleute einbehielten. Das war viel, aber ich war damals, als junger Mann, nur stolz, nicht so gierig zu sein wie die anderen Beteiligten, ich machte das alles ja mehr oder weniger umsonst. Lediglich die Fahrkosten zur Geldübergabe in der Schweiz ließ ich mir erstatten. Ich war ja kein wohlhabender Mann damals.

Aber dann erzählte sie mir, wie der Reuter versuchte, die Frauen zum Beischlaf zu zwingen. Nicht klagend, eher von oben herab. Denn aus ihrer Sicht war der Reuter ein lobenswerter Mann. Sie erzählte, durch wie viele Betten sie auf ihrer Flucht durch Europa gehen musste, um ihr nacktes Leben zu retten. Und da hatte ihr keiner eine Wahl gelassen. Der Reuter hingegen hatte einfach gewusst, dass das üblich sei, dass man mit einer Frau, für die man solche Dienstleistungen wie den Geldtransfer erbringe, auch einen Beischlaf erwarten könne. Dass er aber nicht darauf bestehe, weil er ein solches Verlangen unmoralisch fände. Auf der anderen Seite, so erläuterte er dann, sei ja auch nicht zu übersehen, dass es ebenso unmoralisch sei, dieses Bedürfnis eines Mannes, der einer Frau derart hilft, nicht zu erfüllen. Sie hätte sich aber in dem Fall dafür entschieden, unmoralisch zu sein, nicht weil der Reuter schlimmer gewesen sei als die anderen Männer, denen sie sich hingegeben hätte, sondern einfach um hinterher zu wissen, dass sie wenigstens einmal nein gesagt hatte. Und dann fügte sie hinzu, sie würde gerne ein zweites Mal nein sagen. Erst verstand ich gar nicht, was sie meinte, dann war es mir sehr, sehr peinlich.

Sie war die letzte von drei Frauen, denen ich im Auftrag Reuters Geld übergeben hatte, im Nachhinein glaube ich, dass die beiden anderen Frauen ein wenig erstaunt waren, dass ich ihnen das Geld gab und mich dann verabschiedete. Aber dieser Eindruck kann natürlich nachträgliche Autosuggestion sein.

Ich habe den Reuter dann auf diese Geschichte angesprochen. Er fand das alles in Ordnung, ich solle daran denken, wie rücksichtslos die meisten Männer mit solchen Frauen umgehen. „Und ich habe es von keiner verlangt – aber wenn sie es freiwillig geben wollten – warum sollte ich darauf verzichten. Und natürlich machte ich ihnen klar, dass sie es getan hätten, wenn ich es verlangt hätte" Er hat damals gelächelt. „Ein wenig Gerechtigkeit will man als Mann auch haben, nicht jeder spielt den Heiligen wie sie es tun, Soldati." Ich habe das damals eingesehen, war wieder einmal eher stolz auf mich. Trotzdem war mir die Geschichte unheimlich. Ich nahm daraufhin ein Angebot, zum Schweizerischen Bankverein zu wechseln, an. Ich hatte das schon vorher überlegt, wollte aber die Geldtransfers weitermachen. Und der SBV transferierte damals kein Gold nach Portugal. Irgendwie war mir jetzt plötzlich wohler, wenn ich damit aufhörte. Was an diesem Beschluss Feigheit war und was Ekel vor den Geschichten, die ich gerade erzählte, weiß ich bis heute nicht und werde ich also auch niemals wissen.

1946 war ich wieder in Lissabon, beim SBV schätzte man meine Portugal-Erfahrungen, so rudimentär sie auch waren. Zu den Lissabonner Kunden des SBV zählte auch die Bartholomäusbruderschaft. Dort hatten die alten Deutschnationalen Kräfte ihre alten Positionen wieder eingenommen, ohne dass die Nazis alle wieder gegangen wären. Sie hatten natürlich in bestimmten Kreisen der Deutschen in Lissabon gute Kontakte, und so erkundigte ich mich mehr aus Neugier, was aus dem Reuter geworden sei.

Ich erfuhr, dass Reuter auf die Azoren gezogen sei, genauer nach Angra, aber gerade seine Rückkehr auf das Festland vorbereite, weil er hier eher an Aufträge zu kommen hoffe. Bei meinem nächsten Besuch traf ich ihn dann, er erzählte viel von seiner Arbeit, auch Dinge, die er wohl normalerweise für sich behielt, nicht nur aus Scham, sondern auch, weil sie nicht öffentlich waren. Jedenfalls wusste ich am Ende, dass er mittlerweile gute Kontakte zur PIDE habe, auch weil er am Ende des Krieges einige deutsche Spione enttarnt habe. Genaueres darüber erzählte er nicht.

Und dann sagte er: „Ich kenne ja ihre Einstellung, Soldati. Wenn es nach ihnen ginge, sollte man diese ganzen Anarchisten und Kommunisten und Sozialisten und Trotzkisten und was es da noch gibt, die in Tarrafal oder Peniche sind, sofort freilassen. Ich bin da anderer Meinung, das wissen sie auch, aber wenn es einmal um einen Menschen geht, zu dem sie persönliche Beziehungen haben (und sei es um noch so viele Ecken herum), dann bitten sie mich einfach um Hilfe. Ich gewähre sie ihnen dann gerne, und zwar einfach um in ihren Augen weiter ein anständiger Mensch zu sein. Das ist mir schon wichtig, Herr Soldati, ihre Meinung über mich. Auch wenn sie schlecht sein mag, ich werde mich bemühen, sie zu einer besseren zu machen." Er sagte das so ernsthaft, dass ich ihm nicht nur glaubte – das war wohl berechtigt, denn er legte großen

Wert auf seine moralische Integrität. Sondern ich fand das auch sympathisch.

Er fügte dann an, er habe einmal, in dieser Zeit, etwas getan, was moralisch unanständig wäre, deshalb habe er etwas gut zu machen, und dabei solle ich ihm helfen. Als er das sagte, hatte er Tränen in den Augen, und in dem Moment hielt ich ihn tatsächlich für einen der anständigsten und sensibelsten Menschen auf dieser Welt.

Danach blieb mein Kontakt mit Reuter zwar erhalten, aber er war sehr sporadisch. Das änderte sich, als ich Pereira kennen lernte. Pereira war von Portugal kommend nicht wie die meisten seiner Landsleute in die französischsprachige Schweiz gezogen, sondern direkt in den Tessin, nach Agno, ein kleines Städtchen im Malcantone, eigentlich ein Vorort von Lugano. Ich lernte ihn kennen, weil er beim SBV ein Konto eröffnete. Ich war zufällig in unserer Filiale in Agno, ich weiß nicht, was ich dort zu tun hatte. Eine Kollegin fand Pereira sympathisch. Nun reden die Schweizer nicht viel, sie sind ungefähr so stur, wie man es den Hamburgern immer nachsagt. Aber als ich durch den Schalterraum ging, schwang sich die Kollegin zu einer Aktion auf, die sehr untypisch war, sie rief mich herbei, bat mich, bei der Verständigung zwischen ihr und dem Herrn Pereira zu helfen, dessen Italienisch doch noch recht bescheiden war. Irgendwie waren Pereira und ich einander spontan sympathisch, er fragte, ob ich oft in Portugal sei, und ich erwähnte ein wenig von meiner Arbeit, und sagte, wenn er einmal komplizierte Transfers nach Portugal hätte, solle er gerne nach mir fragen.

Etwa drei Monate später sahen wir uns wieder, in der S-Bahn nach Lugano. Wir grüßten uns, erst quer durch den halben Wagen, aber dann kam Pereira auf mich zu, meinte leise, ob das ernst gemeint sei, dass er mich ansprechen könne bei komplizierten Transfers nach Portugal.

Die weitere Entwicklung meiner Beziehung zu Pereira gehört hier nicht her, deshalb nur so viel: Ich habe wieder begonnen, Geld nach Portugal zu bringen, diesmal unter anderen Vorzeichen. Und heute lebe ich im Haus von Pereira, bei seiner Familie. Einmal in dieser Zeit gab es einen Grund, das Angebot des Reuter zu testen. Ich muss sagen, dass er sein Wort gehalten hat. Aber dann hat er etwas getan, was ihm nicht bekommen ist: Er bat mich, von seiner Heldentat zu berichten, einer Frau zu schreiben, deren Adresse er mir gab, einer Maria Brum in New Bedford in Massachusetts. Das war ihm wichtig. Und dann saß er vor mir, weinte plötzlich „Ich habe ihren Verlobten verkauft, an die PIDE, damals, als ich die Deutsche Gesandtschaft verließ. Nicht, dass es schade um ihn gewesen wäre, er hatte Tarrafal verdient. Aber es war unmoralisch, was ich tat, es ist der schmutzige Fleck auf meinem Leben."

Ich hielt den Reuter damals immer noch für einen hochanständigen Menschen, man denkt ja zu wenig nach, lässt sich zu sehr beeinflussen und beeindrucken. Erst nach und nach, und vor allem nach dem Antwortschreiben der Maria Brum, begann ich meine Meinung zu ändern.

Letztlich entstand daraus der Gedanke, den Reuter einmal damit zu konfrontieren, ihm zu sagen, was für ein Schwein er eigentlich sei. Ach, das klingt lächerlich, heute. Naja, Gedanken entwickeln sich langsam.

Ich habe die Brums das erste und letzte Mal in Hamburg getroffen. Sofern es heute noch von juristischer Bedeutung ist, bestätige ich noch einmal, dass ich die Nacht mit den Brums auf der Reeperbahn verbracht habe."

Kapitel 30 **Praia Grande 2013**

Tatsächlich hatte Nottebrook es am Abend geschafft, nicht über die Arbeit zu reden, sondern über den Strand, das Meer, die Stadt Lissabon, über das Essen und den Wein – sie hatten einen lokalen Wein zum Essen bestellt, der Nottebrooks Geschmack sehr genau traf.

Und sie sprachen über die Straßenbahn. „Weißt du, Nottebrocki, die Straßenbahn von Sintra hier herunter, sie fuhr früher am Wochenende ziemlich oft, das war die übliche Art, hier an die Strände zu kommen. Jetzt fahren die Leute mit dem Bus oder mit dem Auto, aber damals war es die Straßenbahn. Für uns – wir waren nicht reich, mein Mann und ich – war es einer der jährlichen Ausflüge mit den Kindern. Das gehörte dazu, zum Sommer." Sie lächelte.

„Weißt du, wir hatten nicht viel, das war manchmal bitter. Und natürlich gab es viele Überlegungen, wieder zu streiken, so wie in den 40er Jahren, aber die Angst war immer größer geworden. Weißt du, dass bei einem Hafenarbeiterstreik in Pidjiguiti 1954 ungefähr 50 Arbeiter von Soldaten erschossen wurden? Das war der Beginn des Befreiungskrieges in Guinea-Bissau, und so ähnlich erging es Streikenden überall in Portugal. Letztendlich verdanken wir den Kolonien die Befreiung vom Estado Novo, für uns war das ein Segen, auf jeden Fall, auch wenn wir – die Menschen mit unserer politischen Auffassung – natürlich nicht damit zufrieden waren, wie die Dinge liefen. Aber für die Menschen in den Kolonien wurde wenig besser, zumindest erst einmal. Aber das ist eine andere Geschichte, ich weiß nicht, ob dein Reuter da auch mitgespielt hat."

„Nein, er ist ja 1974 gestorben."

„Natürlich, verzeih einer alten Frau ihre Unaufmerksamkeit. Ich hätte mir gewünscht, er wäre vor Gericht gestellt worden, für das, was er mir und anderen angetan hat. Ich gönne es ihm nicht, dass er sich dem einfach durch den Tod entzogen hat, er hätte es erleben müssen, dann hätten alle seine Opfer endlich den Mut gefunden, ihm zu sagen, was sie von ihm denken. Ach nein, das weiß ich nicht, ob wirklich alle seine Opfer da dabei gewesen wären. Aber ich hätte es zu gerne getan. Und jetzt möchte ich noch eine Bica und dann zu Bett."

Kapitel 31

Wellingsbüttel 2013

„Hör zu, Wolfgang, ich kann dich nicht zwingen, mir zu erzählen wie es damals gelaufen ist. Aber entweder hast du Nottebrook zu dieser Ermittlung angestiftet, weil dir die Sache auf dem Herzen liegt, dann musst du schon offen sein, oder du willst nicht, dass sie erfolgreich ausgeht. Dann sag es ehrlich."

Von Soest schüttelte den Kopf, „nein, Weise," es hatte sich eingebürgert, dass Weise stets mit seinem Nachnamen angeredet wurde, auch von denen die ihn duzten, „nein, Weise, das stimmt nicht. Ich habe Nottebrook nicht angestiftet, er ist von sich aus auf das Thema losgegangen. Und ich will, dass er herausfindet, was damals passiert ist. Und du hast Recht, ich will nicht, dass er herausfindet, warum ich die Ermittlungen damals torpediert habe. Das klingt jetzt widersprüchlich, ist es aber nur, wenn der Mord oder was immer es war mit den Dingen zusammenhing, die verschleiert werden sollten.

Gut, du willst wissen, was da verschleiert werden sollte. Ich weiß es nicht, ich weiß nur, dass es mit der Arbeit des Reuter für den Kettner zusammenhing. Ich bin darauf von dem Kettner angesprochen worden, den ich noch aus meiner Jugend kannte, spielt keine Rolle woher. Jedenfalls bat er mich, die Ermittlungen zu sabotieren, und ich fragte nach, das wäre ja mehr als ein harmloser Freundschaftsdienst. Ich rief also an, bei dem Kettner, und es war ein längeres Gespräch, in dessen Verlauf er erklärte, das Ganze sei nicht auf seinem Mist gewachsen, und wenn ich genaueres wissen wolle, würde er einen Kontakt herstellen, ihm sei es sowieso Recht, je weniger er damit zu tun habe, desto besser.

Den Kontakt hat er dann hergestellt, und du wirst nicht überrascht sein, Weise, dass ich dir nicht sagen will, kann und darf, wer das war. Ich versichere dir aber, dass die jeweiligen

Innensenatoren in Hamburg über diesen Kontakt in aller Regel informiert waren.

Soviel dazu, geh also davon aus, dass existenzielle wirtschaftliche Interessen der Bundesrepublik Deutschland tangiert waren bei diesen Ermittlungen."

„Ja. Der Reuter wusste über das gestohlene Nazigold Bescheid, aber er wusste wohl auch einiges über die Starfighter."

„Versuch nicht nachzubohren, Weise, es wird nichts bringen. Aber ich will dir meinen guten Willen beweisen."

Von Soest ließ seinen Blick in die Ferne gleiten. Dann erst setzte er fort: „Ich habe ein paar Erkundigungen eingezogen. Der Daniel Brum ist vor 6 Jahren gestorben. Die Maria Brum ist dann wieder nach Santa Cruz gezogen, das ist das Santa Cruz auf Graciosa, auf den Azoren also. Ich geb' dir die Adresse." Er hatte sie bereits aufgeschrieben.

Weise stand auf, die beiden verabschiedeten sich. An der Tür wandte Weise sich um. Auf seinen Rollator gestützt schaute er von Soest ins Gesicht.

„Wolfgang, das wäre jetzt das erste Mal, dass du alles sagst, was du weißt. Es wäre sogar das erste Mal, dass du alles sagst, was du sagen könntest. Also?"

Von Soest schüttelte den Kopf.

„Weißt du, Wolfgang, wenigstens eine Sache weißt du sicher. Damals, da hast du die Ermittlungen behindert, und die arme Frau Müller ins Leere laufen lassen. Und Konrad war auch dabei. Bald danach sind Müller und Konrad verschwunden, also aus dem Polizeidienst. Müller wurde Kindergärtnerin, damals sagte man das noch so. Aber was aus Konrad wurde, weiß ich nicht. Das ist erstaunlich, denn ich weiß gemeinhin viel. Aber du weißt mehr, also, wo finde ich Konrad? Oder soll ich ihn auf eigene Faust suchen?"

Von Soest schaute nachdenklich. Dann sagte er: „Konrad ist beim MAD."

Weise war ehrlich erstaunt. „Beim Militärischen Abschirmdienst, unserem unbekanntesten Geheimdienst? Und da – war er damals schon da tätig?"

„Weise, das weiß ich tatsächlich nicht. Aber alles andere würde uns beide überraschen, oder?"

„Danke, dass du es erzählt hast, Wolfgang."

Von Soest sage nichts weiter, es gehörte zu den Eigenarten Weises, sich stets sogar dann zu bedanken, wenn er auch selber herausgefunden hätte, was ihm erzählt wurde. Er schaute hinter Weise her, als der seinen Rollator zur Wellingsbütteler Landstraße hinaufschob.

Kapitel 32 **Praia Grande 2013**

Als Nottebrook am nächsten Morgen zum Frühstück kam, war Madalena längst fertig und hatte es sich auf der Terrasse bequem gemacht. Nottebrook grüßte sie, und sie sagte „Wir können losgehen, wenn du gefrühstückt hast, Nottebrocki, dann hol mich hier ab. Und sag dem Kellner, ich hätte gerne noch eine Bica."

Nottebrook nahm das als Aufforderung, sein Frühstück an einem anderen Tisch einzunehmen und setzte sich in den Saal.

Später gingen sie nach Azenhas. Madalena hatte sich erinnert, dass man von den Hügeln oberhalb der Praia Pequena über einen Abhang absteigen und dann durch einen kleinen Fluss waten konnte, um den Weg zur Praia das *Maçãs* abzukürzen. Das ganze erwies sich als mühsam, als sie den Weg am Abhang hinunter sahen, schlug Nottebrook vor, doch an der Straße entlangzugehen. Aber Madalena meinte „Das ist das letzte Mal, dass ich diesen Weg hier gehen kann, und für mich ist es eine Erinnerung. Wir sind so oft hier entlanggegangen, zuerst mein Mann und ich, später waren auch die Kinder dabei, jetzt will ich es noch einmal erleben. Du wirst mich alte Frau halten, wenn es zu schwer wird, Nottebrocki, so wie mein Mann es früher gemacht hat." Sie lachte plötzlich fröhlich, „Na komm, Nottebrocki, mach einer alten Frau eine Freude."

Obwohl es mühsam war, behielt sie ihre gute Laune. Allerdings war sie ein wenig erschöpft, als sie die Praia das Maçãs erreichten. Also tranken sie zunächst einen weiteren Kaffee.

Und jetzt endlich begann Madalena aus ihrem Leben zu erzählen.

„Ich muss erst Mal sagen, der Name Hinze stammt von meiner Mutter, die bereits als Kind mit ihren Eltern nach Portugal ausgewandert war. Ich bin also keineswegs verwandt oder verschwägert mit dem Ministerpräsidenten Hintze Ribeiro, während dessen Amtszeit das Hospital gegründet wurde. Meine Mutter schrieb sich ja auch anders."

„Oh je, von dem habe ich nie gehört, " gab Nottebrook zu.

„Da war mein Vater noch jung, als der regierte, der Hintze Ribeiro, und die Familie Soares, also die Familie meines Vaters, gehörte keineswegs zu seinen Anhängern, ein Großonkel von mir war sogar an einem der Marineaufstände sehr aktiv beteiligt."

„Augenblick, das war doch 1974, oder?"

„Nein, nein, Nottebrocki, also 1974, das war der 25. April, oder die Nelkenrevolution, oder der Aufstand der Hauptleute, der Sturz des Estado Novo hat viele Namen.

Aber Teile des Militärs standen auch vorher eher links."

„Ja." Jetzt erinnerte sich Nottebrook, „die azoreanische Revolte, da habe ich von gehört." Er war stolz auf sein Wissen.

„Ja, Nottebrocki, ich merke, du kennst mehr von unserer Geschichte als die meisten Ausländer hier. Aber die Marineaufstände, von denen ich rede, fanden viel früher statt, 1905. Und sie führten mit zum Ende der Monarchie in Portugal.

Aber zurück zu meiner Familie: Es gab vor dem Sturz der Monarchie eine Demonstration, auf der Bernardino Machado sprach."

„Wer war nun wieder Bernardino Machado?"

„Ach Gott, also wie aus dem Lexikon: Bernardino Luis Machado Guimarães, Mathematiker und Philosoph, bis 1903 Mitglied der Regierung Hintze Ribeiro, wechselte danach zur

Republikanischen Partei und war nach dem Sturz der Monarchie erster Außenminister der Portugiesischen Republik. Genügt das für den Moment, Nottebrocki?"

„Ja, ich werde die Namen sowieso nicht alle behalten."

„Gut. Mein Großonkel wurde auf dieser Demonstration von der Polizei recht arg verprügelt, wofür er Hintze Ribeiro sozusagen persönlich verantwortlich machte. Als sein Sohn dann eine Deutsche heiraten wollte, die noch dazu aus Coburg stammte, war er erst einmal sehr dagegen."

„Was war so schlimm daran, aus Coburg zu stammen?"

„Naja, die letzten portugiesischen Könige entstammten ja dem Haus Sachsen-Coburg-Gotha.

Nachdem er meine Mutter kennengelernt hatte, hat er dann aber seine Meinung sehr schnell geändert.

Naja, die beiden haben sich geliebt, ein Kind bekommen, es Madalena genannt, und nach wenigen Jahren hatte es sprechen gelernt, ich kann also in der Ich-Form fortfahren."

Nottebrook lachte. „Sag mal, Madalena, ist das nicht schlimm, wie du redest, das ist doch hier ein katholisches Land, kriegst du da keine Probleme?"

„Ach je, Nottebrocki, Probleme hatte ich damit schon manchmal, meine Eltern waren sittenstreng, aber mit katholisch hatte das wenig zu tun. Eigentlich waren die Republikaner antiklerikal, sie haben nach 1905 erst Mal die Kirchengüter verstaatlicht."

Nottebrook war überrascht. „Oh, das wusste ich nicht, dass so etwas in Portugal möglich war."

„Nottebrocki, das war in Portugal schon seit dem großen Erdbeben möglich. Du kennst doch das große Denkmal am oberen Ende der Avenida da Liberdade in Lissabon?"

„Am Pombal, so heißt doch der Platz da, oder?"

„Das Denkmal zeigt den Marquês de Pombal, der war als Minister nach dem berühmten Erdbeben für den Wiederaufbau Lissabons zuständig.

Weißt du, ihr seid immer so stolz auf die Aufklärung und so weiter, ihr Deutschen, aber das waren doch nur Worte.

Damals nach dem Erdbeben, da erzählten natürlich auch viele, dass das die Strafe Gottes für die Sünden der Lissabonner seien und so weiter, geh mal ins Stadtmuseum in Lissabon, da liegen auch derartige Texte in deutscher Sprache aus. Der Pombal hat da gar nichts zu gesagt, aber nachdem die Kirche oft genug erklärt hatte, das Erdbeben sei von Gott geschickt worden, hat er Gesetze auf den Weg gebracht, die die Enteignung der Güter der Jesuiten vorsahen, um so den Wiederaufbau Lissabons – und es ging ja nicht nur um Lissabon – zu finanzieren. Ich glaube, das hat die Propagandisten der Strafen Gottes weit mehr beeindruckt als alle Bücher der Aufklärer zusammen."

„Wann war das?"

„Mitte des 18. Jahrhunderts, kurz nach 1750."

„Hm, ich dachte immer der Kampf gegen religiösen Fanatismus sei eher eine Angelegenheit von uns Mitteleuropäern und Franzosen – aber da war ich wohl – ich muss noch mal drüber nachdenken. Erzählst du trotzdem weiter von dir, Madalena?"

„Ja. Als ich älter wurde, ging es natürlich ums Heiraten, aber meine Eltern hatten schon gedacht, dass ich eine von denen sein könnte, die einen Beruf lernen. Ich wollte am liebsten im Krankenhaus arbeiten. Ich wäre gerne Ärztin geworden, aber wir kamen zwar aus keiner armen, aber erst recht aus keiner reichen Familie. An ein Studium war also nicht einmal für meine Brüder zu denken. Mein Großvater, der immer noch ein begeisterter Anhänger Machados war, wollte wohl, dass mein ältester Bruder Mathematik und Philosophie studieren sollte, so wie Machado, aber auch daraus wurde nichts. Ich bekam schließlich eine Stelle als Hilfe für die Kaltmamsell im Hospital Curry Cabral, von dort aus plante ich, mich weiterzuentwickeln, ohne schon genau zu wissen, wohin. Die Stelle hatte ich über Freunde meines Großvaters erhalten, die angesichts der Tatsache, dass meine Mutter kurz zuvor gestorben war und mein Vater nach einem Unfall nur noch zeitweise arbeiten konnte, gerne helfen wollten.“

„Ich weiß nicht, ich glaube, irgendwo während unserer Nachforschungen zu Reuter habe ich gelesen, dass es auch ein Deutsches Krankenhaus in Lissabon gab, oder war das erst später?“

„Doch doch, und jetzt willst du wissen, warum ich nicht versucht habe, im Deutschen Krankenhaus zu arbeiten, Nottebrocki?“

„Ja.“

„Gut, das wurde vom Deutschen Verein und von der Bartholomäusbruderschaft betrieben, mit denen wollten meine Eltern natürlich nichts zu tun haben, und ich war da völlig auf ihrer Linie, bin ich auch heute noch.“

„Warum nicht?“

„Naja, erstmal war es ja so, dass meine Eltern sich nicht als Deutsche verstanden. Dass ich zweisprachig aufwuchs, das war eher das Bemühen, mir alles an Bildung mitzugeben, was sie mir mitgeben konnten. Und dann gefiel ihnen die deutschnationale Ausrichtung dieser Institutionen auch nicht, meine Eltern standen weit links.

Gut. Meine Arbeitsaufnahme erfolgte 1943, am Ende des Jahres, ich war damals 16 Jahre alt. Ich hätte wohl ein ganz normales Berufsleben geführt, wenn ich nicht fließend Deutsch gesprochen hätte. Als dann der Herr Reuter in das Krankenhaus kam, wurde ich mit seiner Betreuung beauftragt."

„Und dir war klar, dass der Reuter von der PIDE dort untergebracht worden war?"

„Das wurde nie ausdrücklich gesagt, aber es war offensichtlich, die Herren erkannte man nicht nur an ihren Kraftwagen.

Aber ehe wir über den Reuter sprechen, lass uns ein Stück gehen."

Madalena Hinze Soares und Klaus Nottebrook durchquerten den kleinen Ort Praia das Maçãs, dann gingen sie oberhalb der Steilküste weiter. Erst an der Straße, dann über breite oder schmale Wege hinter den Häusern. Einmal sahen sie auf einem überhängenden Felsen, vielleicht 40 Meter über dem Meer, zwei Angler, deren bloßer Anblick Nottebrook – der nicht schwindelfrei war - schon die Knie erweichte. Etwas weiter stand plötzlich ein herrenloser Stuhl auf einer Klippe über dem Meer, Madalena ging zielgerichtet darauf zu. „Der diesen Stuhl hier stehen ließ, ist ein großer Freund alter Frauen", sagte sie, als sie sich setzte. Nottebrook stand neben ihr, er vergaß die Zeit, während sie das Licht und das Rauschen der Wellen genossen.

In Azenhas wollte Madalena in ein kleines Café oberhalb der Klippen, aber als sie dort ankamen, war es mit Markierungsbändern abgesperrt, ein Teil war schon mit der Steilküste ins Meer gestürzt. Sie gingen hinunter zur Wassermühle, dort setzten sie sich in das Bus-Wartehäuschen, und Madalena setzte ihren Bericht fort.

„Der Herr Reuter war nun kein bisschen krank, aber er wurde wie ein Kranker hingestellt, oder besser hingelegt. Immer, wenn Mitarbeiter der Deutschen Gesandtschaft erschienen, lag er wie ein Schwerverletzter im Bett, mit viel, viel Gips und Bandagen, aber sobald er alleine war, war er gesund, saß am Tisch, las, schrieb oder traf sich mit seinen PIDE-Freunden. Manchmal kamen auch Ausländer, die Englisch sprachen, aber auch Deutsch konnten. Später erfuhr ich, dass sie vom OSS kamen."

„OSS?" fragte Nottebrook.

Madalena hob die Augenbrauen, als wollte sie sagen „Ihr jungen Menschen wisst auch gar nichts mehr." Dann erklärte sie:

„Das ist das Office of Strategic Services, der war damals der Geheimdienst der EUA ."

Wieder fragte Nottebrook nach.

„EUA? Nottebrocki, Estados Unidos da America. Auf Deutsch USA. Aber die waren uns eigentlich eher egal.

Das war ja für uns so eine Sache, einerseits waren wir natürlich im Krieg innerlich auf Seiten der Alliierten. Andererseits waren die ja auch keine Engel, und andere Dinge waren uns auch wichtiger.

Ein Onkel von mir, von der Soares-Seite, arbeitete zum Beispiel in den Wolfframminen bei Panasqueira, in der Serra de Estrela, da gab es in den 40er Jahren viele Streiks. Eigentlich war dort am Anfang das Zentrum der Streikbewegung, die es damals in ganz Portugal gab. Dass das dortige Wolfram nach Großbritannien geliefert wurde, war dabei nebensächlich, es ging um die Arbeitsbedingungen, um die Löhne.

Naja, das erzähle ich nur am Rande.

Ich komme zurück zu Reuter. Wegen seiner PIDE-Freunde hatte niemand im Krankenhaus den Mut, ihm zu widersprechen. Vielmehr taten alle, was er verlangte. Von mir verlangte er das, wozu er besser seine Frau geholt hätte, falls er verheiratet war. Aber davon hab' ich ja schon berichtet.

Eine Begleiterscheinung davon war, dass er mir Dinge erzählte, die er mir sicher nicht erzählen sollte. Diese betrafen zunächst einen Unfall.

Dieser Unfall war von der PIDE inszeniert worden, nachdem Reuter sich entschlossen hatte, die Deutsche Gesandtschaft zu verlassen.

Nachdem ich meinen ersten Schock überwunden hatte, begann ich, den Reuter zum Erzählen zu animieren, als erstes versuchte ich herauszufinden, warum er denn einen Unfall vortäuschen wollte statt einfach nur unterzutauchen. Er zierte sich lange, mir davon zu erzählen. Ich fand dann aber heraus, dass er weniger grob war, wenn ich so tat, als wäre ich einverstanden mit dem, was er mit mir trieb, und als ich mir das angewöhnt hatte, begann er auch Vertrauen zu mir zu schöpfen und mir alles zu erzählen, oder jedenfalls fast alles. Damals habe ich natürlich nicht verstanden, was da passierte, ich habe mein Einverständnis ja nur vorgetäuscht, weil er dann weniger brutal war. Obwohl das auch nicht ganz stimmte, ich musste es so vortäuschen, dass er merkte, dass es gar nicht stimmte, dass ich nur so tat, als wäre ich einverstanden, also so funktionierte er wohl. Ich sage das nur, um zu berichten, was für ein Mensch der Reuter war.

Jedenfalls erzählte er mir dann, dass er bei der Gesandtschaft nicht nur Schreibarbeiten erledigt hatte, sondern auch andere Aufgaben wahrnahm, Gespräche mit Menschen, die etwas zu erzählen hatten, nannte er es, aber es war klar, dass es um Spione ging, auch wenn mir nicht ganz klar war, wie die angeworben wurden.

Er sei wohl eigentlich kein Spion gewesen, habe aber für Herrn Canaris einige Dinge erledigt, wobei es wohl vor allem darum ging, Informationen von den Azoren zu erhalten, schließlich war der Herr Reuter, wie er sagte, der einzige in der Gesandtschaft, der sich mit den Azoren auskannte. Der Herr von Hoyningen-Huene, der vorige Gesandte, sei ja auch ein Freund von Herrn Canaris, der ja aber jetzt nicht mehr im Amt sei. Oder besser, beide seien nicht mehr im Amt, und der Herr Canaris sei ja sogar verhaftet worden, das wolle er, der Reuter, lieber nicht erleben. Und der neue Gesandte, der Herr von Halem, sei ein übler Hund, das sagte er immer wieder, „übler Hund". Und jetzt habe der Herr Schröder hier das Sagen. Der Herr Schröder gehörte zum SD, also zur SS, ihr Deutschen kennt euch da besser aus als wir Portugiesen.

Da kommt der Bus. Wenn es dir Recht ist, fahren wir zurück, Nottebrocki, oder du gehst zurück und lässt mich fahren."

„Nein, nein, ich fahre auch mit."

Vom Bus aus genossen sie den Blick aufs Meer. Am Hotel stiegen sie aus.

Nach dem Essen machte Madalena einen Mittagsschlaf, danach trafen sie sich auf der Terrasse, und Madalena erzählte weiter."

„Wo habe ich aufgehört, Nottebrocki?" fragte sie.

„Oh, du hattest erzählt, dass Reuter manchmal für Canaris, aber nie für Schröder gearbeitet hat."

„Ja, er war ja ein Angeber, er wird also nicht direkt für Canaris gearbeitet haben, aber halt für dessen Seite der deutschen Spionage – schaue nicht so, natürlich habe ich mich später dafür interessiert, nach allem, was geschehen war.

Jedenfalls hatte der Herr Reuter Informationen von den Azoren beschafft, vor allem, was die Aktivitäten der Amerikaner in Lajes betraf. Und dann lachte der Herr Reuter, wenn er das erzählte, er sagte, deshalb käme der Herr Schröder ja ständig hier vorbei, weil er wissen wolle, wie er die Kontakte da weiter aufrechterhalten könne. Und der Herr Reuter hätte dem Herrn Schröder da auch einiges erzählt, aber das waren gar nicht die wirklichen Spione. Er sagte wirklich Spione. Sondern falsche Spione, die wirklichen Spione seien nämlich längst verhaftet. So bekäme der Herr Schröder jetzt sehr viele falsche Informationen. Das sei gut, denn der Herr Reuter wäre immer zuverlässig informiert gewesen, und so würde die SS jetzt wohl auch alles glauben, was die falschen Spione dem Herrn Schröder erzählten.

Ich fragte dann, wie viele Spione das denn seien, weil ich es furchtbar fand, wie der Herr Reuter darüber lachte. Ich mochte die SS natürlich nicht, aber auch den Herrn Canaris nicht. Durch meine Mutter hatte ich viele Deutsche kennengelernt, die über Lissabon flüchteten, und wusste, dass der Herr Hitler wohl noch schlimmer war als der Herr Salazar, auch wenn man sich das eigentlich gar nicht vorstellen konnte, ich jedenfalls nicht, als 16jährige Frau in Portugal. Ich dachte auch, dass die übertreiben, aber meine Mutter sagte, dass die nicht übertrieben.

Jedenfalls hatte der Herr Reuter in Wirklichkeit nur einen Spion auf den Azoren, die anderen hatte er erfunden. Aber der hatte auf der Basis in Lajes gearbeitet und wusste da ziemlich genau Bescheid. Den ganzen Namen dieses Mannes habe ich vergessen, aber mit Nachnamen hieß er Brum, das ist ein Name, der auf den Azoren häufig ist, hier aber selten. Und der auch sehr lustig klingt.

Seit er nun aus der Gesandtschaft ausgeschieden war, war der Herr Reuter ja auch sehr gegen den Herrn Hitler, eigentlich sagte er, sei er das schon immer gewesen, ein bisschen eben. So wie der Herr von Hoyningen-Huene auch, deshalb hätte der ja auch dem Herrn von Halem weichen müssen, der Herr Schröder sei da wohl nur eine Vorhut gewesen. Das Wort Vorhut habe ich damals von dem Herrn Reuter gelernt.

Der Herr Reuter hat dann auch erzählt, dass er sogar manchmal Deutschen geholfen hat, die auf der Flucht festsaßen, in Lissabon. Das wäre nicht oft gegangen, denn dann wäre es aufgefallen, aber ein paar Mal schon. Nach dem, was er erzählte, müssen es vor allem Frauen gewesen sein, und was der Preis für diese Hilfe war, hat der Herr Reuter nicht erzählt, aber wenn er davon erzählt hatte, wollte er meistens besonders viel von mir, deshalb habe ich versucht, ihn von dem Thema abzulenken. Er erzählte viel über die Frauen, als wären es 10 oder 20 gewesen, aber sie hießen alle Agathe, Christine oder Erika.

Außerdem erzählte er von seinen Treffen mit dem Herrn Carmona, aber das war in Wirklichkeit wohl nur ein einziges Treffen, und wohl auch kein Treffen, er war da wohl nur dabei. Er hat sich gerne sehr wichtig gemacht, der Herr Reuter.

Das Auto, so hat er mir erzählt, hatte der OSS bezahlt. Die PIDE hatte natürlich auch Autos, aber nicht viele, und irgendwie fand er es schön, dass die Amerikaner für ihn ein Auto geopfert hatten."

Sie hielt einen Moment inne, Nottebrook fragte, ob es ihr schwer fiele, darüber zu reden, ob sie lieber aufhören sollten. Madalena schüttelte den Kopf.

„Nein, ich hab nur gerade an etwas gedacht.

Einmal habe ich den Herrn Reuter gefragt, ob er eigentlich verheiratet wäre, und er sagte nein. Ich hatte dann ziemliche Angst, dass er womöglich noch von mir verlangen würde, ihn zu heiraten und dass ich dann immer bei ihm bleiben müsste. Aber er lachte plötzlich und sagte, die Frauen seien viel zu verdorben, die würde er alle nicht heiraten, die wären genau so leicht zu haben wie ich. Alle. So war er."

Sie machte eine kurze Pause, ihr Blick schweifte zu den Felsen an der Praia Grande, dann wies sie in die andere Richtung, in Richtung der Praia Pequena, die man von hier aus nicht sehen konnte.

„Hätten sie ihn nicht wirklich dort runterstürzen lassen können......

Nein, das wünsch ich mir nicht wirklich, als João damals, kurz nach dem 25. April, zu mir kam und erzählte, dass Reuter gestorben war – da war ich zwar einen Moment richtig froh, aber dann auch enttäuscht. João hatte irgendwie herausgefunden, dass ich den Reuter im Krankenhaus betreut hatte, aber mehr wusste er nicht. Wir haben lange darüber geredet, ich habe von einer Gerichtsverhandlung gegen den Reuter geträumt, aber João meinte, die hätte es wohl auch nicht gegeben, wenn der Reuter noch gelebt hätte. Selbst wenn es in Portugal eine Anklage gegeben hätte, das wäre damals schon möglich gewesen, dann hätten die Deutschen ihn sicher nicht ausgeliefert, nicht wegen der Dinge, die ich erzählt hatte. Die er mir und anderen angetan hat.

Trotzdem, die Vorstellung hätte mir gefallen, ein Prozess mit einem Richter, der es schafft, dem Reuter sein Schuldbewusstsein zu geben. Der war ja immer so selbstgerecht.

Zum Beispiel erzählte er immer wieder ganz stolz, wie dankbar ich ihm sein müsste, dass er gegen den Herrn Hitler kämpfe, denn der würde eigentlich sehr gerne Portugal erobern, erst Spanien, dann Gibraltar und dann Portugal, aber daraus würde jetzt nichts mehr. Und er meinte, ich müsste sehr dankbar sein, und dann musste ich ihm zeigen, wie dankbar ich war.

Ich habe ihn einmal gefragt, ob er denn immer noch auf die Azoren durfte, nachdem der Krieg begonnen hatte. Er sagte, nachdem das Kabel getrennt worden war, nicht mehr. Es gab ja eine deutsche Kabelgesellschaft in Horta, und die wurde stillgelegt, auf Betreiben der englischen Regierung, als der Krieg begann.

Die Deutschen auf den Azoren sind ja nicht interniert worden, wie im ersten Weltkrieg, und sie wurden wohl nach Hause geschickt, aber nicht ausgewiesen, so dass wohl einige dageblieben sind. Er ist dann wahrscheinlich noch einmal dort gewesen, aber nicht mehr auf Terceira. Wie er seine Informationen sonst bekam, weiß ich nicht genau. Aber irgendwie muss er wohl einen Matrosen gekannt haben, der auf einem Frachtschiff arbeitete, dass zu den Azoren fuhr. Der muss wohl Nachrichten mitgebracht haben, wie genau, das weiß ich auch nicht. Der war aber nicht der Spion, und ob der auch in Tarrafal war, weiß ich nicht.

Als ich dann schwanger wurde, hat mir der Herr Doktor geholfen, was natürlich verboten war. Da war aber auch schon

April, und im Mai war ja dann für den Herrn Hitler alles vorbei, und der Herr Reuter ist verschwunden.

Ich habe lange gebraucht, um mit dem fertig zu werden, was der Herr Reuter mir angetan hat, aber ich habe ihn nicht getötet. Ich glaube auch, dass es da Menschen gibt, die noch viel mehr Grund dazu gehabt hätten.

Wenn ich ihn getötet hätte, wäre das ja jetzt verjährt, deshalb geht es sowieso nur um die Wahrheit, und die gefällt mir so, dass ich ihr nicht schaden möchte.

Aber ich will ehrlich sein: Ich habe mich zuerst gefreut, dass der Herr Reuter tot ist, aber dann habe ich gemerkt, dass es auch nichts hilft. Geahnt hatte ich das schon immer, aber jetzt weiß ich es.

Nottebrocki, ich will jetzt einfach den Sonnenuntergang genießen, bestell uns einfach wieder eine Flasche von dem Wein, und etwas Gutes zu Essen. Das ist das Mindeste, was Ihr Deutsche als Wiedergutmachung leisten könnt für das, was der Reuter mir angetan hat."

Kapitel 33 Uhlenhorst 2013

Nottebrook hatte diesmal eine Flasche Wein aus Colares mitgebracht, eine, die man in Hamburg nicht bekam. Kettner wusste das zu schätzen.

Als Nottebrook ankam, war Frau Nielsen gerade am Gehen – aber vielleicht war sie das schon länger, jedenfalls schaute sie Nottebrook erst einmal erwartungsvoll schmachtend an – was Nottebrook nicht bemerkte, obwohl ihm dieses Nichtbemerken außerordentlich schwer fiel.

Dann ritt ihn ein Teufel, er sagte leise „Eine hübsche Frau sind sie ja, Frau Nielsen, aber – vielleicht fürs Bett, für mehr nicht." Es war ihm im selben Moment peinlich, er kam sich ein wenig vor, als benähme er sich wie Reuter. Färbte die Beschäftigung auf ihn ab? Das wäre etwas völlig neues.

Frau Nielsen zog allerdings schmollend ab, Nottebrook öffnete die Weinflasche und setzte sich dann zu Kettner.

„Da sind sie also dem Reuter hinterhergereist, Herr Nottebrook. Dahin, wo er seinen mysteriösen Unfall hatte, dahin, wo er so gerne das Licht des Meeres genoss. Hat es ihnen geholfen?"

„Ja, aber vorher möchte ich etwas anderes mit ihnen klären." Nottebrook zog den zerknitterten Brief aus seiner Tasche, den die Nielsen ihm zugesteckt hatte. „Das habe ich in meiner Tasche gefunden, nach meinem letzten Besuch hier. Es muss also von ihnen, von Frau Nielsen oder von einem Unbekannten hineingetan worden sein. Ich überlasse es ihnen, was sie damit tun, ich werde so tun, als hätte ich diesen Brief nicht erhalten."

Kettner schaute auf den Brief, „Soso, die Nielsen ist also wirklich scharf auf sie." Er grinste, meinte dann, „Das kann ich sogar verstehen, was sie bitte nicht als Anmache deuten sollten. Den Brief haben sie nun gelesen, dann sollten wir auch darüber reden. Ich bin kein Freund des So-Tun-Als-Ob."

Vorsichtig probierte Kettner von dem Wein, diesmal prostete er Nottebrook nicht zu, konzentrierte sich ganz auf den Geschmack. Nickte dann. „Ja" sage er, und es war klar, dass er der Qualität des Weines zustimmte.

„Eines möchte ich aber doch sagen, obwohl es ihnen hoffentlich klar ist: Dass ich mit ihnen rede, ihnen sehr viele Informationen gebe, das ist weder die Wirkung des Briefes noch der diversen Alkoholika, die sie mir als Geschenk überreichten, obwohl die schon etwas sind, was das Leben eines alten Mannes glücklich macht. Es ist vielleicht ein klein wenig innerliches Reinemachen vor dem Tod, aber nein, im Grunde ist es das Ergebnis der Tatsache, dass ich akzeptiert habe, dass ich nichts Verbotenes tue, fühle.

Jaja, damals, als der Reuter ermordet wurde, da war der 175 ja gerade vom Tisch, aber so ein paar kleine Restbestände galten immer noch. Und ich hatte weiter das Gefühl, dass mein ganzes Liebesleben eigentlich etwas Verbotenes war, dass ich es verstecken musste. Und deshalb neigte ich weiter dazu, mich – ja, ich sage es mal so, erpressen zu lassen. Deshalb habe ich Wolfgang von Soest also gebeten, die Ermittlungen zu torpedieren.

Allerdings kann ich mir nicht vorstellen, dass sich die Leute, die mich unter Druck setzten, damit begnügten, die werden noch eine Sicherung eingebaut haben. Vielleicht sogar jemand, der etwas mehr darüber wusste, was eigentlich vertuscht werden sollte."

„Da haben sie selber keine Vorstellung?"

„Wir haben ja viel über Reuter geredet, er hat ja so viele Schweinereien begangen, und wahrscheinlich kenne ich nicht alle. Aber ich denke, es muss um Regierungshandeln gegangen sein. Wenn ich raten sollte, dann ging es entweder um das Gold – das hatten wir damals ja noch gar nicht so auf der Reihe, das Thema ist ja bis weit in die 90er Jahre erfolgreich unterm Deckel gehalten worden. Oder es ging um seine Gespräche in Beja. Der ganze Starfighter-Komplex, oder einfach die Geschehnisse um diesen höchst überflüssigen Stützpunkt, was weiß ich. Andererseits, es würde mich nicht wundern, wenn Reuter noch andere Dinge am Stecken hatte – Dreck meine ich.“

Kettner brach abrupt ab, schaute Nottebrook an.

„Jetzt fange ich auch an zu spekulieren, das ist eigentlich nicht meine Absicht. Die Geschichte mit dem Brief hat mich wohl doch mehr erschrocken als ich erst zugeben wollte. Sie macht mir mehr Angst als nötig, ganz habe ich also noch immer nicht begriffen, dass meine Sexualität legal ist. Aber zu dem anderen, prüfen sie doch mal, wer in ihrer Behörde eventuell noch für eine andere Behörde tätig war. Sie sind ja jemand – der alle für ehrlich hält, oder, Herr Nottebrook? Jedenfalls die Guten.“

„Es gibt noch eine andere Sache: Ich habe inzwischen den Eindruck, dass Reuter auch mindestens einmal eine Frau – ich sage jetzt mal: Sexuell genötigt hat, und das nicht einmalig, sondern fortgesetzt. Klingt juristisch. Ist aber genauer als vergewaltigt. Naja. Wissen sie, ob er auch sonst zu solchen Erpressungen neigte?“

„Herr Nottebrook, ich habe doch selber erzählt, wie mein Umgang mit Reuter war, sexuell hat er mich natürlich nicht genötigt, aber ganz freiwillig habe ich ihn nicht beschäftigt.

Ich bin aber fast sicher, dass er vehement bestritten hätte, dass das, was sie gerade erwähnt haben, sexuelle Nötigung war."

„Vermutlich, gut, noch eine Frage, ich will immer noch verstehen, was in dem Reuter vorging. Ich habe das Gefühl, dass ich anfange, diesen Mann – zu hassen, das wäre ein zu starkes Wort, aber etwas in der Richtung. Und wenn ich ein Buch über seinen Tod schreibe, dann will ich ihn beschreiben, kenntlich machen. Oh je, ich werde auf meine alten Tage pathetisch, trotzdem, ich verstehe einiges nicht."

„Fragen sie einfach, Herr Nottebrook."

„Grundsätzlich war er ungewöhnlich selbstgerecht, das haben sie ja ausreichend geschildert. Aber auf der anderen Seite scheint es für seine Selbstgerechtigkeit auch Grenzen gegeben zu haben. Aber ich habe noch nicht verstanden, wo da seine Grenzen lagen."

Kettner dachte eine Weile nach. „Ach, das ist schwer zu sagen, ob es da Grenzen gab, sicher keine Grenzen im Sinne – hier ist etwas zu bösartig, aber das vielleicht auch. Nur lagen die halt weiter draußen als bei den meisten Menschen."

Kettner hob den Blick, schaute an Nottebrook vorbei aus dem Fenster, dachte nach.

„Naja, eigentlich lag die Grenze immer dort, wo er sein Verhalten nicht mehr rechtfertigen konnte, vor sich selber. Ich hab da ja drüber erzählt. Er beschrieb sich seine Welt, und möglichst schob er sie so hin, dass es passte, und dann war alles in Ordnung. Nur wenn ihm das nicht gelang, hatte er einen Fehler gemacht. Aber ich weiß nicht, ob das a priori oder a posteriori geschah, wenn sie wissen was ich meine."

Nottebrook schaute etwas fragend.

„Naja, ich weiß nicht, ob er zunächst mit Hilfe seiner selbstgebastelten Weltbeschreibung prüfte, was moralisch in Ordnung war, oder ob er erst die Dinge tat, die uns so fragwürdig schienen, und im Nachhinein nach einer Rechtfertigung suchte."

Nottebrook schüttelte den Kopf. „So wie sie es beschreiben, ist es dasselbe wie bei vielen Kleinkriminellen oder auch größeren Kriminellen, letztlich biegen die sich die Welt zurecht, und dann wird sogar das Erschlagen der Ehefrau gerecht, weil sie ihn ja provoziert hat."

„Ich denke, ich weiß was sie meinen, das sind diese Leute, die einem sofort das Gefühl geben, dass sie an Gott glauben, und zwar an einen Gott, der die Welt für sie ganz persönlich erschaffen hat. Und wenn jemand sich dann gegen Gottes Willen stellt, ist sofort alles erlaubt. Ich meine jetzt nicht nur religiöse Fanatiker, das ist genau so die Frau, die im Bus die Tasche neben sich stellt – was ich völlig in Ordnung finde – die aber dann hochgradig empört ist, wenn jemand sie bittet, den Sitzplatz frei zu machen. Es gibt genug Beispiele aus dem Alltag, die viel harmloser sind als das, was der Reuter machte. Aber im Kern ist es genau diese Haltung, diese Denkweise."

„Ja, aber was sie jetzt beschreiben, ist eher mangelnde Empathie, diese Leute können sich ja nicht vorstellen, dass jemand anderes auch Bedürfnisse hat und sehen die Welt nur als etwas um sie herumgebautes."

Kettner wog seinen Kopf bedächtig hin und her, dann meinte er: „Wahrscheinlich sind das zwei Seiten einer Medaille, aber ich habe schon das Gefühl, wir sind hier ungefähr an dem Punkt, um den es auch bei Reuter ging. Nur dass er eben klüger war als die Leute aus den Beispielen, ihr Mörder und meine Frau mit der Tasche. Er argumentierte nie einfach damit, dass seine Bedürfnisse beeinträchtigt würden."

Nottebrook nickte. „Die Frau mit der Tasche, die denkt nur an die Tasche, und der Mörder denkt, es ist jede Reaktion für ihn erlaubt, wenn ihm – und sei es gefühlt – Unrecht geschieht. Und das war bei Reuter anders?"

„Ja, eindeutig. Er hätte nie etwas damit gerechtfertigt, dass etwas für ihn richtig war. Also – ja, sehen sie, das Beispiel, wie er seine Stelle bei mir bekam. Er hat ja nicht etwa gesagt, dass er darauf angewiesen ist, oder dass diejenigen, die ihn hier untergebracht haben, besser wüssten, was richtig sei. Er hat das Problematische daran erkannt. Gut, die Frau nimmt ihre Tasche weg, der Mörder ist ja tatsächlich ein Mörder, und er ist da vielleicht derjenige, der die Tasche wegnimmt, ein wenig, ohne zu murren. Er verzichtet mir gegenüber auf die Zumutung, dass ich an seinen Untaten beteiligt werden müsste, und dann ist er sogar noch stolz, was er mir Gutes tut. Also wie der Mann, der seine Frau nicht umbringt, sondern nur maßvoll schlägt, nein, der sie mit Worten niedermacht und dann ganz stolz darauf verweist, dass die meisten Männer an seiner Stelle sie geschlagen hätten. Aber Reuter brachte das halt immer so rüber, dass man ihm glaubte. Er hatte ein in sich recht konsistentes Weltbild, da passte alles zusammen."

„Jaja, da passte alles zusammen, das passt irgendwie – übrigens eine hübsche Übersetzung für Konsistenz."

„Ja, und da kannte er Grenzen, von daher kamen seine Grenzen. Ich nehme mal ein völlig anderes Beispiel dafür, wie der Reuter dachte:

Angra ist nach allgemeinem Urteil die schönste Stadt der Azoren, mit dem reichsten kulturellen Erbe. Hinzu kommt, dass dieses besondere kulturelle Erbe während der Personalunion mit Spanien im späten 16. und frühen 17. Jahrhundert geschaffen wurde – also unter habsburgischer Herrschaft. Wenn wir uns Reuters Denkweise richtig vorstellen, wurde an dieser Stelle auch sein Nationalstolz befriedigt, schließlich waren die Habsburger ursprünglich ein Deutsches Herrscherhaus – damals rechnete man die Schweiz ja noch zu Deutschland, jedenfalls den Aargau. Aber das hätte er nie erwähnt, es sei denn, es wäre wichtig für seine Interessen gewesen."

„Ja." Nottebrook schaute nachdenklich. „Jetzt denke ich, eigentlich muss ich den Reuter nicht verstehen, aber je mehr ich über ihn erfahre, desto mehr Verständnis habe ich für den, der ihn getötet hat – oder ihn hat sterben lassen."

Kettner lachte auf. „Aber sie wissen genau, dass sie jetzt wie der Mörder argumentieren, der aus ihrem Beispiel, nur intelligenter, auf höherem Niveau, wie der Reuter."

„Sollten wir uns lieber auf den Wein konzentrieren?"

„Ja."

Kapitel 34 Cranz 2013

„Möglicherweise waren die Brums und Reuter und Soldati genau in diesem Restaurant, damals, vor 38 Jahren. Es ist immer noch das Richtige für ältere Menschen wie mich, " meinte Weise.

„Korinna ist also wieder mit ihrem Verlobten unterwegs, aber wir sollten das auch zu viert hinbekommen. Ich schlage vor, wir sprechen erst über die Hintergründe von Reuters Tod und danach über die Hintergründe der Vertuschung. Das muss ja nicht dasselbe sein."

„Ich glaube, es ist nicht dasselbe, " sagte Müller. „Soldati hat ja gesagt, dass er mit Reuter verabredet war und dass er die Brums kannte. Er bestätigt das Alibi, dass die Brums und Soldati sich ja gegenseitig gegeben haben, aber offen gestanden glaube ich nicht mehr daran. Vor allem, weil ich ja auf dem Weg nach Caslano den Schwab noch einmal getroffen habe, und der bestätigte mir, dass er seinen Job dort im Hotel keineswegs so gewissenhaft betrieb, wie er es zunächst immer dargestellt hat. Da war man schon mal längere Zeit weg von der Rezeption, so dass er über das Kommen und Gehen der Gäste nicht wirklich Bescheid wusste. Er hat das schon noch etwas detaillierter erzählt, aber das ist für die Ermittlung nicht von Bedeutung."

Jetzt war die Reihe an Nottebrook: „Ich habe natürlich sofort versucht, Kontakt mit Rodrigues aufzunehmen, das ist mir aber erst heute Morgen gelungen. Er will versuchen, für sich und mich ein Treffen mit Maria Brum zu vereinbaren – dann komme ich auch einmal auf die Azoren. Aber da muss ich noch auf seinen Rückruf warten."

„Gut, dann hätten wir das geklärt, und da kommen die Schollen", sagte Weise, und für eine halbe Stunde waren alle mit Essen beschäftigt.

Sie hatten einen Tisch direkt an der Este gefunden, der Fähranleger war etwas 100 m weiter flussabwärts gelegen, einmal wendete die Fähre direkt vor dem Gastgarten ihres Restaurants und legte dann an. Eine lange Reihe Radfahrer entstieg dem Schiff, es war ein warmer Frühsommertag, später Frühling eigentlich noch, jedenfalls nach dem Kalender. Die Kirschblüte war aber schon vorbei, insofern war es nicht die Hauptsaison.

Die Schollen waren klein, was Nottebrook zunächst ein wenig empörte, ohne dass er es sagte. Später bekamen alle un- aufgefordert eine zweite Scholle, was ihn wieder besänftigte.

Nachdem auch die zweiten Schollen verzehrt waren, eröff- nete der alte Weise die zweite Runde. „Ich glaube nicht, dass wir es rausfinden, aber ein wenig spekulieren möchte ich schon, weshalb Wolfgang von Soest die Ermittlungen – sabo- tieren, sage ich mal – sollte.

Laura, du hast als einzige noch nichts gesagt, also fang ein- mal an."

„Gut, Opa, ich habe mich natürlich erst mal um die Star- fighter gekümmert." Nottebrooks Handy klingelte. Laura ver- stummte, Nottebrook stand auf, ging in eine ruhige Ecke des Gastgartens, seine Worte waren nicht zu hören, aber sein Ge- sicht drückte Enttäuschung aus.

Nach 2, 3 Minuten beendete er das Gespräch und kehrte an den Tisch zurück.

„Maria Brum ist nicht bereit mit uns zu sprechen."

Er machte eine Pause.

„Das ist die schlechte Nachricht, aber sie ist bereit mit Rodrigues, und nur mit Rodrigues alleine, zu sprechen."

„Dann wird es nicht anders gehen", meinte der alte Weise. „Und nun zurück zu dir, Laura, du hattest über die Starfighter gesprochen?"

„Ja, die sollten ja ursprünglich in Beja stationiert werden, das wurde dann nichts, wegen der Vorwärtsverteidigung, die die Nato dann plante. So wurde der Flugplatz in Beja am Ende ein ziemlich unsinniges und verschwenderisches Projekt. Vor allem, weil Spanien nur sehr beschränkte Überflugrechte gewährte, was man von Anfang an wusste. Die Bundeswehr hatte danach also eine Basis in Portugal, die sie über Jahrzehnte betrieb, aber auf denen die Flugzeuge, für die sie gebaut waren, gar nicht ankommen, nämlich die Starfighter. Aber beim Bau der Basis war eben geplant, die deutschen Starfighter dort zu stationieren.

Und problematischer als die Basis – die überflüssige Basis - war sicher die Beschaffung der Starfighter, an die erinnert ihr euch sicher?"

Alle nickten, Nottebrook bemerkte: „Da kamen ziemlich viele Piloten bei Abstürzen ums Leben, damals war das ein Aufreger, heute im Angesicht des Afghanistan-Einsatzes erscheint es sicher harmlos."

„Jaja, so seht Ihr alten Leute das, weil Ihr schon gar nicht mehr wisst, was damals in Eurem Land los war," erwiderte Laura, „bei den Starfighterabstürzen sind mehr deutsche Soldaten ums Leben gekommen als bei allen Auslandseinsätzen der Bundeswehr zusammen, im Vergleich zu Afghanistan ist die Zahl der Toten mehr als doppelt so hoch. Wenn es also tatsächlich mal ein Denkmal für gefallene Bundeswehrsoldaten geben sollte, müsste ganz oben drauf ein zertrümmerter Starfighter stehen. Deutschland war übrigens so ziemlich das einzige Land, das die Starfighter beschaffte, ohne dass jemand reichlich Bestechungsgelder von der Herstellerfirma Lockheed kassierte – so heißt es jedenfalls." Lauras Stimme verriet, was sie davon hielt.

Weise schaltete sich ein: „Gut, da etwas zu vertuschen wäre also ein guter Grund, aber können wir davon ausgehen, dass Reuter an der Stelle wirklich so gut informiert war?"

Müller und Nottebrook schüttelten den Kopf, „der war zwar in manchen Dingen informiert und hat auch einige Strippen gezogen, aber er war auch ein ziemlicher Wichtigtuer."

„Aber die Handelsgeschäfte im zweiten Weltkrieg – das war doch lange her und längst aufgearbeitet, oder?" Weise war skeptisch.

Laura schüttelte den Kopf. „Ich weiß nicht, wenn man nach den Goldgeschäften sucht, die Portugal und Deutschland miteinander gemacht haben, dann wird auch Wikipedia, zumindest das deutschsprachige, recht wortkarg – toll, was ich von dir an Wörtern gelernt habe, Opa, oder? Jedenfalls wird da in Deutschland kaum drüber gesprochen. Wenn man in die Bibliothek geht – ja, das können wir auch noch – dann findet man ebenfalls wenig, aber ein bisschen was doch. Jedenfalls genug, um eines zu wissen: Diese Geschäfte mit geraubten Gold waren 1975 noch lange nicht aufgearbeitet. In Portugal wurde 1997 eine Kommission unter Leitung des ehemaligen Ministerpräsidenten Soares eingesetzt, die sich mit diesem Nazigold beschäftigen sollte. Wobei ich den Eindruck habe, dass da eher etwas vertuscht als geklärt wurde." Laura schwieg.

„Das passt ein wenig zu dem, was ich in Caslano herausgefunden habe", sagte Müller, „aber eben ein wenig."

„Und wer hatte da alles Dreck am Stecken, also wer hatte etwas zu verbergen?" Weise stellte offenbar eine Frage, die keineswegs rhetorisch war.

„Deutsche Stellen, die das Gold geliefert haben?" Nottebrook fragte mal drauf los.

„Naja, denen ist damals niemand an den Karren gefahren. Die Griechen diskutieren heute, ob Deutschland das geraubte Gold und die geraubten Devisen nicht zurückzahlen müsste, aber damals – da war an sowas nicht zu denken." Müller fühlte sich inzwischen fast wie eine Expertin.

„Portugal?"

„Eigentlich das gleiche, der Druck war ein bisschen raus. Früher, ja, direkt nach dem Krieg. Später, ja, da gab es die Soares-Kommission, haben wir ja von Laura gehört, da bestand Rechtfertigungszwang. Aber in den 70ern, nein."

„War das eigentlich eine portugiesische Besonderheit, die Soares-Kommission?"

Laura schaltete sich wieder ein: „Nein, sowas gab es zu der Zeit auch in den anderen neutralen Ländern, also in Schweden und der Schweiz, die steckten ja auch mit drin. Gut, Schweden, mit den Geschichten hatte der Reuter sicher nichts zu tun."

„Also müssten wir in Deutschland, der Schweiz und Portugal suchen, und wir ahnen ja, dass es irgendwelche Geheimdienste sind, die dahinterstecken."

„Naja", sagte Laura, „da kann doch fast jeder dahinter stecken. Nimm Polen: Die haben nach dem Krieg völlig überteuerte Kohle an Portugal verkauft und wurden dafür mit Gold bezahlt. Wenn aber einer viel zu viel bezahlt für die Kohle, dann muss mit dem Gold was nicht stimmen, oder? Und der

Käufer muss auch wissen, was dahintersteckt, oder zumindest, dass da irgendetwas stinkt."

„Polen war damals unerreichbar", meinte Weise, „das können wir vergessen. Wer hatte denn noch Nazigold?"

„Das konnte jeder haben, sogar in Fátima ist mal ein Hakenkreuzbarren aufgetaucht, obwohl die Katholische Kirche nichts mit diesen Geschäften zu tun hatte, die portugiesische jedenfalls, in Kroatien zum Beispiel wäre das auch wieder anders gewesen."

„Woher hatten die in Fátima denn Goldbarren?"

„Naja, wenn jemand der Jungfrau von Fátima einen wertvollen Goldring schenkte, wurde der natürlich aufbewahrt, aber die meisten goldenen Schmuckstücke hatten ja nur Materialwert, die wurden dann eingeschmolzen. Und einmal haben die Geistlichen in Fátima dann einen anderen, gleichwertigen Goldbarren von der Bank zurückbekommen. Den mit dem Hakenkreuz eben."

Weise schlug seinen Stock auf den Boden „Kaffee, sage ich, wir werden jetzt nicht weiterkommen, wir spekulieren."

Kapitel 35 Steilshoop 2013

Nottebrook beschloss, die Mail auszudrucken. Sie war lang, erst wollte er sie sofort lesen, dann beschloss er, erst einmal einen Kaffee zu kochen. Nach seinem Portugalaufenthalt hatte er eine Siebträgermaschine angeschafft, der Kaffee schmeckte ihm so am besten.

Eine Viertelstunde später saß er auf dem Balkon, genoss die Vormittagssonne. Er drehte seinen Stuhl noch ein wenig, eher er zu lesen begann, damit die Sonne ihn nicht blendete.

Lieber Klaus,

jetzt war ich endlich auf Graciosa. Maria Brum hat mich erst noch einige Wochen hingehalten, sie meinte, es sei noch nicht alles so weit.

Inzwischen haben wir uns aber getroffen, und ich hoffe, mein Erinnerungsvermögen und meine Fähigkeiten als Übersetzer werden Deinen Ansprüchen gerecht.

Als ich letzten Montag auf dem Flughafen auf Graciosa ankam, nahm mich ein Taxifahrer direkt in Empfang. Ich wurde in einer Pension in Santa Cruz untergebracht, nicht in dem neuen Hotel. Und danach holten wir Maria Brum ab. Nach der Begrüßung fuhren wir schweigend nach Carapacho, setzten uns in ein Restaurant über dem Meer, mit Blick auf die Badestelle und das Kurhaus.

Der Taxifahrer hatte uns alleingelassen, wir aßen Thunfisch. Maria Brum war offensichtlich immer noch nicht bereit zu sprechen, erst nach dem Kaffee begann sie, langsam, leise, aber sehr verständlich.

Sie ist eine kleine Frau, auch im Alter noch schön, zierlich. Das Gesicht ist etwas runzlig, die braunen Augen sind lebendig, wenn sie etwas Wichtiges sagt, schaut sie einen intensiv

an. Sie würde Dir gefallen, Klaus, sie hat ihren Kummer an-
ders verarbeitet als Madalena, sie legt mehr Wert auf ihre
Würde, womit ich nichts gegen Madalena sage. Ich sollte hier
auch nicht vergleichen, ich hoffe einfach, du verstehst richtig,
was ich damit sagen will.

Schon während des Essens hatte Maria Brum mich mehr-
mals lange, intensiv gemustert, mir in die Augen geschaut, sie
muss zu den Menschen gehören, die glauben, in den Augen der
Menschen etwas von deren Charakter zu erkennen.

Wie gesagt, wir hatten den Kaffee getrunken, die leeren
Tassen standen noch auf dem Tisch. Ich wusste nicht, was ich
sagen sollte, wie ich anfangen sollte, da meinte Maria Brum
„Sie sind ein geduldiger Mensch, Senhor Rodrigues, keiner,
der einen mit seiner Ungeduld erdrückt." Dann lächelte sie.

„Ich bin drüben in Santa Cruz geboren, habe dort meine
Kindheit verbracht. Damals kam man ja kaum von seiner Insel
weg, zwei oder drei Mal war ich auf Terceira gewesen. Dort
lernte ich auch Manuel Brum kennen – den Bruder meines
späteren Mannes. Und ich liebte ihn vom ersten Augenblick
an." Sie schaute nachdenklich aufs Meer hinaus, dann zu mir.
„Nein, irgendwann sind die Toten vergessen, ist die Liebe ver-
gangen, aber auf eine Art bleibt er bei mir, auf eine Art, die
ich schwer beschreiben kann.

Er stammte aus Santa Barbara, hatte Arbeit in Lajes auf
dem Flugplatz gefunden, und seine Einstellung war sicher
schon immer etwas weiter links als bei den Honoratioren des
Dorfes gewesen, aber hier, bei den Fliegern, fand er das Um-
feld, das er suchte, in dem er sich wohlfühlte, auch bei seiner
politischen Arbeit. Er war dann richtig hoffnungsvoll, als sich
Carmona den linken Militärs anzunähern schien. Immer wie-
der umarmte er mich, wir werden frei sein, wir werden frei

sein, er konnte es nicht oft genug sagen. Dann kam die ameri-
kanische Basis, und plötzlich war alles vorbei, das hat er nicht
verkraftet. Er blieb weiter aktiv in seinen linken Zirkeln, auf
dem Flughafen vor allem. Aber zugleich entwickelte er einen
unglaublichen persönlichen Hass gegen Carmona, aber auch
gegen die Amerikaner, im Grunde gegen alle. Sie haben uns
verraten. Wie er Reuter kennenlernte, weiß ich nicht. Viel-
leicht war es auch ein indirekter Kontakt, jedenfalls hat er mir
später, kurz vor seiner Verhaftung, gestanden, dass er Infor-
mationen an die Deutschen weitergegeben hatte. Erzähl den
Genossen nichts, bitte, sagte er zu mir. Ich habe mich daran
gehalten, auch nach seinem Tod. Eigentlich bis heute.

Manuel kam nach Tarrafal, Anfang 1945 suchte mich Reu-
ter auf, um mich von Manuel zu grüßen, das behauptete er je-
denfalls. Er versuchte herauszufinden, wer auf welche Weise
mit Manuel zusammengearbeitet hatte. Ich wusste da ja schon,
dass er derjenige war, der die Informationen bekommen hatte,
von Manuel. Und ich sprach ihn darauf an, fragte ihn, wie es
denn sein könne, dass er als deutscher Spion jetzt plötzlich für
die PIDE arbeite. Er lachte nur und meinte, die Zeiten änder-
ten sich eben. Aber ich solle da besser nicht drüber reden,
oder ob ich wolle, dass Manuel auch bei seinen Genossen in
Verruf geriete. Er selber, Reuter, würde sich da schon zu hel-
fen wissen.

Dann bedrängte er mich ein wenig, versprach, sich für Ma-
nuel einzusetzen, ich sollte ein wenig nett zu ihm sein, aus
Dankbarkeit. Ich schüttelte den Kopf.

Ein Jahr später kam er wieder, er brachte einen Brief mit,
von Manuel, den hatte der ihm in Tarrafal mitgegeben. Ich
weiß nicht wirklich, was Reuter in Tarrafal gemacht hat, ob
er da für die PIDE war, für die Amerikaner, für irgendwen
sonst, aber jedenfalls erhielt ich auf diesem Wege den Brief

von Manuel – er klang ehrlich, aber natürlich kann auch das eine Täuschung gewesen sein, um irgendwie mehr zu erfahren, ich weiß nicht wie. Ich weiß nicht was war, Reuter versprach mir, dass Manuel bald zurückkäme. Als ich – oh, ich fand es erniedrigend, aber auf dieses Versprechen hin war ich bereit, alles zu tun, was Reuter von mir verlangte – nein, nicht verlangte, wünschte. An jenem Abend. Danach habe ich ihn erst einmal nicht wiedergesehen.

Zwei Monate später erfuhr ich von Manuels Tod.

Und noch ein halbes Jahr später heiratete ich seinen Bruder Daniel.

Reuter tauchte noch einmal auf, er sagte mir, dass es ihm Leid täte, er habe es leider nicht geschafft, ich habe ihn angespuckt. Aber er ließ sich nicht beirren, und er verschaffte uns sogar die Einwanderungserlaubnis in die USA, wir gingen dann nach New Bedford. Dort, weit weg von allem, von dieser Vergangenheit, ist es uns wohl beiden gelungen, ein neues Leben aufzubauen, ich meine nicht wirtschaftlich, sondern auch – für mich war es so – wieder Liebe empfinden zu können, und Glück.

Daniel, der erst nur ein Ersatz war, wurde für mich zu jenem Traummann, den die wenigsten Frauen finden. Seine Sanftheit, sein Einfühlungsvermögen, seine Zärtlichkeit, seine Stimme, wenn er leise mit mir sprach, seine Nähe. "

Maria Brums Augen leuchteten, sie schaute mich an. „Jetzt, ohne ihn, ist das nur noch Erinnerung, aber eine Erinnerung, die mich glücklich sein lässt. Und mir die Kraft gibt für dieses neue, letzte Leben an dem Ort meiner Kindheit."

Sie lächelte mich an, und ich war einen Moment lang sehr neidisch.

„ Und Manuel? " fragte ich.

„Manuel ist eine ferne Erinnerung, an eine stürmische, bewegte Zeit. Auch der Schmerz ist Erinnerung. Oh, glauben sie mir, - nein, das werde ich ohnehin noch erzählen.

Intensiv habe ich erst wieder an Manuel gedacht, als ich den Brief von Ettore bekam, Ettore Soldati. Seltsamer Name, Ettore, aber er gefiel mir. Zuerst, als ich das las, hatte ich das Gefühl, Reuter will mich verspotten. Aber beim zweiten Lesen wurde mir klar, dass da noch jemand war, der auf den Reuter hereingefallen war, ein anderer Mann, nach Manuel. Und eine Nacht lang war ja auch ich auf ihn hereingefallen. Ich antwortete also.

Eine lange Zeit blieb es bei einfachen Briefkontakten, aber dann beschlossen wir, den Reuter zu treffen, ihn unmöglich zu machen in seiner neuen Umgebung. Das war nach dem 25. April, da wollten wir nach Horta reisen, sobald der Reuter dort hingezogen wäre. Ettore wusste davon, weil er ja weiter in Kontakt mit Reuter stand.

Wir haben uns dann sogar einmal getroffen, Ettore kam nach Graciosa, wir saßen hier, an diesem Tisch.

Wir haben es uns ausgemalt, wie es wäre, wenn Reuter sich in Horta angesiedelt hätte, dort wohnte, und plötzlich hätten alle gewusst, dass er für die PIDE gearbeitet hat. Wie er geächtet worden wäre, von den meisten – es gab ja auch hier andere.

Wir saßen da, stellten uns vor, wie Reuter in Peter's Café ginge und dort seine Show abzog, um die Deutschen Segler für sich zu gewinnen, als Begleitung, Umgang, und dann kommt jemand vorbei und fragt, warum sich die Leute mit so einem einlassen wollten, der hätte früher Leute von der PIDE ermorden lassen. Gott, das war naiv, wahrscheinlich hätte es nicht geklappt.

Doch dann entschied sich Reuter anders, kein Wunder. Aber irgendwann beginnt so eine Rachefantasie ein Eigenleben zu führen."

Maria Brum sah mich etwas traurig an. „Das ist nicht schön, aber vielleicht musste es sein. Jedenfalls kam uns diese Idee zu dem gemeinsamen Wochenende in Hamburg. Wir buchten das Hotel, es schien uns etwas abseits gelegen, das passte. Und Ettore schrieb Reuter, dass er ihn gerne treffen würde. Da erfuhr er erst, dass Reuter inzwischen in Kiel wohnte, fast hätte es nicht geklappt, aber Reuter war so begeistert, dass er spontan nach Hamburg kam und sich dort auch ein Zimmer nahm, im selben Hotel.

Ettore verkaufte es dann als großartige Überraschung, dass Daniel und ich mitgekommen seien, wir erzählten viel davon, wie dankbar wir dem Reuter wären, dass er uns zu unserem Glück in New Bedford verholfen habe, und den ganzen Tag spielten wir Dankbarkeit. Der nächste Tag war dann uns alleine vorbehalten, Reuter wollte vormittags noch seinen ehemaligen Chef besuchen, worum es ging, weiß ich nicht genau. Am Abend dann erzählten wir dem Reuter, die beiden Männer, also Ettore und Daniel, wollten sich noch einmal die berühmte Reeperbahn anschauen, da käme er doch bestimmt gerne mit. Ich selber stand im Hintergrund, zwinkerte Reuter zu. Es funktionierte, er bot an, mich den Abend zu begleiten, in ein Restaurant im Stadtpark. Denn Frauen dürften sowieso nicht in die eine Straße an der Reeperbahn, deren Namen ich vergessen habe.

Als Reuter und ich abends zurückkamen, war der Nachtportier offenbar nicht da, wir kamen ungesehen ins Hotel, das war mir sehr recht. Auf dem Flur flüsterte ich Reuter zu, er sei der kräftigste Mann, den ich in meinem Leben kennengelernt hatte. Er war nicht nur geschmeichelt, sondern lud mich ohne zu zögern in sein Zimmer ein. Sofort versuchte er mich zu küssen und mehr, aber ich bat ihn, erst einmal seinen Schlafanzug wegzuräumen, der noch auf seinem Bett lag.

Dabei musste er mir den Rücken zuwenden. Ich nahm einen Holzhammer, den ich in meiner großen Handtasche mitgebracht hatte, und schlug zu, zweimal, der Reuter stürzte vornüber.

Ich legte ihn rücklings aufs Bett, band ihn fest, als er aufzuwachen begann, knebelte ich ihn.

Und dann sagte ich ihm, dass ich ihn jetzt eine Weile jene Angst spüren lassen wollte, die Manuel damals monate- und jahrelang empfunden hatte.

Ich lachte.

Ich sagte, wie harmlos das hier sei, gegen Tarrafal, und dass es ja nicht mit dem Tode enden würde.

Dann erst bemerkte ich, dass mit dem Reuter etwas los war. Wissen sie, wir betrieben ja ein Hotel in New Bedford, da passiert viel mit den Gästen. Ich ahnte also, dass das ein Herzinfarkt war, sein müsse.

Also würde ich den Reuter losbinden müssen, jetzt schon.

Dann sah ich die Todesangst in seinen Augen.

Dann spürte ich den Hass.

Dann spürte ich den unbändigen Hass."

Maria Brum sah mich fest an, sie saß da, ihre Augen fest auf mich gerichtet.

„Ich weiß nicht, ob sie wissen, wie sich das anfühlt. Dieser Hass. Ich beschloss, dass dies das Urteil Gottes sei. Der Reuter sollte diese Todesangst spüren, echte Todesangst, wie man sie spürt bei einem Herzinfarkt.

Nein, schauen sie nicht so, dass hätte ich vorher nie gedacht, das habe ich auch danach nicht mehr gedacht. Aber in dem Moment, in dem Moment des intensiven Hasses, als ich die Todesangst in Reuters Augen sah, da dachte ich wirklich, das ist Gottes Urteil."

Sie schwieg einen Moment. Dann sagte sie leise:

„Seitdem schäme ich mich dafür. Aber wenn Reuter nicht gestorben wäre, hätte ich mich nicht geschämt. Ich ging jedenfalls, ließ ihn alleine in seiner Todesangst. Nach ein, zwei Stunden würde ich ihn befreien. Ich hatte einkalkuliert, dass zwei Stunden lang genug wären, um einen bleibenden Schaden zu verursachen, aber das war mir egal – nein, das gefiel mir sogar. Und wenn er bis dahin tot war – auch das war mir egal, aber es schien mir unwahrscheinlich. Das Erbrechen, der schnelle Tod – ich habe an diese Möglichkeit nicht gedacht, vielleicht, weil ich es nicht denken wollte, tief im Inneren nicht denken wollte, denn ich wusste ja, was bei einem Herzinfarkt alles passiert."

Maria Brum schaute mich schweigend an.

„Als nach einer Stunde Daniel und Ettore zurückkamen, beschlossen wir, dass Daniel an der Rezeption anrufen solle, wegen des Reuters, und damals lebten schon einige Mexikaner in New Bedford, deren Akzent hat er nachgeahmt, bei seinem Anruf.

Ich habe das alles niemals gebeichtet. Sie sind sozusagen mein Priester. Sie können mich jetzt anklagen."

Sie meinte das offenbar ernst.

Klaus, glaub mir, ich fühlte mich ziemlich hilflos, dann sagte ich ihr, nach deutschem Recht sei das wohl Freiheitsberaubung und bestenfalls Totschlag, also verjährt.

„Schade, “ sagte sie, „schade, das wusste ich nicht. Ich wusste nicht, dass es verjährt ist, aber diesmal gelingt es mir nicht zu glauben, es sei Gottes Urteil, dass es verjährt ist. Aber ich habe es jetzt gebeichtet. Und ich habe es einem Polizisten gebeichtet, keinem Priester. Darüber bin ich froh. Und der hat mir vergeben, auf seine Art. Das genügt mir.“

Dann bat sie die Wirtin, das Taxi zu rufen. Sie wollte mit mir zusammen nach Santa Cruz zurückfahren, und sie verband es diesmal mit einer Inselrundfahrt. Ich will nicht erzählen über die wenigen Sehenswürdigkeiten dort, aber einmal fuhren wir auf einen Hügel, die Insel ist weniger bergig als die anderen Azoreninseln. Am höchsten Punkt der Straße hielten wir an und stiegen aus.

Wir schauten über das Meer zur Nachbarinsel São Jorge mit ihrer steilen, hohen Küste, und dahinter sah man den Kegel des Pico.

„Den Anblick des Pico, den haben Manuel und der Reuter beide geliebt, das hatten sie gemeinsam. Es wäre grausam gewesen, wenn Reuter das auf seine alten Tage noch täglich hätte erleben dürfen. Aber dazu hätte der 25. April gereicht. Das andere, sein Tod, die Todesangst....“ Sie schaute mich an, und ich wusste nicht, was sie sagen wollte. Ich glaube, sie wusste es auch nicht, und wir schauten weiter hinaus.

Klaus, ich war jahrelang im Exil, bis zum 25. April. Aber Geschichten wie die von Maria Brum und Madalena haben zumindest den Wert, mich vor Selbstmitleid zu schützen.

Ich hoffe, wir sehen uns wirklich bald wieder,

mit lieben Grüßen,

João Rodrigues

Kapitel 36 Winterhude, 2013

Der Brief mit schwarzem Rand, den Christiane Müller aus dem Briefkasten zog, kam aus der Schweiz. Er enthielt die Todesanzeige für Ettore Soldati.

Aldeghi hatte ein paar Zeilen dazugelegt.

Liebe Frau Müller, Ettore Soldati hat zwei Tage vor seinem Tod noch mit mir gesprochen, er meinte, diese Geschichte müsse irgendwann erzählt werden. Und er sei sicher, es ginge um das Gold, es ginge immer noch um das Gold, und das wäre eine andere Geschichte. Aber es wäre das Gold, das den Staaten gestohlen worden sei, das vielleicht noch einmal zurückgegeben werde, vielleicht. Das Gold, das die Nazis den Toten genommen haben, nach dem frage keiner mehr. Und dann hatte er einen Moment Tränen in den Augen, Tränen wegen eines Menschen, von dem er nur meinem Schwiegervater erzählt hat und von dem ich nur weiß, dass es ihn gab.

Sie haben ja die Todesanzeige, für den Tag der Beisetzung ist ein Zimmer für sie in der Osteria am See reserviert.

Mit freundlichem Gruß,

Aldeghi

Nachbemerkung

Dies ist ein Roman. Die Handlung ist fiktiv, und auch die Personen im Mittelpunkt der Romanhandlung sind fiktiv. Sie bewegen sich aber zwischen wirklichen Personen und Ereignissen der Geschichte. Ich glaube und hoffe, den historischen Personen und Ereignissen gerecht geworden zu sein. Dabei musste ich mich aber auf Aspekte beschränken, die im Zusammenhang mit der Romanhandlung eine Rolle spielen. Und ich muss gestehen, dass ich meinen Quellen weitgehend getraut habe, zumindest solange sie nicht in Widerspruch zueinander gerieten.

Unter den Quellen seien zwei Bücher an dieser Stelle besonders erwähnt:

António Louçã: Nazigold für Portugal – Hitler & Salazar, Holzhausen Verlag, Wien 2002

Gerhard Schickert: Die Bartholomäus-Brüderschaft der Deutschen in Lissabon – Entstehen und Wirken, vom späten Mittelalter bis zur Gegenwart, Irmandade São Bartolomeu dos Alemães em Lisboa, Lissabon 2010

Der Autor

Danksagung

Ich danke meinen ersten Lesern, vor allen anderen Barbara Smith, die mich immer wieder zum Weitermachen ermutigt hat, Dr. Martin Kersting, der neben zahlreichen anderen Hinweisen und Hilfestellungen dem Westgotenkönig Roderich – wenn auch nur sehr am Rande – Eingang in dieses Buch verschaffte, Antonio Borralho, der nicht nur meine schlimmsten Fehler auf dem Feld der portugiesischen Sprache eliminierte, sondern mich auch auf einige offensichtliche Mängel des Buches aufmerksam machte (ohne ihn wäre die unausweichliche Begegnung zwischen dem fiktiven Reuter und Fernando Pessoa unerwähnt geblieben) und Stephan Hog, der mir etliche Details zu den (leider nicht fiktiven) Einwegspiegeln mitteilen konnte, die ich für erwähnenswert hielt, auch wenn sie sich ein wenig abseits des eigentlichen Romanthemas befinden.

Aber auch Ihnen danke ich, denn wenn man seinen ersten Roman veröffentlicht, freut man sich noch über jeden Leser.

Bernd Dieter Schlange

Zeitfracht Medien GmbH
Ferdinand-Jühlke-Straße 7
99095 Erfurt, Deutschland
produktsicherheit@kolibri360.de